Petit frère

Éric
ZEMMOUR

Petit frère

ROMAN

Pour Clarisse

« L'antiracisme est le communisme du XXIe siècle. »

Alain FINKIELKRAUT

Il ne voulait pas lui faire de mal. Il l'aimait bien, « son petit frère ». Il souhaitait seulement lui donner une leçon, une raclée, une *trerah*. Lui faire peur, lui forcer la main, le contraindre à l'aider encore une fois. « Les Juifs, c'est ça, lui avait dit Mourad, c'est des radins grave. Mais ils en ont, c'est clair. Il faut les aider à partager un peu. » Mourad l'avait rejoint dans le parking. C'était prévu entre eux. Bien sûr, Simon l'ignorait lorsque Yazid était monté dans sa voiture. Pour une fois, il ne l'avait pas garée avec soin dans son « box » capitonné du second sous-sol. Simon ne devait pas rester. Il était en retard. On l'attendait au Queen. Il colla donc son cabriolet contre un pan de mur du premier sous-sol. Yazid se fit insistant.

— Cinq mille euros, cinq mille euros, mais où tu veux que je te les ponde ?

— C'est une question de vie ou de mort !

Simon en avait assez de payer, assez de l'aider, assez de « cracher », dit-il avec colère, pour tout le monde, sa mère, son frère, son copain. La conversation s'anima, Mourad approcha, Simon s'extirpa de son siège. Yazid le serra, menaçant. Simon s'égosilla, Yazid le bouscula, Mourad arriva. Yazid plaqua Simon contre le mur en béton, Mourad se cala devant une porte pour empêcher toute échappée, Simon se sentit acculé comme un sanglier par des chiens de chasse. Pour la première fois, il eut peur, mais ne savait pas encore de quoi. La voix brisée, il murmura : « Yazid, arrête tes conneries, merde ! » L'autre le serra plus fort, comme si cet appel à la pitié avait réveillé ses pires instincts. Il sortit de sa poche une fourchette et un couteau, et vit dans le regard de Simon un éclair de frayeur qui lui donna une nouvelle envie de faire mal, de briser, de détruire. Il porta le couteau à la gorge de Simon et trancha d'un coup sec. Lorsque le sang gicla à gros bouillons de la gorge de Simon, Mourad poussa un cri d'horreur, quelques insultes en arabe, et tenta de prendre le bras de son frère, comme s'il pouvait revenir en arrière, arrêter le temps. C'était trop tard. Cet ultime geste de raison de Mourad, le sang qui continuait de couler, les hurlements de douleur de Simon, tout donna à Yazid une force décuplée, une excitation inédite, une fureur inconnue, l'envie irrépressible d'achever le travail, de détruire encore et encore. Il lui planta la fourchette dans un œil, qu'il creva ; il tourna la fourchette dans l'orifice comme s'il faisait monter une mayonnaise. Le sang de Simon se répandit sur les murs, gicla sur les vêtements des deux frères, sur le toit de la voiture. Il y en avait tant et tant, il y en avait partout, et Yazid, pris de frénésie, ne s'arrêtait pas de frapper. C'était une fureur et une jouissance qui ne semblaient jamais cesser. Mourad, effaré et impuissant, sortit en hurlant du parking. À la sortie de l'immeuble, il avala une grande bouffée d'air. Il pleurait. Enfin, Simon s'écroula au pied de son cabriolet Audi TT, sa tête heurta une des roues, son ultime regard fut pour leurs chromes éblouissants, comme un chevalier caressant une dernière fois le galbe élégant de son destrier. Yazid, ses couverts désormais inutiles à la main, remonta par l'ascenseur. Il entra chez lui, se précipita vers sa mère, Aïcha, et lui dit d'un ton exalté :

— J'ai tué le Juif. Allah me bénisse. J'ai tué le Juif. Je suis content qu'il est mort cet enculé, ce bâtard s'il est mort, je suis trop content ce putain de Juif, sale Juif. Qu'Allah me bénisse !

Aïcha hurla des malédictions en arabe que Yazid ne comprit pas. Mourad arriva dans son dos et lui assena sur la joue une claque énorme qui le secoua. Les deux frères pleurèrent. Mourad arracha les couverts des mains de Yazid et les essuya soigneusement avec une serviette, comme il l'avait vu faire dans un épisode récent de l'inspecteur Columbo. Il fouilla dans la poche du survêtement blanc de Yazid, désormais inondé de sang, et s'empara des deux billets de cent euros que son frère avait dérobés au cadavre de Simon. Mais Aïcha avait téléphoné à la police. Déjà ils étaient là, avec leurs questions stéréotypées. Yazid était désormais assis sur une chaise, prostré ; il tenait un Coran dans la main ; du sang rougissait ses vêtements et s'égouttait lentement au sol. Les policiers tournaient autour de lui en silence, indifférence professionnelle, effroi et dégoût mêlés. Après avoir poussé son « je suis content qu'il est mort cet enculé, ce bâtard s'il est mort je suis trop content ce putain de Juif, sale Juif. Qu'Allah me bénisse ! » comme un cri de guerre, un soulagement aussi, il répondit à leurs questions avec une sérénité, une aisance stupéfiantes. Il se sentait tranquille, libéré. Il avait rempli sa mission. Désormais, son destin était entre les mains de Dieu. Parfois, il plongeait furtivement dans son Coran, parcourait quelques lignes d'une page ouverte au hasard. Il ne déchiffrait l'arabe encore qu'à grand-peine. Mais il ne cherchait pas une inspiration ; il souhaitait seulement une protection renouvelée. Allah l'avait inspiré, le mot s'imposait à lui comme une évidence. Allah l'avait guidé, conduit ; il n'avait été que Son bras armé. Mais comment l'expliquer à ces mécréants de policiers ? Allah trouverait une solution. Il saurait, Lui, ce qu'il devrait leur dire. Il parlerait par sa bouche, comme Il avait frappé par sa main. Tué par son bras.

Allah avait guidé sa main. Allah trouverait une solution. Allah le sauverait.

On a coutume de dire qu'en France tout finit par des chansons. C'est faux. En France, tout commence par des chansons ; mais tout finit dans le sang. Les psaumes émouvants de la religion réformée se brisèrent dans les râles interminables de la Saint-Barthélemy ; les mélopées baroques de Lulli à Versailles furent couvertes par la mitraille de Marlborough ; les refrains joyeux de *La Carmagnole* accompagnèrent le bruit sec de la lame du bon docteur Guillotin ; les opérettes endiablées de la Belle Époque s'achevèrent dans les râles des tranchées ; les chœurs du « tout va très bien madame la Marquise » s'éraillèrent sur les routes de l'exode.

Je songeais à tout cela en déambulant boulevard Saint-Germain, un soir d'automne. J'ai pris l'habitude depuis mes années d'étudiant de réécrire l'Histoire de la France et du monde en marchant, les yeux baissés, la tête pleine de ruminations. Je n'admire guère les élégants immeubles parisiens, je glisse le pied, toujours le droit, dans les crottes de chien, seul le déhanchement d'une femme me distrait parfois de mes réflexions. Quand j'ai la chance d'emmener l'une d'entre elles en week-end amoureux à Rome, Venise ou New York, je fais mine de m'extasier sur le dernier gratte-ciel ou de me laisser bercer par le chant tarifé des gondoliers, main dans la main, cœur contre cœur, l'amour, c'est regarder dans la même direction, mais mon esprit, lui, ne se laisse nullement happer par ces mièvreries pour adolescentes boutonneuses, il caracole, mon esprit, puis il plonge dans le fleuve glacé des siècles et des siècles, et, tel un demi-dieu de l'Antiquité, en détourne le cours. Je n'abolis pas l'Édit de Nantes et je n'envoie pas les protestants faire la fortune de l'Angleterre et de la Prusse ; je n'épouse pas Marie-Antoinette ; je n'envoie pas la Grande Armée se perdre en Espagne et en Russie ; je l'emporte à Waterloo, Grouchy a arrêté Blücher avant qu'il ne sauve Wellington ; je ne trouve pas assez de taxis de la Marne pour empêcher les Allemands de foncer sur Paris ; j'écoute les conseils stratégiques du colonel de Gaulle et je contiens l'offensive d'Hitler avec mes blindés ; je donne la victoire aux sudistes américains dans la guerre de Sécession ; j'arrête Lénine dans son wagon plombé avant qu'il n'entre en Russie ; j'assassine Hitler en 1938 ; je tue Churchill la même année, et l'Angleterre s'allie à l'Allemagne ; je suis Kennedy père, je deviens président des États-Unis à la place de Roosevelt et l'Amérique soutient les nazis...

J'éprouve une passion déraisonnable pour l'Histoire. À l'école, déjà, je levais sans cesse le doigt, ravissant mon professeur, exaspérant mes camarades. « C'est ton péché mignon », me reproche mon éditeur non sans raison : mes leçons d'Histoire ralentissent l'action d'un roman. Je devrais cependant préciser. Longtemps j'enfermai ma passion historique entre des œillères étroites. Comme pour tous mes amis de jeunesse, je datais l'aube de l'humanité de 1917. Je dévorais sans me lasser *Une vie* de Léon Trotski, ignorant Michelet, Balzac ou Flaubert. Le XXᵉ siècle obscurcissait mon horizon ; la Seconde Guerre mondiale se réduisait à l'extermination des Juifs ; l'Histoire de France à l'Occupation, un Vichy éternellement recommencé. Il y a quelques années, j'ai découvert, effaré, que le monde avait tourné avant notre siècle de fer ; que des Français avaient sauvé des Juifs ; que Pétain n'avait pas régné de Clovis à de Gaulle. Une révélation tardive mais salutaire. Ou plutôt salutaire mais tardive. Mon éditeur a raison : je ralentis l'action.

Ce soir-là, c'était en novembre 2003, je quittais donc un hôtel particulier de la rue de Varennes, transformé depuis longtemps en ministère. Lambris, dorures, tapisseries d'Aubusson, vases de Sèvres, boiseries, bergères, marqueteries, parquets Versailles, jardin à la française, les ministres de la République vivent dans l'univers délicat, à la fois puissant et déjà un brin décadent, de la France de Louis XV. Le superbe palais de pierre avait appartenu au duc de Castries. Je songeais que la Révolution française fut d'abord un formidable transfert de propriété immobilière de l'ancienne aristocratie, celle de la cour des rois, à la nouvelle, les ministres de la République. Je suis incorrigible : je ralentis l'action. Je sortais d'un excellent dîner avec mon ami Pierre Gaspard. Il est ministre, mais je ne sais plus de quoi ; il est passé de l'Environnement au Commerce extérieur sans oublier la Recherche. J'ignore où la boule de la roulette s'est pour l'instant immobilisée. Il est ministre, c'est ce qui lui importe. À moi également. Quand il a été nommé pour la première fois, il a fait imprimer un double jeu de cartes de visite sur lesquelles était inscrit : Pierre Gaspard ministre, et Pierre Gaspard ancien ministre. Je ne pourrai pas non plus déterminer précisément s'il est de droite ou de gauche. Il aime à conter sa surprise désormais feinte lorsqu'il découvrit, lors des Conseils des ministres européens, qu'il se retrouvait sur n'importe quel sujet à gauche de tous les gouvernements socialistes du continent. Il est moderne. C'est ce qui lui importe. À moi également.

Le dîner n'avait pas été mémorable. On surestime toujours la cuisine servie dans les ministères. Jamais médiocre, mais souvent banale. Servie par des loufiats en livrée empressés et sympathiques, mais parfois empruntés, qui ne peuvent s'empêcher de laisser traîner des oreilles indiscrètes et d'esquisser des sourires égrillards. Nous étions cinq autour de la table, en compagnie de nos deux femmes et de la directrice de la communication du ministre, Monique Brassard, une femme blonde bien mise, la cinquantaine sportive, les rides escamotées, les seins consolidés, la croupe raffermie, et les lèvres épaissies. La discussion tourna vite autour des nouvelles relations entre les hommes et les femmes. Peu à peu, la gaudriole laissa place à la revendication ; la conversation théorique et détachée à la vindicte ; les analyses plus ou moins fumeuses sur « l'héritage de Mai 68 » aux règlements de comptes. L'ambiance devint tendue. La femme de Pierre, Sylvie, lui jeta des regards furibonds ; je m'efforçai d'ignorer les piques de ma compagne, Anne. Monique Brassard sortait de son second divorce. Nous rôdions autour du premier. Pierre avait rencontré Sylvie lors de leurs années d'études à Sciences Po. Quatre enfants les avaient soudés l'un à l'autre par des chaînes d'amour et de nuits blanches, de fureurs et de fous rires. Pierre avait toujours été infidèle, une infidélité masculine banale, épisodique, tacitement tolérée par sa femme ; mais son élection à l'Assemblée nationale aux législatives de 1993 avait donné des ailes au gaillard. Le coq de village étendit son territoire aux limites nationales. Son bureau au Palais-Bourbon devint l'antre lubrique où il besognait secrétaires, militantes, journalistes. Afin de surveiller l'inconstant, Sylvie abandonna son travail et devint son assistante parlementaire. Elle partait chaque matin avec lui au Palais-Bourbon, le suivait dans sa circonscription de Seine-et-Marne, réglait son agenda à la minute près.

Ses escapades ne parurent que plus désirables à Pierre. Sylvie le soupçonnait d'avoir une liaison « plus sérieuse ». Elle n'avait pas tort. La fille avait vingt ans de moins qu'elle, c'était, ainsi que Pierre me l'avait décrite, les yeux brillants, une grande brune déliée et délurée, au regard aussi noir que sa chevelure, au teint mat, aux manières à la fois brusques et sensuelles. Sylvie était une petite blonde, empâtée par l'âge et les grossesses, sage produit de sa province tourangelle. Elle craignait le pire. Pierre Gaspard ne goûtait pas davantage la transparence des patrimoines que celle des sentiments. Seule cette position idéologique le retenait encore sur la pente de la séparation ; Sylvie croyait « qu'il gardait quelque chose pour elle ».

Ma position ne s'avérait pas plus brillante. J'étais marié depuis un an. Anne avait accouché d'un petit Samuel, trois mois plus tôt. Cette naissance avait provoqué un cataclysme. L'enfant, alors que j'avais atteint la quarantaine, avait radicalement transformé mon regard sur le monde, sur moi, sur elle. Tout ce que j'aimais jusqu'alors, désormais je le détestai ; tout ce que je rejetais, je le chéris. Anne de La Sablière de Maison Neuve de Montmorency – son patronyme officiel qu'elle avait raboté en Anne Sablière – était une grande femme élancée au port souverain, aux hanches étroites et aux attaches fines, aux longues jambes et aux seins menus. Elle arborait une grâce aristocratique, économe de ses gestes comme de ses mots. Longtemps je fus fasciné par l'élégance de ses manières et de ses pensées, le raffinement de ses goûts et de ses propos. Elle incarnait à mes yeux éblouis la quintessence de la femme française, produit de siècles de catholicisme et de bel esprit, de salons et de couvents. Je la désirai, l'aimai et l'admirai. Elle m'appelait Solal quand elle jouissait. Je goûtais la France en elle ; elle chérissait l'Autre en moi. Dès que mon fils naquit, tout fut renversé. Ce qui était ravissement devint disgrâce, ce qui était aimable devint haïssable. Chaque fois que je me penchais vers le berceau de mon fils, j'avais l'impression que trois mille ans de spectres se levaient de leurs tombeaux pour instruire mon procès, comme dans le *Napoléon* d'Abel Gance, lorsque tous les révolutionnaires défunts, Robespierre, Saint-Just, Danton, Mirabeau, exhortent le jeune Bonaparte à poursuivre leur œuvre. Mais moi, j'étais un héritier dénaturé, un renégat, un apostat ; ils m'apostrophaient, m'injuriaient, qu'as-tu fait de ton passé, de ton peuple, de ta religion, tu as rompu des chaînes millénaires, tu as détruit le peuple juif, tu es pire que Hitler, ton fils n'est pas le fils de ton père. J'avais cru m'affranchir du passé, de mes origines, j'avais cru être un homme neuf, qui construisait sa vie, qui s'engendrait lui-même, loin des miasmes des origines. Un homme libre. Je m'étais leurré, je me retrouvais menotté, regardant en arrière, sans avenir.

Nous grignotions un ananas soigneusement découpé en petits morceaux, lorsque le directeur de cabinet du ministre entra, l'air préoccupé. Il tendit une feuille de papier à Pierre qui se rembrunit aussitôt. Il m'avisa, je compris. Je coupai au plus court les conversations. Pierre se leva. Je le rejoignis dans son bureau. Les femmes minaudèrent : « C'est ça, comme au XIXe siècle, les hommes au fumoir pour les choses sérieuses ! » Pierre me tendit le papier. Je lus : un crime antisémite vient d'avoir lieu, dans le 19e arrondissement de Paris. Un jeune Arabe a tué un Juif de son âge.

Je lui dis :

— Comment tu as eu cette info ?

— Ah, les mystères de la police sont impénétrables.

Pierre avait toujours rêvé de devenir ministre de l'Intérieur. Depuis son enfance, fasciné par Fouché. J'avais toujours brocardé son goût pour les affaires secrètes, les coups tordus. Je lui disais :

— Tu es bien un gaulliste ! L'héritier du SAC, de Foccart et de Pasqua !

Il ressemblait parfois à Pierre Brasseur dans *Vidocq*. La comparaison le flattait. Il avait patiemment préparé son arrivée place Beauvau. Mais elle tardait. Il y avait accumulé des hommes et des réseaux.

Il se rembrunit.

— Tu comprends bien qu'il ne faut pas qu'on dise qu'à Paris des Arabes tuent des Juifs. Tu imagines les unes des journaux. Et le plaisir de nos chers amis américains. CNN, tout ça. Trop contents… Moi je ne peux pas bouger. Mais toi vas-y. Va voir. Fais parler les uns et les autres, mène ton enquête. Regarde ce qui s'est vraiment passé. Raconte-moi. Après tout, tu es aussi journaliste, merde.

— Et Juif.

Il esquissa un sourire gêné.

— Je vais y aller dès demain. Je te tiens au courant.

Abdou gara ma Jaguar bleu métallisé place du Colonel-Fabien. Je n'ai jamais su conduire. Jamais essayé. Très jeune, le chauffeur de mon père m'accompagnait à l'école. Conduire eût été pour moi une rupture intolérable avec le monde ouaté de l'enfance dorée et de l'irresponsabilité, m'a lancé un jour Anne, qui croyait être cruelle. Et puis je suis trop distrait, je serais un chauffard dangereux. La Jaguar avait suivi les rails aériens du métro ; Abdou ne perdait jamais son calme en dépit des camions arrêtés en livraison, des taxis qui sortaient inopinément de leur voie réservée pour les contourner et des scooters qui fusaient sur sa droite sans prévenir. Abdou était le fils d'un de mes meilleurs amis marocains, un compagnon du roi Hassan II. Je l'avais ramené de mes nombreux séjours à Marrakech quand cette ville n'était pas encore le refuge des retraités français à deux mille euros par mois. Pierre Gaspard avait obtenu sa régularisation en fort peu de temps. Alors que nous nous enfoncions dans la rue La Fayette, je me rendis compte que je ne m'aventurais jamais si loin dans l'Est parisien. Je connaissais mieux Karachi que Barbès, mieux Le Caire que la gare de l'Est, mieux certains quartiers mal famés de New York que le boulevard de La Chapelle. C'était d'ailleurs à peu près la même population. Les restaurants turcs foisonnaient, seuls les Pakistanais leur tenaient la dragée haute. À Belleville, les Asiatiques avaient éradiqué Juifs et Arabes pour une fois unis dans une même défaite. Sur les trottoirs se côtoyaient tous les styles vestimentaires, survêtements à capuche, jeans savamment déchirés, pantalons de velours usé et blousons en skaï ; les boubous africains rivalisaient de couleurs avec les saris ; de blanches gandouras tentaient d'imposer la lumineuse austérité islamique du désert ; il y avait même des costumes gris, chemise blanche et cravate bleue. Jaurès, Stalingrad, Colonel-Fabien, Louis-Blanc, les stations du métro défilaient, souvenirs des guerres et des héros révolutionnaires, souvenirs oubliés, ignorés, ensevelis. À un feu tricolore, j'aperçus un grand jeune homme au cheveu crépu coupé ras, arborant un tee-shirt blanc sur lequel étaient inscrits ces vers en grosses lettres rouge sang : *Mettez tous la cagoule, ça va péter comme à Kaboul.*

Je songeai que les grandes métropoles modernes ne se ressemblaient pas seulement par l'urbanisme, mais aussi par les populations. C'était non tant l'américanisation que la brésilianisation du monde, entre tours de verre et métissage obligatoire, mièvres novelas emplies de bons sentiments à la télé, milliardaires à foison et appauvrissement général de la classe moyenne ; la misère du monde aux portes des antiques cités ; tous nos présidents sont des Lula, des don Quichotte jetant leur épée de bois à la tête sans visage de la finance internationale. La France était le Brésil de l'Europe. La Défense, notre Brasilia. Et la Seine-Saint-Denis, nos favelas. D'ailleurs, nous possédions comme le Brésil une très grande équipe de football, presque entièrement composée de joueurs noirs.

C'est le sujet de conversation que j'esquissais avec le frère de la victime, Serge Sitruk. Il avait le regard terne, le front bas, la parole rare et confuse, mais il aimait et connaissait le football. C'était mon exacte antithèse. Les Sitruk m'avaient accueilli sans façons. Ils m'avaient déjà vu à la télévision. Ils me reconnaissaient mais ne se souvenaient pas de mon nom ; j'étais de la cohorte innombrable des notoires inconnus. Ils me devinèrent juif ; me considérèrent donc de la famille. Lors de mon arrivée dans leur immeuble de la rue Louis-Blanc, j'avais remarqué que la cage d'escalier était propre, mais le hall sans charme ; je fus frappé par le nombre excessif de portes sur le même palier. Je ne m'appesantis guère sur les visages défaits d'une famille accablée. J'observai leurs meubles, leurs vêtements, leurs accents, leurs manières, et je me sentis fort éloigné d'eux. Je songeai à cette ancienne phrase de Raymond Aron : « Je me sens plus proche d'un Français antisémite que d'un Juif yéménite. » À l'époque, cette sentence aronienne m'avait glacé. Je maudis alors le « Juif assimilé ». Le traître. Le renégat. J'étais jeune, exalté, ingénu. Ignorant. Je m'enthousiasmais pour la réunification, en Israël, mais aussi sur le sol de France, de populations juives disparates que l'Histoire avait si longtemps séparées et éprouvées. Je méprisais les différences culturelles et sociales. Elles m'avaient cruellement rattrapé depuis.

Une petite jeune femme brune au visage anguleux me prit un instant par la main et me dit avec rage : « Il l'a tué parce qu'il était juif. Un Arabe, il a tué un Juif au nom d'Allah. Il faut que vous le disiez. Il faut que vous le disiez. Il n'y a que vous. Regardez *Le Parisien*, regardez *Le Parisien* de ce matin, vous avez vu, vous avez vu, ils ont même changé son nom pour qu'on ne dise pas qu'il était juif. Ce n'est pas fort, ça ? Regardez, regardez, ces salauds, ils l'ont appelé Graziani, le pauvre Simon, Graziani, ils l'ont tué une deuxième fois, ces salauds de journalistes, ils sont tous dans le camp des Arabes, vous avez vu, vous avez vu ? » Elle me tendait d'un bras frémissant la page régionale du quotidien au milieu de laquelle s'étendait la photographie du jeune homme, vêtu d'un polo bleu ciel et d'un blouson de sport blanc, le torse orné d'une énorme médaille de bronze, le tout surmonté d'un titre effectivement nettoyé de toute référence religieuse et ethnique : un jeune DJ tué par un copain d'enfance. Mon silence compréhensif l'apaisa provisoirement. Elle s'appelait Nelly. Elle était la cousine de Simon. « J'étais comme qui dirait sa grande sœur », répétait-elle en replaçant une mèche qui lui cachait les yeux. On avait parfois l'impression qu'elle souffrait davantage du silence médiatique que de la mort du jeune homme. Elle s'apaisa lorsque je m'assis à côté d'elle et sortis de ma poche un calepin.

Serge était le moins revendicatif, le moins vindicatif aussi. Je ne sais plus comment le football survint entre nous. C'était la première fois que j'avais autant de plaisir à aborder ce sujet. Quand j'étais jeune, je n'aimais pas ce sport. Je brocardais ce « jeu de Dupont Lajoie ». Je soignais alors un esthétisme de dandy méprisant la sueur ; je me délectais du bon mot de Churchill, tirant sur un énorme cigare, répondant à qui lui demandait la raison de sa longévité : *No sports*. Depuis, j'ai changé d'avis. J'ai compris en 1998 que ce sport n'était pas un jeu, mais l'arme absolue pour manipuler les peuples. Une parabole de la société moderne, travaillée par l'internationalisation, le métissage, la financiarisation. Je ne me pardonnais pas mon aveuglément de jeunesse. Lors de cette Coupe du monde gagnée par la France, j'avais écrit moi aussi d'innombrables articles à la gloire de l'équipe « black-blanc-beur ». Je n'en croyais pas un mot. Les imbéciles imaginant de bonne foi que cette apothéose sportive favoriserait l'« intégration » des enfants d'immigrés m'ont toujours amusé. Ce n'était bien sûr pas l'objet. Il s'agissait de montrer à la France son nouveau visage ; de la forcer à le regarder en face. Qu'elle le prît en pleine gueule. Qu'ils comprennent enfin, ces balourds de Français, que la

France de jadis était morte et bien morte. Les obliger à s'en réjouir. Se l'avouer et ne plus faire semblant. Car, en cette inoubliable année 1998, pour la première fois, chaque joueur fut renvoyé à ses origines : Arabe, Togolais, Calédonien, Antillais, Arménien, et même Basque. La France est une construction culturelle et historique qui sublime en les niant – ou plutôt en les sommant de se soumettre – les différentes ethnies, races, religions ; la France est une cathédrale gothique qui lance ses flèches vers le ciel en écrasant la vieille roche d'une humble église romane sur laquelle elles sont bâties. Or, en assignant chaque joueur – et donc chaque Français – à ses origines, on déconstruisait la France, on la rendait à son état de nature, ethnique, tribale. On exposait ses tripes à l'air libre comme celles d'une charogne. On la détruisait. « Bien creusé, la taupe », disaient naguère mes amis trotskistes.

Le football, c'était toute la vie de Serge Sitruk. Il l'avait ressenti avec une rare intensité au début de l'été 1982. Il avait sept ans. Pendant l'hiver, il avait grandi. Ses jambes soudain allongées contrastaient avec les rondeurs persistantes de l'enfance ; son nez busqué tranchait sur un visage poupin. Il avait dix ans et en était fier. « Tu as grandi des oreilles », lui avait dit Simon, avec une admiration naïve. Serge l'avait mal pris. Ses immenses pavillons pachydermiques étaient son cauchemar. Ses copains d'école l'avaient surnommé « Jumbo, l'éléphant » ; elles lui avaient coûté d'innombrables brocards et bagarres.

Si Serge n'aimait pas ses oreilles, il aimait bien son petit frère Simon. Plus que ses oreilles en tout cas. Mais il ne voyait pas vraiment l'usage d'un frère de cinq ans plus jeune que lui. Trop grand pour rester sagement dans son couffin à dormir sans bruit, trop petit pour taper dans un ballon, non, vraiment, il ne voyait pas. Heureusement, il y avait Yohann. Son cousin. De six ans et demi. Le « demi » jouait beaucoup pour le prestige de Yohann. Il était le fils unique d'une sœur de son père, et trouvait en Serge le frère utile qu'il n'avait pas. Les deux garçons échangeaient les figurines Panini des joueurs de football et se rendaient ensemble au Parc des Princes, transis de froid et de joie. Le père de Serge et de Simon, André Sitruk, leur avait offert des abonnements annuels. Les deux enfants ne lui mesuraient pas leur reconnaissance. Les joueurs du PSG ou de l'équipe de France, Dahleb ou Platini, c'était leur vraie famille. Serge dormait sous une gigantesque photographie de Dominique Rocheteau qui couvrait un pan entier de mur. Le bon sourire du joueur et les boucles noires de son abondante chevelure semblaient protéger le petit Serge des périls de la nuit, comme les dieux tutélaires des civilisations ancestrales. Rocheteau portait le maillot rouge et bleu du Paris-Saint-Germain. Serge était trop jeune pour avoir connu l'« ange vert ». Son père lui avait conté sans se lasser les désillusions de la finale de Glasgow en 1976, les poteaux carrés, les sept minutes échevelées de Rocheteau blessé qui, par ses dribbles imprévisibles, donna le tournis mais en vain à tous les joueurs du Bayern de Munich, jusqu'à l'immense Franz Beckenbauer, surnommé « le Kaiser » ; puis la défaite de Saint-Étienne et leur retour triomphal sur les Champs-Élysées, comme si leur présence en finale était déjà une victoire et méritait d'être gravée sur les murs épais de l'Arc de Triomphe, à la suite d'Arcole et d'Austerlitz. Comme si perdre devant les Allemands n'était pas une défaite : une loi non écrite mais implacable du football et de l'Histoire.

Serge avait compris et définitivement inscrit dans son cœur meurtri cette règle mystérieuse lors de cette douce soirée de juin 1982. La demi-finale de Séville entre la France et l'Allemagne, il n'avait que sept ans, mais il s'en souviendrait toute sa vie. Quand Patrick Battiston avait été sauvagement projeté au sol par le gardien de but allemand Schumacher, il avait soudain vu son père se lever brusquement, le visage transfiguré de fureur et de haine, éructant des mots qu'il comprenait mal :

« Sale Boche ! Ce Schumacher est un nazi, un SS ! Il aurait été parfait en gardien de camp ! Et t'as vu

28

l'arbitre, il ne siffle rien, ça ne m'étonne pas des Hollandais, y a pas un Juif qui ait survécu là-bas... » Quand Giresse avait marqué le troisième but de la France, sa bouche déformée par un rictus d'exaltation, son corps de petit bonhomme déglingué par le bonheur, Serge était tombé dans les bras de son père et un seul cri s'était élevé comme une ode céleste : « On est en finale ! » Mais quand l'Allemand Rummenigge était entré sur la pelouse de Séville, arborant une barbe de trois jours, un collier au ras du cou, un regard métallique du toréador qui toise le taureau, Serge avait senti instinctivement que ce guerrier-là pouvait renverser le sort. La France ne se qualifia pas pour la finale, et la nuit ne sécha pas les larmes sur le visage de Serge. Le désarroi de Platini, torse nu, un maillot posé sur l'épaule, errant sur le terrain, le regard morne et vide, ne voyant pas à côté de lui les joueurs allemands qui gambadent, se congratulent, s'embrassent, échangent des sourires où on pouvait lire à la fois mépris et soulagement, le hanterait longtemps. L'Allemagne avait encore gagné. L'Allemagne gagne toujours, avait conclu son père d'un air las.

Depuis lors, Serge visionnait au moins une fois par mois la cassette qu'avait enregistrée son père. La répétition ne changeait rien. Quand Schumacher envoyait au sol Battiston, le laissant pour mort, parfaitement indifférent à son sort, Serge s'écriait, les poings serrés : « Sale Boche ! » Quand Giresse marquait le troisième but de la France, ses yeux s'illuminaient, et il s'entendait marmotter d'un air joyeux : « On est en finale ! » Il pleurait lorsque Didier Six manquait son penalty ; souvent il éteignait le magnétoscope pour ne pas voir le dernier plan fixe sur le regard désespéré de Platini. Il attendait avec impatience « l'heure de la revanche » qui devait sonner, il en était sûr, à la prochaine Coupe du monde, au Mexique, en 1986. Mais au fond de lui, il était persuadé du contraire.

L'équipe de France de football n'avait pas attendu 1998 pour incarner le creuset français. J'avais découvert cette réalité un soir de juin de l'année 1986 chez Pierre Gaspard. Des fils d'Italiens, d'Espagnols, d'Antillais, d'Africains, de Polonais : « C'est l'Affiche rouge, ton équipe », lui avais-je dit rigolard. Il m'avait invité en Seine-et-Marne où il s'était installé pour « travailler sa circonscription ». La droite venait de gagner les élections législatives. Chirac habitait à l'hôtel Matignon. Pierre jubilait. Il passait ses journées rue de Lille, au siège du RPR, membre fantôme d'un cabinet ministériel. Il imaginait alors contraindre Mitterrand à la démission. La soirée estivale était douce, le ciel clair. Le divan en cuir confortable, les bibliothèques Ikea garnies de livres de poche. Pierre avait allumé la télévision, la demi-finale de la coupe du monde entre la France et l'Allemagne n'avait pas encore débuté. Pierre me raconta la rencontre de Séville quatre ans plus tôt, Battiston agressé par Schumacher, les penaltys et la défaite injuste de la France. Il attendait la revanche avec impatience.

— Les Allemands ont baissé depuis la dernière fois. Les Français ont battu les artistes brésiliens en quart de finale. C'est plié. En finale, on rencontrera l'Argentine. Tu verras, Maradona contre Platini, ça va être quelque chose.

On évoqua la mort de Coluche. Je l'avais accompagné à l'occasion d'un de ses périples antiracistes dans une école. Pour l'attendrir, je lui dis :

— Il était tellement drogué et malheureux.

Sans résultat.

— Tu veux que je te dise, pour moi Coluche, c'est l'incarnation de Mai 68. Il a fini le boulot de Cohn-Bendit. Il a fini de détruire la société française. Fernand Raynaud, c'était le comique de la France rurale des années cinquante. Coluche, c'est le comique de la classe moyenne urbaine des baby-boomers. Pour moi, c'est un ennemi idéologique qui a fait beaucoup de mal à ce pays. Mais je reconnais qu'il était drôle et féroce.

— En France, souviens-toi de Voltaire, le rire gagne toujours.

Sylvie nous servit un succulent bar aux morilles. Elle était fraîche et rayonnante. Elle avait alors deux enfants. Elle virevoltait, heureuse. Pierre ne la voyait déjà plus, happé par les coups francs de Platini. Le match se révéla décevant. Les joueurs français ne donnèrent jamais l'impression de pouvoir gagner. Comme s'ils étaient tétanisés par l'enjeu, la réputation de l'adversaire. Pierre pesta, vitupéra, insulta Rocheteau, Tigana, et même Platini. Puis il se tut. La défaite française le rendit morose. J'eus l'impression qu'il regrettait de m'avoir invité. Sylvie essaya de le dérider. En vain. Devant mon incompréhension, il me dit :

— Tu ne peux pas comprendre, moi je suis un patriote indécrottable. *La Marseillaise*, ça me fait toujours chialer.

Je ne pus m'empêcher d'être implacable.

— Tu ne crois pas si bien dire, la question, c'est bien la France. Tu les as vus tes joueurs ? Ils partaient battus d'avance. Nous ne sommes pas en juin 1986, nous sommes toujours en juin 1940. Quarante-cinq ans après, la débâcle face à l'armée allemande demeure un horizon indépassable. Tes Platini, Rocheteau, Tigana, ils l'ont tétée, cette débâcle, dans le lait de leur mère. Ils ne connaissent que ça. Pour eux, comme pour tous les Français, l'Histoire de France, elle commence et elle finit avec juin 1940. Le reste, ne t'en déplaise, est passé par pertes et profits. Dans la mémoire collective qu'incarnaient ce soir tes joueurs, les Français pour toujours des zozos tout juste bons à tourner dans *Mais où est donc passée la septième compagnie ?* Quand on voit ce match, on saisit à quel point ton de Gaulle a finalement échoué. Le grand thaumaturge a soigné pour un temps les écrouelles, il ne les a pas guéries. Depuis ce sinistre juin 1940, les Français se dévaluent, se méprisent, se détestent. Ce pays sait confusément qu'il est foutu, qu'il est sorti de l'Histoire cette année-là. Ce soir, tous les Français ont condescendu à la défaite obligée, parce qu'il était dit, une fois pour toutes et dans la nuit des temps, que la France doit s'incliner devant l'Allemagne.

— Tu parles exactement comme Roosevelt en 1945 quand il voulait occuper la France et se débarrasser de De Gaulle. Toi, tu devrais lire les *Mémoires de guerre*. Tu saurais que tu n'es que l'idiot utile des Américains.

Il mordait encore, mais sans rage. Il était abattu. Je m'en voulais presque de semblable cruauté. Sylvie alluma la chaîne hi-fi. La voix éraillée du chanteur du groupe Police psalmodia : « Roxanne, Roxanne. » Pierre ébaucha un rictus que je ne lui connaissais pas, qui se voulait un sourire sarcastique, mais ne parvenait pas à l'être.

— C'est l'histoire d'une pute. Française, forcément.

Pierre n'eut pas la force d'enchaîner sur la « perfide Albion ». Il était trop atteint.

Sylvie nous servit un verre de vin. Pierre examina la bouteille.

— Bois. C'est du chambertin. C'était le vin de Napoléon. Il en buvait même pendant la retraite de Russie.

— Alors, tu devrais en offrir à ton Chirac. Il va bientôt en avoir besoin. Il n'aurait jamais dû accepter de prendre Matignon. Mitterrand va le laminer.

— Tu sais très bien qu'on n'avait pas le choix. Il faut qu'on se débarrasse d'abord de Barre. C'est lui qui est en tête dans les sondages. Et il est contre la cohabitation.

Je remettais la politique sur la table par générosité. Par charité chrétienne. Le remède agissait. Pierre reprit des couleurs. Sylvie me jeta un regard de reconnaissance. Elle avait encore, à l'époque, dans le sourire et la poitrine haute et ferme, un je-ne-sais-quoi de désirable. Elle n'avait pas encore eu tous ses enfants. Elle remplit nos verres du succulent chambertin. L'œil de Pierre retrouvait peu à peu sa vivacité.

— Ton Mitterrand, il aurait dû démissionner. C'est ça l'esprit de la Ve. De Gaulle l'aurait fait, lui. On le contraindra au départ.

— Mitterrand reste pour éviter le pire. Vos projets sont scandaleux. Votre loi sur la nationalité est une photocopie du programme du Front national. Vous supprimez le droit du sol et vous renvoyez chez eux des centaines de milliers de gens. C'est du pétainisme ! On ne vous laissera pas faire. On trouvera un moyen, mais tu verras, vous devrez remballer vos projets pétainistes.

— Être français, ça s'hérite ou ça se mérite. Quand je vois dans ma circonscription tous ces Arabes, excuse-moi mais ce n'est pas la France, ça ! De Gaulle a donné l'Algérie justement pour ne pas avoir Colombey-les-deux-mosquées. En 1980, Giscard avait signé un très bon accord avec l'Algérie pour leur renvoyer leurs ressortissants chômeurs. Et arrêter le regroupement familial. Qu'est-ce que vous avez fait de cet accord ?

— On l'a foutu au panier et on a eu raison. Les Arabes doivent rester ici. On est allé les chercher quand on avait besoin et on les renverrait parce qu'il y a du chômage ? C'est inhumain.

— On a fait ça dans les années trente avec les Polonais.

— La République ne s'est pas grandie.

— Si on ne fait pas ça, on sera envahi. Il y a des centaines de millions d'Arabes et d'Africains à nos portes. L'immigration est devant nous.

— Pas de catastrophisme. Puisque tu parles des années trente, les étrangers représentent aujourd'hui le même pourcentage de la population française que dans les années trente.

— Garde cet argument bidon pour tes gogos de journalistes qui ne demandent qu'à les gober, veux-tu ! D'abord, on est près de soixante millions d'habitants et plus quarante. Et en plus, on leur donne la nationalité française à tour de bras ! Tout ça rend inopérantes les comparaisons statistiques, mais toi et les tiens vous n'en avez rien à foutre ! L'important, c'est d'être efficace et de rassurer à bon compte le téléspectateur. Et même si tu avais raison, au-delà du nombre, nous avons aussi un problème de culture. Ce qui gêne chez les Arabes, ce n'est pas qu'ils soient arabes, mais musulmans. L'islam est trop éloigné de la culture catholique française. Ils ne s'intégreront jamais.

— On a dit ça pour toutes les vagues d'immigrés. Les Ritals et les Polonais étaient aussi inassimilables. La France est un vieux pays d'immigration. Il n'y a pas de Français de souche. C'est des conneries racistes. Tes Arabes, ils s'intégreront comme les autres. Ils ne rêvent que d'une chose d'ailleurs : avoir des Nike aux pieds et des polos Lacoste. Aller danser en boîte, rouler dans des belles bagnoles et baiser des belles blondes. Consommer et adopter le mode de vie occidental.

— Tu es bien un mec de gauche. C'est vous qui croyez le plus aux vertus du marché. Votre Dieu, c'est l'argent. Votre Mitterrand a beau faire des discours sur l'argent qui corrompt, c'est le seul Dieu que vous adorez. Tu crois vraiment qu'on règle tout par le marché, la consommation ? Et l'âme d'un pays, qu'est-ce que c'est pour toi ? Je note, dans ton choix de mots, que les Italiens devaient s'assimiler mais les Arabes peuvent se contenter de l'intégration. Si je comprends bien, eux ont le droit de ne pas se couper de leurs sacro-saintes racines.

— Exactement. On a trop souffert dans le passé de l'assimilation. C'est un arrachement. Une amputation scandaleuse. La République doit respecter toutes les identités, toutes les cultures. Être une vraie République multiculturelle. Il n'y a pas de culture supérieure. C'est du colonialisme que de vouloir imposer la civilisation de l'homme blanc aux sauvages.

— Mais la France, la France, tu n'en parles jamais de la France. Elle n'a pas commencé avec la République, la France. C'est un vieux pays gallo-romain, blanc et chrétien.

— Quand je te dis que vous êtes les héritiers de Pétain. Comme en 1940, vous ne pensez qu'à renvoyer les gens chez eux. La République, ce n'est pas ça.

— Tu me fais chier avec tes comparaisons avec Pétain. On a quand même le droit de choisir les étrangers qu'on accepte, non ? Et puis je vais te dire un truc, vous avez tort, vous les intellos juifs, tous les BHL, les Marek Halter, toi et les autres, de vous mettre dans cette bataille-là du côté des étrangers. Qu'est-ce que c'est que ces affiches à la con : « Un Arabe qu'on tue aujourd'hui, c'est un Juif qu'on tuera demain ? » Vous avez tort d'embarquer tous les Juifs français dans cette bagarre-là. Vous êtes en train de vous mettre vous-même en dehors de la communauté nationale. C'est une grave erreur que vous paierez un jour. Souviens-toi de nos leçons d'histoire. C'est toujours dans la plèbe que naît l'antisémitisme. Les Juifs sont toujours protégés par les puissants, le roi, le pape, et persécutés par les plus pauvres. Et là, c'est vous les intellos juifs qui forgez de vos propres mains le futur lumpenprolétariat, comme disait ton copain Marx. Vous êtes fous !

— Tu parles exactement comme les gars du Consistoire. Ouais, ces vieux messieurs distingués du Consistoire juif de France, ils nous ont fait passer des messages pour nous dire que nous les Juifs, nous étions français, et que nous ne devions pas nous bougnouliser. On leur a rappelé qu'en 1940 les Juifs français avaient de même cru que les rafles ne concerneraient que les Juifs étrangers et eux aussi ils ont fini dans les camps !

— C'est faux ! Vichy a assez bien protégé les Juifs français, même s'il a été ignoble avec les Juifs étrangers qu'on avait accueillis. Relis Klarsfeld. Et puis merde, toute l'Histoire de France ne se résume pas à la Seconde Guerre mondiale. Arrête avec ça. Pourquoi tout focaliser là-dessus ? Tu pourrais aussi rappeler que la France fut le premier pays d'Europe à émanciper les Juifs avec l'abbé Grégoire. Et que partout où les armées de Napoléon passaient, les Juifs obtenaient l'égalité civile. C'était ça aussi, le drapeau bleu blanc rouge sur tous les champs de bataille, comme disait je ne sais plus quel poète à la con !

— Ouais, bleu blanc rouge pour toi et l'étoile jaune pour moi ! Je connais la chanson.

— Tu m'emmerdes à la fin avec ces histoires ! Pendant que les Ashkénazes grillaient à Auschwitz, les tiens faisaient griller des merguez sur le barbecue. Tu veux que je dise, la névrose juive, ce n'est pas ce qu'on croit. C'est un curieux lien entre persécution et élection. Vous êtes persécutés parce que les autres ne vous ont pas pardonné de vous être autoproclamés peuple élu. Non seulement vous l'avez compris, mais au fond vous le revendiquez. La persécution est pour vous la preuve de votre élection divine. Et donc, en creux, l'absence de persécution serait la preuve de la non-élection. Chez vous les Juifs séfarades, il y a depuis la Seconde Guerre mondiale une carence de persécution. Vous vous sentez moins juifs, moins élus que les Ashkénazes. Vous avez donc besoin d'en faire plus dans le sentiment de persécution pour retrouver l'onction de l'élection.

Un long silence suivit cette tirade. Je me retenais de lui envoyer mon poing sur la gueule. Je me jurai de ne plus jamais le revoir. Pour être sûr de rompre les amarres, je lui crachai :

— Cela ne m'étonne pas de toi, finalement. Avec un père collabo, tu ne peux pas penser autre chose.

— Mon père fut collabo parce qu'il était de gauche, socialiste et pacifiste.

Sylvie me fit comprendre que je devais partir. La bouteille de chambertin était vide.

J'avais rencontré Pierre Gaspard un an avant cette algarade, un soir de juin 1985, place de la Concorde, lors du grand concert de SOS Racisme. En France, tout commence par des chansons, disais-je. Les caméras encombraient la scène. Les chanteurs se succédaient, sueur et sourires mêlés, dans un tonnerre électrique. J'expliquais à une chanteuse aux seins appétissants que l'obélisque venu jadis d'Égypte bénissait le mariage de la France et des Arabes. Nous arborions la petite main jaune, qui ressemblait comme une sœur à la main de fatma et dont la couleur évoquait l'étoile jaune. Ces similitudes ne nous offusquaient pas. Au contraire, nous les avions sollicitées. Nos adversaires étaient les dignes successeurs des nazis, des enfants d'Hitler. Nous étions assurés d'œuvrer pour le bien. La paix universelle. Nous nous droguions aux bons sentiments. Nous étions tous frères. Touche pas à mon pote. Une sorte de christianisme des origines imprégnait nos âmes, sauf que les catacombes étaient ornées de calicots publicitaires à la gloire de Benetton. À nos pieds, nous contemplions une foule extatique et bigarrée, où des Noirs tenaient des mains de blondes, où les Arabes de Sarcelles étaient venus dans la voiture de leurs copains juifs. Ils étaient fiers de ce mélange prometteur, convaincus d'incarner l'avenir du monde.

Nous nous croisâmes, Pierre Gaspard et moi, dans les coulisses, qu'il est de bon ton d'appeler *backstage*. Nous étions fats de ce privilège ridicule. Notre jeunesse était notre seule excuse. Je ne me souviens plus qui nous présenta. Notre poignée de main fut sèche. Nous nous croyions alors d'irréductibles adversaires politiques. Pierre Gaspard se prétendait gaulliste, je me revendiquais de gauche ; il faisait partie d'une délégation du RPR qui portait un message de Jacques Chirac, alors maire de Paris. Les émissaires du maire venaient nous expliquer qu'ils ne pouvaient pas être fascistes puisqu'ils étaient gaullistes. Ils refusaient avec véhémence qu'on les jetât dans le même sac d'opprobre que Jean-Marie Le Pen. On leur affirmait qu'on les croyait en leur faisant comprendre le contraire. Nous les lacérions de sourires goguenards. Plus ils se justifiaient, plus on les daubait. Ils nous racontaient la Seconde Guerre mondiale, les compagnons de la Libération, nous entonnaient l'air de Paris outragé, Paris libéré, de l'alliance de jadis avec les communistes. Ils ignoraient que nous haïssions les communistes qui n'étaient pour nous que des staliniens.

Pierre Gaspard restait obstinément silencieux. Il portait deux valises pleines de billets neufs, participation de la mairie de Paris aux frais de ces joyeuses agapes antiracistes. Signe de bonne volonté, de complicité antifasciste. Plus tard, bien plus tard, je lui appris que l'Élysée nous avait versé les mêmes étrennes, par l'intermédiaire d'un jeune et obscur conseiller technique à l'allure rondouillarde et à l'humour décapant, un certain François dont je me rappelais vaguement que son patronyme évoquait un nom de pays, François Autriche ou François Norvège peut-être. L'Élysée nous avait aussi livré notre matériel publicitaire, petite main jaune et slogan « Touche pas à mon pote ». De la belle ouvrage signée Jacques Pilhan. À l'époque, Harlem Désir contait sur tous les plateaux de télévision que l'idée lui en était venue dans le métro, en voyant son copain Diego pris à tort pour un voleur par une foule hostile et raciste. Conte pour enfants. Cette abondance imprévue, cette logistique impeccable et secrète expliquaient en partie notre désinvolture méprisante. La fête était payée deux fois, et même trois, puisque TF1, sur injonction gouvernementale, avait elle aussi rempli notre escarcelle ; il ne nous restait plus qu'à nous partager les reliquats, en crachant sur les mains qui nous avaient nourris.

Pierre Gaspard semblait ignorer nos postures insolentes. Ses cheveux courts, plaqués, ses épaisses lunettes en écaille, sa tenue austère et convenue, costume gris anthracite et cravate à pois rouges, lui donnaient un air de sinistre technocrate passe-partout, seulement démenti par un sourire gourmand. Son corps trapu de rugbyman paraissait bâti pour résister à toutes les offenses. Son regard bleu de myope lorgnait au-delà de nous vers une cible inconnue. Je me retournai, il ne cilla pas. Je découvris au loin les jambes musculeuses d'une incandescente choriste noire. Des cuisses fuselées, une croupe de déesse callipyge, des lèvres charnues. Elle ressemblait à une athlète américaine dopée, un Carl Lewis au féminin. La fille dominait de deux têtes ses collègues. Je souris ; Gaspard esquissa un rictus de complicité. Nous étions tous deux béats d'admiration. Ses jambes immenses et musclées, d'un noir d'ébène, qui s'agitaient en cadence, nous fascinaient. Nous nous approchâmes sans un mot. Nous attendîmes la fin de la chanson. Nous la suivîmes dans sa loge, toujours silencieux. Je crois que je parlai le premier. Mon anglais était moins laborieux que le sien ; je découvris plus tard que son accent rocailleux du Sud-Ouest rendait ridicule tout effort. La fille n'était pas farouche. Ma haute stature, mes longs cheveux de jais, ma mèche rebelle voguant sur un large front, ma chemise blanche ouverte sur un torse glabre, mes longues mains de fille, mon nez viril et busqué, mon regard d'enfant innocent, mon teint vermillon, m'avaient donné une assurance récente. Adolescent, j'avais découvert, stupéfait, Bernard-Henri Lévy à l'émission « Apostrophes » et je l'avais aussitôt imité, jusqu'à ses tics. Pierre Gaspard m'encourageait en silence. Nous décidâmes de la conduire dans un bar des Halles sans attendre la fin du concert. Plus rien n'existait, ni la musique ni le spectacle, ni la place de la Concorde ni SOS Racisme, ni Chirac ni Mitterrand. Elle venait de Washington DC. Elle avait vingt-deux ans. Elle était venue à Paris comme mannequin. Elle rêvait de devenir actrice. Les choristes noires étaient à la mode parmi les chanteurs français.

Le reste fut enseveli sous le bruit et les volutes de cigarettes ; sortant des haut-parleurs immenses, seule une voix suave nous parvint encore, répétant comme une litanie absconse et sensuelle : *Smooth Operator*. Elle dit d'un sourire enfantin, en nous montrant les enceintes : « Je la connais bien, c'est une copine ! » Je lui caressai doucement la joue. Pierre Gaspard lui effleura la cuisse. Je lui volai un baiser pendant que Pierre lui pelotait les seins sans vergogne. La soirée s'annonçait délicieuse. Je proposai de la conduire chez moi, rue du Bac. Mon père m'y avait installé un charmant pied-à-terre dès que je fus entré à Sciences Po. Nous sortions du bar enfumé des Halles lorsque Pierre me serra le bras et me glissa d'un air navré :

— Ne m'en veux pas, je suis épuisé. Je te la laisse. Tu l'as méritée plus que moi.

Et il s'enfuit sous l'œil interloqué du mannequin noir. Je la conduisis chez moi, mais la magie était tombée. Du désir initial, il ne restait plus que la fascination de sa beauté. À l'époque, j'étais jeune ; je me piquais de sentiment ; je tombais vite amoureux ; mes fiascos m'étonnaient encore.

Quand je contai le lendemain mon lamentable désarroi de la veille à Pierre, il éclata de rire.

— J'étais sûr que ça m'arriverait aussi. C'est pour ça que je t'ai abandonné. Cette fille était trop belle pour moi. Trop grande, trop noire, trop tout. Un mélange de femme idéale et de mec. Une espèce de fantasme total. Mais je croyais que toi, tu étais un gars plus costaud.

Notre échec sexuel initial constitua le socle de notre amitié. Nous ne nous sommes plus quittés depuis près de vingt ans.

Des mains fébriles caressaient son visage, son torse, ses jambes, mais il ne les sentait pas ; les « you-yous » joyeux des femmes et le rire gras des hommes brisaient ses tympans, mais il ne les entendait pas ; son frère aîné, Serge, et son cousin Yohann, à l'écart de la horde des adultes, le montraient du doigt en se moquant, mais il ne les voyait pas. Il avait grimpé sur la table en formica de la salle à manger dont sa mère avait prestement ôté la nappe à fleurs et son dessous en bubble-gum marron ; il avait enlevé ses chaussures, les avait rangées l'une contre l'autre, avait resserré son pantalon de cuir noir, épousseté de sa petite menotte charnue sa chemisette écarlate et lissé les boucles de son épaisse chevelure brune ; le soin précis de ses gestes, son souci maniaque de l'ordre, de la propreté, avaient fait sourire ; son père avait sifflé entre ses dents : « Eh, déjà comme sa mère, une miette de pain sur le tapis, ça la met en transe ! »

La mère, sans même le regarder ni tourner la tête vers lui, avait rétorqué :

— Plains-toi d'avoir une femme propre. Tu préférerais une souillon, peut-être ? Qu'est-ce tu veux, moi, je ne suis pas une Marocaine comme toi, moi, moi, je suis française...

— Je sais, le décret Crémieux...

— Ne t'en déplaise, le décret Crémieux, mes ancêtres ils étaient français...

— Tu vois pas ! Aujourd'hui, on se retrouve tous les deux en France avec la nationalité française...

— Oui, mais moi, mes ancêtres ils n'ont pas courbé la tête devant les Arabes ! Ils leur disaient merde, aux Arabes. Ils étaient français.

L'échange était convenu, connu des acteurs comme du public. Les scènes entre Monique et André Sitruk faisaient la joie de toute la famille : les adultes s'en amusaient, y voyant une preuve indubitable d'un amour-passion dont les flammes ne s'éteignaient pas, et les petits les imitaient, roulant des yeux et des épaules ; chacun pouvait en réciter les moindres répliques, qui étaient dites sans haine ni colère, sans même y penser. La routine. La mère était trop occupée à traquer le moindre grain de poussière sur le microsillon qu'elle posait avec précision sur la platine ; elle souffla sur la pointe du bras qu'elle actionna et posa délicatement sur le disque ; les premières notes de *Billie Jean* fusèrent, déclenchant immédiatement les déhanchements furieux et savants à la fois, les petits cris et les onomatopées répétant phonétiquement les paroles en anglais, du petit bonhomme si sérieux et concentré qui était monté sur la table. La mère murmura :

— Vas-y, mon Simon, mon bébé à moi, chante pour ta mère...

Toute la famille assemblée répéta après elle les mêmes mots d'adulation. « Vas-y, mon Simon, mon bébé à moi, chante pour ta mère... » Ils étaient tous venus en cette journée estivale de juin 1985, pour « pendre la crémaillère à tata Momo et tonton Dédé ». Ils avaient mis un peu de temps à rentrer dans Paris, à s'y retrouver dans le lacis de ruelles, entre l'avenue Jean-Jaurès et la rue Louis-Blanc, comme si des fortifications invisibles continuaient de protéger Paris des invasions barbares. Ils venaient presque tous de la Seine-Saint-Denis. « La sœur à Momo » venait elle aussi de la banlieue : elle habitait Neuilly. Tous n'avaient d'yeux que pour les habiles déhanchements du petit Simon, mais l'enfant ne voyait personne. Son regard ne se détournait pas de ses pieds minuscules qui s'agitaient selon une chorégraphie consciencieusement répétitive ; ses fines jambes tressautaient en mesure, son torse étique s'arrachait au reste du corps, sa bouche s'enfuyait, se détachait de ses joues rondes. Il n'imitait pas Michael Jackson ni ne le jouait, le parodiait moins encore ; il était Michael Jackson. Il n'avait aucune distance, aucun recul sur son personnage. Il était sérieux comme on ne l'est qu'à cinq ans, quand on ne sait pas encore la différence entre la réalité et l'image, entre le bien et le beau, entre le rêve et l'avenir.

Les femmes ne cachaient pas leur enthousiasme fiévreux, leur passion pour « ce gosse, je te jure qu'est-ce qu'il est beau, ma parole, il va devenir un chanteur quand il sera grand. Après tout, ce Jackson-là, il a commencé comme ça, tout petit, dis t'as vu les photos, qu'est-ce qu'il était mignon avec ses cheveux frisés, il était beaucoup mieux quand il était un Noir comme les autres. Quelle idée aussi de se blanchir la peau, ma parole, on dirait un monstre. C'est la punition de Dieu ça, tu dois accepter le visage qu'Il t'a fait... Ces Américains quand même ils ont de ces idées, tu te demandes où ils vont les chercher ».

Derrière leurs sourires narquois, leurs moqueries, leur souci sarcastique de se démarquer des passions féminines, les hommes dissimulaient mal leur attendrissement. Certains d'entre eux n'avaient pas hésité à ouvrir la porte d'entrée, et devisaient dans la cage d'escalier. Ils fumaient et parlaient fort, rythmant leurs éclats de rire de frappes dans les paumes des mains largement ouvertes, tandis que les effluves musicaux de *Billie Jean*, repris en chœur par toute la famille dans un comique baragouin américanisé, se déversaient dans l'immeuble. Les voisins, surpris par ce débarquement bruyant et coloré, n'avaient pas encore réagi. Soudain, la porte de l'ascenseur s'ouvrit. Un bambin, les babines couvertes d'un mélange repoussant de chocolat et de morve, en sortit. Il eut à peine le temps d'observer la scène, les hommes fumant et riant, les femmes se trémoussant, et un petit garçon au pantalon de cuir juché sur une table poussant des cris de mouette joyeuse d'avoir gobé un poisson, qu'une grosse main rustique le tira par le bras.

— Yazid, viens ici ! On n'est pas au deuxième étage, *celb ben celb*, nous on est au cinquième. Tu vas nous bloquer, *yaatechtiphus* !

Une volée d'insultes proférées dans un arabe rauque rappela l'enfant à ses devoirs. D'effroi, il tituba, tomba. Pleura. Sa démarche n'était pas encore assurée. Il n'avait pas trois ans. Il renifla. Essuya son nez morveux. Se faufila derrière la porte claquée derrière lui.

André Sitruk regarda l'ascenseur monter. Après avoir écrasé son mégot de cigarette au sol puis, inquiet des réactions de sa femme, l'avoir poussé sous le paillasson, il lâcha d'une voix émue, où perçait la nostalgie :

— Ceux-là, ma main à couper qu'ils viennent de Casa. Des paysans de chez moi. Ça fera un copain à mon fils. Moi, j'avais plein de petits copains arabes là-bas. La vérité, c'était le bon temps...

C'était un bloc de béton sans grâce, mais aux couleurs riantes. Ni une tour ni une barre, sept étages tout au plus. La dernière génération des HLM. Au début de ces années quatre-vingt, le béton s'était fait plus discret, moins arrogant ; nous n'étions plus dans les années soixante, Le Corbusier était mort, les enfants qui habitaient ses machines à vivre le maudissaient sans le connaître ; désormais, le béton avait mis son habit de camouflage ; il avait pris des couleurs gaies, du jaune, du rouge, pour donner l'impression de la vie alors qu'il est la mort ; il ne venait plus seul le béton, seul et froid, mais accompagné d'herbe, de fleurs, des « espaces verts » ; il y avait un petit jardin surplombé de saules mélancoliques entre les deux blocs qui s'emboîtaient nez à nez, comme une trouée de lumière, de nature et de verdure, de liberté, de romantisme aussi. Il voulait séduire désormais, tromper, être accepté par une ville où il est foncièrement étranger, une ville dédiée à la pierre de toute éternité. Paris, comme la Rome antique dont elle est l'héritière, ne se conçoit que dans et par la pierre, la pierre polie, la pierre ciselée, la pierre soignée, la pierre qui fonde, ordonne, embellit, souligne le geste encore artisanal du compagnon, traverse les siècles sans outrage, quand le béton trahit le travail vite fait, mal fait, la main anonyme et malhabile, l'obsession de la rentabilité immédiate, le mépris du beau et des générations à venir.

Monique Sitruk aimait bien sa nouvelle demeure. Elle regrettait seulement que les appartements fussent si nombreux par étage et, à chaque palier, les portes si proches les unes des autres. Elle avait une impression d'étouffement chaque fois qu'elle sortait de l'ascenseur, qui se dissipait quand elle pénétrait chez elle. Elle était surtout satisfaite d'avoir le boulanger si près de son domicile, presque au pied de l'immeuble. Elle habitait à égale distance des deux bouches de métro, Colonel-Fabien et Stalingrad. De l'autre côté de la rue, une station-service ravitaillait les voitures innombrables qui se ruaient par grappes serrées vers le bunker du parti communiste français trônant au milieu de la place, comme un modèle de mauvais goût du siècle des totalitarismes. Monique n'aimait pas les communistes. Une aversion plus instinctive que raisonnée ; Monique ne « se mêlait jamais de politique », qui occupait l'essentiel des conversations entre son mari et son père. Mais les communistes empêchaient les Juifs d'URSS d'émigrer en Israël et elle ne voulait pas en savoir davantage : ce n'était pas pardonnable. Avec son cabas en toile, remplie des commissions du jour, elle traversait une petite place réservée aux piétons, bordée de chênes, havre de paix et de silence imprévu dans un quartier qui semblait soumis au diktat de la reine automobile, d'où elle atteignait en quelques pas l'école primaire Claude-Vellefaux. À 16 h 30 précises, elle attendait la sortie de ses deux garçons : Serge, l'aîné, faisait mine de ne pas la voir, pour ne pas déchoir auprès de ses « copains », tandis que Simon se précipitait dans ses bras et fouillait aussitôt dans son cabas, pour dénicher le rituel pain au chocolat. Mais, le plus souvent, les enfants rentraient seuls à la maison. Maman était avec papa, Momo avec Dédé. Elle n'aimait pas rester sans lui ; depuis que ses enfants passaient leurs journées entières à l'école, elle s'ennuyait, mais de lui. Après quinze ans de mariage, elle était toujours amoureuse.

Elle l'avait connu fort fringant à la fin des années soixante, modeste représentant en cuisines, tirant le diable par la queue dans une modeste chambre de Belleville, mais elle avait aimé son port fier, ses épaules larges et son rire qui emportait tous les soucis. Elle avait pressenti qu'« avec un type comme ça, elle ne crèverait jamais de faim ». Elle ne s'était pas trompée. Il avait fini par lancer sa propre marque, Kitchen ; il avait été un des premiers à vendre ces cuisines « tout équipées » que découvrirent les ménagères au milieu des années soixante-dix. Elle avait connu avec délices le luxe des palaces, la douceur des balades sur la Croisette, l'excitation du casino de Deauville, quand la roulette tourne jusqu'au petit jour. Mais le temps béni était passé. Au milieu des années quatre-vingt, les cuisinistes italiens lui taillèrent des croupières. Les Allemands s'y mettaient aussi. Le rire de Dédé se défraîchit. Plus que jamais elle le soutenait, le conseillait, le rassurait. Pendant ses nombreuses absences, elle confiait ses enfants à sa mère qui ne rechignait jamais. Parfois elle avait l'impression que ses enfants l'éloignaient de son cher Dédé ; elle regrettait un instant d'avoir sacrifié à ce rituel maternel ; et elle rougissait aussitôt d'avoir eu cette pensée sacrilège.

Les enfants ne traînaient pas sur le chemin du retour. Ils n'avaient aucune rue à traverser. Ils accédaient rue Louis-Blanc sans effort, passaient par l'immeuble de la rue de la Grange-aux-Belles, traversaient le jardinet. En ce temps-là, il n'y avait ni porte blindée, ni code digital, ni interphone. Seulement des boîtes aux lettres en contreplaqué marron. Les étiquettes blanches, découpées strictement, signalaient les noms des habitants, Garcia, Lopez, Dubois, Marteau, Rinaldi, Fernandez, Fouad, Martinelli, Boulanger et

Gallois. Des fils d'ouvriers lorrains, petits-fils de paysans ardéchois, descendants de maçons italiens, de fonctionnaires corses, de républicains espagnols, de bergers kabyles, le produit savant de siècles d'Histoire de France, de guerres, de famines, de révoltes, tissé, unifié, uniformisé même par la langue française et l'école, qui ordonnent les cerveaux et imposent une façon de penser et un passé communs, et la Sécurité sociale qui rapproche les modes de vie, les concasse dans un ample filet qu'on appelait avec fierté, comme si c'était l'aboutissement ultime du peuple français, le rêve à la fois médiocre et exaltant de cinquante millions de Français, et moi et moi et moi, grands et petits, riches et pauvres, bruns et blonds, jeunes et vieux, hommes et femmes, droite et gauche, gaullistes et communistes, libéraux et socialistes, comme une sorte de fin de l'Histoire, de Clovis à Mitterrand : la classe moyenne.

Monique avait repéré un Leibovich, et elle avait sifflé entre ses dents : « Ah, enfin, un de chez nous, un Ashkénaze, enfin mais quand même ! » Elle avait surtout repéré avec joie une Fouad, à qui elle s'était empressée d'apporter quelques gâteaux de « chez nous ».

— Une mouquère mais bien, tu vois, civilisée, je pense que c'est une Kabyle, s'était-elle empressée de confier à son mari. Avec deux beaux enfants, deux filles, je te dis pas, très bien habillées, et très bien élevées, elles sont à Claude-Vellefaux, dis donc, comme les nôtres, et elles travaillent très bien à l'école, mieux que les nôtres, ça c'est sûr. C'est Serge qui me l'a dit. Elle m'a reçu très gentiment, la vérité. Elle m'a servi le thé avec les petits gâteaux, et tu ne sais pas ce qu'elle m'a dit ? Non, vraiment, Monique, vous permettez que je vous appelle Monique, ça me fait plaisir de vous voir, dans cet immeuble, y avait que des Français, je suis contente de voir enfin quelqu'un de chez nous ! Tu sais, Dédé, elle me plaît cette femme, la vérité je crois qu'on peut devenir comme deux sœurs.

— Et les autres, les nouveaux, là, comment ils s'appellent, je suis sûr que ce sont des Marocains, eux, avait répliqué son mari.

— Je ne sais pas, Dédé, ils n'ont pas encore mis leur nom sur la plaque.

— Des paysans, ceux-là, tout de suite je les ai reconnus. Ils ne savent pas ce que c'est une boîte aux lettres dans leur douar...

La boîte aux lettres, Aïcha Chadli n'avait pas eu le temps de s'en occuper. Elle ne recevait pas beaucoup de courrier. Elle ne savait pas lire le français. Heureusement, elle avait sa fille Myriam, qui lui décryptait ses obscures et menaçantes missives administratives. Elle avait débarqué du Maroc avec elle à l'été 1983. Elle était enceinte du petit Yazid. Elle n'avait que deux enfants. Au bled, elle était une exception au milieu des nichées de six, sept, huit gosses. Elle en avait honte. Elle avait l'impression de ne pas être une vraie femme. Mais ses enfants étaient le fruit des vacances au Maroc de son mari. Et Mohamed Chadli prenait peu de vacances.

Il était arrivé en France dans les années soixante-dix. Il avait aussitôt trouvé du travail dans une pizzeria du quartier Saint-Michel. Il avait commencé par laver le sol, et fini au fournil. S'il avait le physique buriné d'un Sicilien, l'œil sombre, le cheveu noir, le teint mat, les traits escarpés, la face ravinée, il n'en avait pas l'accent. Il prit l'habitude de se taire. Il n'était jamais parti de la pizzeria du quartier Saint-Michel. Il avait beaucoup hésité à faire venir Aïcha dans le cadre du « regroupement familial ». Il n'avait pas trop envie de s'embarrasser d'une femme qui surveillerait ses parties de rami au café, le nombre de ses tickets de PMU et son goût pour les filles de la rue Saint-Denis. Il avait conservé des liens étroits avec une première femme, dont il n'avait jamais divorcé. Elle aussi avait eu deux enfants de lui, deux garçons. Elle aussi voulait le rejoindre en France. Mohamed se sentait cerné. Il leur expliqua que la loi française interdisait la « polygamie ». Lors de chaque voyage au pays, devant les deux femmes qui le harcelaient, il maudissait avec verdeur ces « roumis » infidèles. Dès qu'il avait retrouvé sa pizzeria, il bénissait en silence la France et les rigueurs des roumis.

Mais la pression fut trop forte. Il céda. C'est la plus jeune, Aïcha, qui vainquit. Elle ne tarda pas à déchanter. Elle fit des ménages dans des bureaux. Elle se levait à quatre heures du matin. Elle y retournait à huit heures du soir. Elle ne préparait pas sa fille pour l'école ; elle n'embrassait pas son fils Yazid, que Myriam couchait. Son mari dormait l'après-midi quand elle était à la maison, il rentrait au-delà de minuit, quand elle s'était écroulée de fatigue. Il passait ses jours de repos dans les cafés de la rue Myrha, dans le quartier de la Goutte-d'Or, où il avait retrouvé des amis de là-bas. Un jour, elle découvrit qu'il envoyait la moitié de sa paie à l'autre famille restée au Maroc. Elle se lamenta, tempêta, insulta. En vain. Mohamed ne répondit rien. Son Mohamed si joyeux au pays se révélait en France mari discret, secret, mutique. Un jour, il se lassa de ses jérémiades et, sans ajouter un mot, lui cassa une chaise sur le dos. Elle avait compris le message. Si les femmes arabes ont le privilège de la parole, du verbe, de l'insulte aussi, qui peut aller fort loin, souhaiter la maladie, les calamités, la mort, maudire le père, les ancêtres et toute « la race », leurs hommes, qui se gardent de répondre sur le même registre, de peur de déchoir, conservent le monopole de la violence légitime.

Aïcha avait la nostalgie des figues qui fondent dans la bouche, des rires entre femmes autour du lavoir, des cris joyeux que répandaient les immenses tablées des nuits blanches du ramadan. Elle avait le mal du pays et n'avait personne à qui le dire. Son mari ne l'écoutait pas et sa fille ne la comprenait pas. Elle avait rêvé de la France avec passion, parce que ce pays se confondait à la fois avec l'amour pour son mari, la liberté des femmes qui n'étaient plus observées par tout le village et la richesse qu'elle avait entrevue à la télévision. Son immeuble, entre les rues Louis-Blanc et de la Grange-aux-Belles, entre les bouches de métro Stalingrad et Colonel-Fabien, entre la boulangerie et la station-service, voilà sa France. Personne ne la surveillait, ne lui demandait de comptes, ne cancanait. Mais personne ne lui parlait, ne la regardait, ne semblait la voir. Elle était transparente. Les hommes étaient affables, mais silencieux ; l'élégance des femmes lui faisait honte. Même sa fille se moquait de son « look de femme de ménage ». Elle n'avait que trente ans, mais déjà paraissait « une vieille ». Ses « voisins » entraient et sortaient sans la voir, sans lui parler. Elle n'osait leur adresser un mot, soucieuse de ne pas ajouter le ridicule de son français et de son accent à celui de ses nippes multicolores. Quand elle poussait la porte en verre de l'entrée, un courant d'air venu de la rue lui glaçait les reins, qu'aucun regard ni mot ne venait réchauffer. Elle ne voyait jamais son cher Mohamed ; elle était emmurée dans la solitude ; quant aux pauvres richesses de son mari, elle savait désormais à quoi s'en tenir. Elle se dit que Mohamed était un esclave des Français. Elle prit son silence pour de la honte, alors que c'était pour lui une manière de conserver son quant-à-soi. Elle n'avait pas compris que la parole partagée est un instrument de contrôle de tous sur tous et que le silence est l'arme de l'autonomie individuelle. Et donc de la liberté. Elle se méprenait sur les sentiments réels de son mari, mais Mohamed était bien incapable de la dégriser. Il n'avait pas de temps à perdre. Elle haït très vite ces Français qui humiliaient son mari, l'homme qu'elle admirait le plus au monde. Elle vomit ces Français qui lui imposaient l'usage d'une langue qui la torturait, qui la ridiculisait, qui la mettait à la merci de sa fille. Un jour, elle entendit à la radio une chanson qui scandait sans cesse un mot que pour une fois elle comprit : l'Aziza. La belle en arabe. Mais c'était une voix fluette de fille qui chantait son amour pour une jolie Marocaine, avait-elle cru comprendre, et cela la scandalisait. Et puis, à force d'attention, elle avait saisi que l'Aziza avait tous les droits, les mêmes que les Français, qu'elle était chez elle en France, répétait en boucle la chanson, et Aïcha bougonnait en lavant la vaisselle :

— Il est bien bonne, celle-là, un Française c'est un Française, et un Arabe c'est un Arabe !

Entre deux hoquets d'un rire moqueur, Myriam l'affranchit : le chanteur était un garçon et s'appelait Daniel Balavoine ; dans la cour de récréation, il se murmurait que sa chère l'Aziza était une Juive maro-caine. Aïcha prit alors un air entendu :

— Ah ! J'y comprends mieux alors. C'est pour ça qu'il a tous les droits en France !

La première fois que je vis Clotilde, je la trouvai grasse. Je songeai bien sûr aussitôt à « la première fois qu'Aurélien vit Bérénice, il la trouva laide », l'ouverture de ce roman que j'avais dévoré goulûment à l'adolescence quand Aragon incarnait pour moi le modèle de l'écrivain engagé, le poète glorieux de l'Affiche rouge, et de ceux qui croyaient au ciel et ceux qui n'y croyaient pas, avant qu'il ne devînt à mes yeux dessillés de la fin des années soixante-dix le salaud stalinien, le chantre indécent des tortionnaires de la Tcheka.

Elle s'appelait Clotilde Camus. Elle collectionnait tout ce que je n'aimais pas. Elle portait un chandail de mohair rouge qui moulait de gros seins. Elle avait des jambes courtes enveloppées dans des jeans qui enserraient jusqu'au ridicule des hanches trop généreuses. Des baskets Converse de couleur rouge aux pieds, comme si elle voulait se tasser plus encore, s'enfoncer dans la terre. À notre seconde rencontre, elle se jucha sur des escarpins à talons aiguilles, comme si par un effort désespéré elle tentait de s'arracher à la glaise, d'acquérir une allure qu'elle n'aurait jamais. J'avais toujours ignoré, méprisé même ce type de fille que goûtaient nombre d'hommes. Une actrice italienne nourrie aux pâtes ; la secrétaire qui épouse l'ouvrier et devient la maîtresse de son patron. La Latine pouffiasse. Cette féminité exacerbée, cette sensualité de bazar, nichons et cul à l'étal, me dégoûtaient. M'effrayaient, comprendrais-je plus tard, avec Clotilde. Je leur préférais les grandes filles élancées, racées, disais-je alors, la poitrine évanescente, la chute de reins escamotée, la taille étroite de garçonnet, des jambes immenses de trotteur au prix d'Amérique, les attaches fines et fragiles comme du verre. Des beautés que je qualifiais de « modernes ». Et, un jour, j'avais aperçu Anne et cru avoir déniché l'incarnation de mon éternel féminin. La fin de l'Histoire.

Pierre Gaspard, lui, en pinçait pour les femelles qui « remplissent la main d'un honnête homme ». Il exigeait « d'en avoir pour son argent ». Je moquais son côté « franchouillard » ; il me traitait de « pédé refoulé ». Avant d'ajouter, d'une voix gouailleuse : « Tu ne connais rien aux femmes. Il y a les femmes pour sortir et celles pour rentrer. » Il aimait les bons mots à la manière d'Audiard. J'avouais moins d'enthousiasme pour cet esprit si français ; j'y reniflais des relents barrésiens, voire pétainistes. Pierre Gaspard, lui, ne mesurait pas son engouement. Pour animer une soirée languissante, il était capable de réciter de chic tous les dialogues des *Tontons flingueurs*. C'était au temps heureux de notre amitié sans nuages ni arrière-pensées. On se demandait en riant comment nous avions pu tomber d'accord sur la choriste noire du concert de la Concorde. Un mouton à cinq pattes. Mouton noir.

Clotilde Camus avait un visage rond, parcouru de taches de rousseur, encadré par des cheveux noirs et raides, tombant sur les épaules, un nez mutin. Des yeux bleus rieurs, un sourire qui vous harponnait et ne vous lâchait plus.

Clotilde Camus avait écrit l'article du *Parisien* sur le meurtre de Simon Sitruk. Rebaptisé Graziani. Elle plaidait non coupable. C'était le directeur de la rédaction qui, dans son dos, avait modifié le patronyme en même temps qu'il rédigeait le titre.

— Les imbéciles, raillait-elle, ils ont même coupé dans le papier le passage où j'évoque l'éventualité du crime antisémite. Comme je repoussais l'hypothèse, ça ne les a pas gênés. Les cons !

Elle avait l'insulte facile. Avant de la rencontrer, je confondais gouaille et vulgarité. Elle avait vingt-six ans. Elle était de la même génération que la victime et son assassin. Elle connaissait mal le milieu de la R'n'b ; sur son iPod, elle écoutait en boucle les mièvres chansons de Benabar et de Vincent Delerm. Je l'initiai à Ferré et Trenet. Elle travaillait depuis cinq années au *Parisien*. Elle y avait accumulé les stages et les contrats à durée déterminée, renouvelés de semestre en semestre, bien au-delà des contraintes légales. Elle avait sacrifié d'innombrables week-ends et vacances, se jetant sur les reportages dont aucun titulaire ne voulait. Elle avait fini par obtenir le sacré Graal, un contrat à durée indéterminée, sans qu'elle sût jamais ce qui, de ses qualités de journaliste ou de son inscription au syndicat Force ouvrière, fut décisif. Elle collaborait aux pages consacrées à Paris, seule édition régionale dont les journalistes avaient l'honneur de résider dans les locaux de la rédaction nationale du quotidien, à la porte de Saint-Ouen. Elle était une privilégiée, notait-elle sans ironie. Elle gagnait en un mois ce que je dépensais en un week-end à Marrakech. Mais elle était persuadée que nous étions du même monde, celui des affranchis « à qui on ne la fait pas », qui n'ont pas les *a priori* médiocres, mesquins et racistes, du populaire. D'ailleurs, sa meilleure amie, Mathilde, travaillait à *Voici*. Elle voyait moins son autre « meilleure amie, Jennifer, un genre mannequin, tu vois, longues jambes, et 36 de tour de taille, une blonde quoi », depuis que celle-ci avait été embauchée, dès sa sortie de l'école de journalisme, pour présenter les journaux sur Canal +.

Tous ses amis étaient journalistes ; elle avait rencontré « son copain », au *Parisien*, pigiste comme elle ; elle refusait de s'installer avec lui, en dépit de ses demandes pressantes : elle voulait « garder son indépendance » ; mais elle le rejoignait souvent dans un petit appartement du 11e arrondissement, au sixième étage sans ascenseur, près du métro Charonne : « Tu sais, là où ce salaud de Papon a ratonné tous ces Arabes. » Le samedi soir, ils réunissaient leurs amis pour fumer des « pétards », boire du rhum qu'ils avaient rapporté de leurs vacances à Cuba, et dire du mal de ce chef de service des pages étranger, « un réac catho qui a fait quatre gosses à sa femme et ne s'en occupe jamais ». Je la fis rire en lui racontant mes débuts dans le journalisme, à *Globe*, le journal qui avait la particularité de ne jamais payer ses pigistes. « Je n'écrivais pas pour vivre, lui dis-je, mais pour agir. Je faisais de la politique. » Elle me regarda, incrédule. Elle ne comprenait pas. Je lui racontais les éditoriaux enflammés à la coke, la une changée à minuit, alors que les exemplaires de l'hebdomadaire étaient déjà à l'imprimerie, les grabats disséminés dans les locaux de la rédaction pour permettre aux journalistes d'y dormir. Elle esquissa un rictus maternel, entre réprobation et pardon :

— Ouais, ce n'était pas très professionnel tout ça.

Je lui dis qu'à son âge je me moquais du professionnalisme, ne me souciais ni de carrière ni même de « trouver un boulot », je ne rêvais que de révolution, je voulais refaire 68 ; j'étais fasciné par les figures mythiques des maquisards sud-américains, des héros de la lutte contre l'impérialisme américain et le capitalisme d'État ; des hommes secrets dont on ne connaissait même pas le visage. Elle rétorqua :

— C'est clair. C'est pour cette raison que, depuis, tu as passé ton temps à montrer ta gueule à la TV.

La lumière de son sourire ironique m'irradia ; j'en oubliai ses énormes nichons. Nos relations furent d'abord platoniques. Nous échangeâmes des missives par courriel, empreintes d'une douce complicité. Je corrigeai ses fautes d'orthographe, elle me décrivit une réalité que j'avais oubliée depuis mes lointaines années de militantisme à SOS Racisme, au milieu des sans-papiers et des réseaux de solidarité aux enfants menacés d'expulsion. Elle ne pouvait retenir ses larmes lorsque les forces de police vidèrent avec rudesse les églises occupées ou les squats. Elle avait l'impression de revivre les arrestations de Juifs par les gendarmes français pendant la guerre. Je me rendis compte que cette comparaison me gênait désormais alors que, quelques années plus tôt seulement, j'avais participé sans états d'âme à cette cohorte de manifestants qui, une pauvre valise à la main, s'étaient rendus à la gare de l'Est pour protester contre les renvois d'immigrés clandestins par le ministre de l'Intérieur, Jean-Louis Debré. Méchante mascarade, jugeais-je désormais. Elle rit méchamment quand je me vantai d'être un des parrains de « Ni putes ni soumises ».

— Ces quatre pouffiasses qu'on voit à la télé mais pas dans les quartiers !

Dans un de ses courriels, elle mêla ses récits crus de la vie au *Parisien* à ses notes accumulées sur le crime de Simon Sitruk. Elle se révélait paradoxalement plus impitoyable pour la médiocrité intellectuelle de son chef de service qui réclamait de « l'info, de l'info, cocotte », en lui demandant de découper des dépêches de l'AFP, qu'avec Yazid, l'assassin du petit Simon. Elle éprouvait de la compassion pour le malheur de ce dernier, mais ne put celer une certaine fascination pour le criminel, sa conversion récente à l'islam de ses pères, la simplicité de sa « foi du charbonnier ». Elle voulait croire à sa « repentance ».

Elle me raconta l'histoire de Mathilde, « sa meilleure amie », tombée amoureuse d'un Marocain, rencontré lors d'un reportage en prison. À sa sortie, elle l'avait épousé ; un imam avait béni leur union ; très vite était né un petit « Kader ». Mais la naissance de son fils avait transformé le Marocain fêtard, amateur de vin et de belles voitures, même volées, en un austère musulman, pudibond et moralisateur, qui l'exhortait de plus en plus vivement à cesser tout travail, à cacher ses chevilles et ses cheveux ; sa belle-famille la surveilla étroitement. Au bout de deux ans, n'y tenant plus, Mathilde divorça. « On ne s'aimait plus comme au début », répondit-elle seulement à ses amis qui l'interrogeaient. « Tu sais, quand on ne s'aime plus, vaut mieux tourner la page. »

Clotilde l'enviait ; elle rêvait elle aussi du sublime métissage, du « grand Black qui ferait hurler sa conne de mère », et se désespérait de la banalité « franchouillarde » de son « copain ». Clotilde avait conservé dans sa chambre de jeune fille le petit baigneur noir que sa mère lui avait offert quand elle était enfant. Elle était issue d'une famille de la petite bourgeoisie de l'Anjou. Les rites de l'Église avaient baigné sa prime jeunesse, passée chez ses grands-parents à qui l'avaient confié ses géniteurs partis « faire la route » en Asie du Sud-Est. Quand ils étaient revenus, elle avait cinq ans. Sa mère avait ridiculisé son rituel de prières quotidiennes avant de s'endormir, mais l'avait inscrite dès l'école primaire à Sainte-Croix de Neuilly. Quand elle eut atteint sa quinzième année, sa mère lui donna la pilule parce que, dit-elle, « les femmes ont lutté pour que leur corps leur appartienne ». Clotilde avait perdu la foi à seize ans quand ses parents avaient divorcé, mais ne s'en consolait pas. C'était une provinciale naïve égarée par erreur à Paris. Elle jouait l'affranchie, la Parisienne accomplie, mais avait gardé une fraîcheur, une authenticité qui m'agaçaient et me touchaient en même temps. Ses états d'âme m'étaient étrangers. Elle me plaignit avec sincérité : « Homme de peu de foi. » Je lui répondis froidement :

— Il faut écraser l'Infâme.

Elle me rétorqua dans un rictus de dégoût :

— Tu cites Voltaire comme mon père.

Je livrais régulièrement mes informations à Pierre Gaspard. Le ministre était satisfait. L'histoire n'avait pas passionné les médias. J'espaçai mes visites rue Louis-Blanc ; la famille Sitruk était convaincue d'un complot du silence dont je faisais désormais partie. Elle n'avait pas tort. J'avais surveillé les dépêches AFP, les reprises sur France Info et LCI. L'« erreur » patronymique du *Parisien* avait stérilisé les réactions des agences et des chaînes d'informations. Je pris la précaution d'appeler mon ami Beria, rédacteur en chef au *Monde*. Je l'avais comparé au sanguinaire lieutenant de Staline au cours de nos folles années de jeunesse révolutionnaire, alors qu'il avait établi une liste de dignitaires gaullistes – Debré, Foccart, Foyer étaient les premiers visés, par ordre alphabétique sans doute – qu'il se proposait d'assassiner. Le surnom l'avait flatté ; il l'avait conservé comme nom de guerre ; je crois que je ne me rappelais même plus son état civil. Nous déjeunâmes au Dôme, boulevard du Montparnasse. Enfoncé sur une banquette de couleur rouge, je l'observais d'un œil goguenard enfourner un énorme millefeuille à la crème, après qu'il eut dégusté un bar à la sauce langoustine.

— Beria a pris les habitudes alimentaires de Khrouchtchev !

— De ploutocrate capitaliste, n'hésite pas à le dire. Parfois je me fais honte. Tu as vu cette bedaine, on dirait un bourgeois à la Daumier, moi qui ne jurais que par l'ascétisme révolutionnaire. Parfois, je me fais horreur. Un vrai social-traître.

— Nous en sommes tous là, mon pauvre Beria. Nous sommes des vieux révolutionnaires rangés des maquis, que nous n'avons finalement jamais connus. Des sociaux-traîtres, tu l'as dit.

— Non, toi, tu as toujours l'allure efflanquée d'un dandy rouge. Avec ta barbe de trois jours, on croirait que tu viens de quitter les rizières viets.

— C'est l'air pur des palaces et des plateaux télé. Ça conserve !

— Et les petites journalistes. Tu dois t'en farcir, mon salaud, dans toutes les télés où tu passes. Elles doivent êtres fascinées. Une légende urbaine !

— Et au *Monde*, l'armée de filles que vous avez recrutées, ne me dis pas que c'est seulement pour leur talent et leur professionnalisme. Y a pas à dire, le féminisme, on n'était pas chaud au début, pas assez prolétarien, déviation bourgeoise même qu'on disait, tu te rappelles. N'empêche, ça a du bon. On les a comme qui dirait sous la main. Et elles couchent sans trop se faire prier, puisqu'on leur a expliqué que c'était la seule façon de s'émanciper. Bien creusé, la taupe !

— Mais, moi, tu me connais, je n'ai pas renoncé au combat révolutionnaire. À ma façon. Au service société, je suis idéalement placé. Dans mes pages, on t'explique à longueur de colonnes que le niveau monte à l'école. Personne ne me croit vraiment, même moi, j'ai des doutes quand je vois les résultats de mes filles, mais si on cède là-dessus, la réaction se réjouira trop ouvertement. On a quand même détruit deux générations d'écoliers avec nos conneries. Mais au moins, la culture bourgeoise, on a eu sa peau.

— Ouais, quand je relis les *Mémoires d'outre-tombe*, je me dis qu'on sera la dernière génération à pouvoir apprécier ça, et c'est, je ne te cache pas, non sans une certaine mélancolie. C'était bien, quand même, la culture bourgeoise.

— Tu as toujours été un sentimental.

— Tu dis ça seulement parce que je ne voulais pas qu'on assassine Michel Debré. C'est moi qui avais raison, Beria. Enfin, si ça se trouve, tu aurais fini repenti, toi.

— Toi tu as préféré te vendre au grand capital international ! Mais, dis-moi, tu ne m'as quand même pas invité pour jouer aux anciens combattants de la révolution introuvable ?

Au café, je lui révélai tout à trac ce que j'appelais, rigolard et mystérieux à la fois : « le crime de la rue Louis-Blanc ». Il n'en avait nullement entendu parler. Je m'en réjouis sans rien en laisser paraître. Je ne m'appesantis pas. Je lui décrivis seulement le contexte politique d'une catastrophique exposition médiatique. Je passais allégrement du Front national à George Bush, de Sharon à Chirac, du Parti socialiste au CRIF, des banlieues à l'Intifada. Nous avions gardé de nos jeunesses militantes un goût pour les synthèses planétaires. Mon apocalyptique tableau le gonflait d'importance. Beria ne tergiversa pas longtemps. *Le Monde* ne « sortirait » rien. Je soupirai d'aise. Je n'ignorais pas la complexe mécanique médiatique. Les journalistes lisent avant tout les autres journaux. La concurrence est leur première source d'information, parfois la seule. Les meilleurs lecteurs de la presse écrite sont les attachées de presse et les journalistes de radio et de télévision. Un seul journal aurait rompu mon pacte du silence et tous les médias, de TF1 au *Berry indépendant*, auraient été contraints de « traiter l'info ». Une seule braise mal éteinte, et c'était l'incendie de forêt. D'où l'importance cardinale du pompier Beria.

Sans le dire cette fois à Pierre Gaspard, je commençai également à écrire sur « le crime de la rue Louis-Blanc ». Je repris tout depuis le début. L'installation des deux familles dans l'immeuble, les relations avec le voisinage, les souffrances et les joies de leurs parents, l'école, l'amitié des deux garçons, leur enfance dans cette France sous la gauche de Mitterrand, mais modelée par leurs ancestrales traditions familiales. Un « romanquête ». J'en envoyai par courriel les premiers extraits à Clotilde ; elle ne contint pas son enthousiasme ; je me souvins que je lisais mes premiers livres à Anne. Clotilde me fit remarquer que ce récit des années quatre-vingt n'avait rien de commun avec celui que j'avais esquissé devant elle, les concerts de SOS Racisme, *Globe*, la coke, les valises de billets, les mannequins noirs, Chirac-Mitterrand.

— Comme si vous aviez vécu sur deux planètes. Les deux histoires mériteraient d'être écrites en parallèle, non ?

Je me dis que cette fille valait mieux que ses cuisses courtes et ses gros nichons. Un soir, je l'invitai à dîner, dans un restaurant italien, rue du Bac. Elle étrenna pour l'occasion une robe noire droite, boutonnée au milieu, des escarpins à talons aiguilles. Son sourire sans artifice était pour une fois vermillon, ses lèvres épaissies, ses yeux agrandis. Elle avait une allure élancée, que je ne lui avais jamais connue, un air aguicheur qui m'excita. J'étais las de la parfaite éducation d'Anne de La Sablière de Maison Neuve de Montmorency. J'eus envie de m'encanailler. Au tiramisu, elle se lécha les doigts. Anne l'aurait giflée. Je lui caressai le bras. Je la conduisis chez moi. Anne était à l'étranger pour plusieurs jours ; le petit couchait chez ma mère. Anne m'avait dit qu'elle « voulait réfléchir ». Je n'avais pas encore compris qu'elle préparait la guerre. Dès qu'elle franchit le pas de la porte, Clotilde ne mesura pas son admiration. Elle s'émerveilla de la taille et du nombre des pièces, de la hauteur des plafonds, leva les yeux sur les grisailles, les baissa sur le parquet à points de Hongrie, contempla béatement les boiseries dans le salon, les peintures, les trumeaux et dos-d'âne XVIIIe, les paravents et vases japonais. Elle s'appesantit sans honte sur les signatures des meubles et des tableaux. Elle écarquilla les yeux sans vergogne. Elle parla bas, comme au musée. Je lui glissai un baiser dans le cou pendant qu'elle étudiait un meuble Boulle. Soudain, je la basculai sans prévenir sur une méridienne Louis XV. Elle tourna la tête, un brin interloquée :

— Mais qu'est-ce que tu fous ?

— D'après toi ?

— Je croyais que tu n'aimais que les mannequins. Je te préviens, au cas où tu aurais mal vu, que je mesure un mètre soixante et mes soutiens-gorge font du 90C.

— Il n'y a que les imbéciles qui ne changent pas d'avis.

— Et ta méridienne ? On va salir le beau tissu.

— Ce meuble a été conçu pour ça. Pour prendre les donzelles en levrette comme ceci ou alors se faire tailler une pipe pour les plus paresseux. Je te prêterai les *Mémoires* de Casanova.

— Je ne te savais pas si grivois.

Je la pris par-derrière ; je crois que j'avais encore du mal à m'habituer à ses gros nichons. À l'instant fatidique, elle poussa un cri strident. Elle se retourna, s'assit à califourchon sur la couette, un brin pataude. Dans son regard, je lus un curieux mélange de reconnaissance et de surprise.

— Tu es le premier homme à me faire jouir comme ça. Mon copain ne m'a... comme ça. C'est...

— On ne m'avait encore jamais sorti un tel compliment. Tu me flattes, et ma vanité est incommensurable, mais j'ai trop de bouteille pour tomber dans le panneau. Enfin, tu m'épates, je ne pensais pas que tu avais autant de métier.

— Mais pour qui tu me prends, salaud ! Je suis sincère. Je n'ai jamais joui comme ça. Je n'ai eu que des petits amis de mon âge. Ils sont timides et maladroits.

— Je ne laisserai jamais dire que vingt ans est le plus bel âge de la vie.

— Oui, merci, je suis inculte, mais j'ai entendu parler de Jean-Paul Sartre !

— Paul Nizan.

— Connais pas. Peu importe, j'étais à peine née quand Sartre est mort. Je te disais donc que les garçons de mon âge ajoutent une particularité, ils sont tellement obsédés par notre plaisir à nous les filles, qu'ils en oublient le leur. Ils veulent tellement nous aimer, ils nous chérissent tellement, ils nous admirent, on sent qu'ils sont en adoration, qu'ils n'osent pas nous toucher. Et vas-y qu'ils nous caressent, qu'ils nous lèchent, et de la tendresse en veux-tu en voilà, mais putain, on veut de la bite, nous, de la bonne, de la bien grosse. On n'est pas un de tes bibelots japonais. Mon copain, il ne me baise pas, il me fait l'amour, nuance, il est tout tendre comme mon nounours en peluche, comme une fille, mais je ne suis pas une lesbienne, moi, je voudrais qu'il me baise comme une brute, qu'il me fasse mal, merde, qu'il me déchire. La seule fois où j'ai osé lui en parler, il m'a dit que j'étais obsédée, qu'il n'y avait pas que le cul dans la vie, qu'il ne rêvait que d'une chose, partager une nuit avec moi, dormir côte à côte, qu'il n'était pas un sex-toy. Alors que toi, tu n'hésites pas, putain. Tu y vas.

— C'est le privilège de l'âge.

— Et de l'égoïsme souverain.

— C'est la revanche des barbons de Molière. Ils n'avaient que quarante ans et passaient pour des vieillards. Ils épousaient des donzelles qui les trompaient avec de jeunes gandins qui les baisaient. Aujourd'hui, c'est l'inverse : les jeunes filles vivent en ménage avec des jeunes cons et les trompent avec des vieux qui les font jouir et dont elles tombent amoureuses. Les baby-boomers sont vraiment les rois du XXe siècle. Ils ont tiré tout ce qui bougeait quand ils avaient vingt ans, ils ont pris la place de la génération des authentiques résistants en les traitant de fascistes, s'en sont mis plein les fouilles et, arrivés à la soixantaine, ils se débarrassent des jeunes cons en leur filant des diplômes au rabais et des boulots précaires, ils gardent tout le pognon pour eux et baisent donc les jeunes tendrons qui refusent de se faire sauter par des gars de leur âge qui n'ont pas un sou, aucun espoir d'en avoir avant longtemps, et qui n'osent pas tirer un coup de peur de faire de la peine à leur copine. Ah, comment vous dites déjà, les jeunes ? Trop forts, les vieux ! Et trop cons les jeunes, oui !

Elle me regarda avec un air bizarre. Elle souffla d'un air sincèrement repentant :

— Mon copain n'est pas un jeune con. C'est un gars bien, délicat et... Non, vraiment, ce n'est pas bien ce que j'ai fait avec toi. Il faut que je le lui dise. Il faut que je lui avoue. Qu'il me pardonne.

— Mais quelle idée !

— Mais il faut qu'il sache, enfin. Je déteste le mensonge. Nous avons établi notre relation sur la vérité. Dans notre couple, c'est comme ça depuis le début de notre histoire, on se dit tout.

— Tu n'as pas d'autres conneries ? Tu crois que je vais en parler à Anne ?

— Ce n'est pas pareil, toi, tu m'as dit que ça n'allait plus dans ton couple.

— Mais arrête avec tes fadaises de couple ! Le couple, ça n'existe pas. C'est une invention des magazines féminins ! Seuls les individus existent, et les peuples, face à l'Histoire ! Tu veux que je te raconte mon histoire juive préférée ?

— J'adore les histoires juives. Il n'y a que les Juifs pour savoir rire d'eux-mêmes.

Elle connaissait son bréviaire politiquement correct sur le bout des doigts, aussi bien qu'au temps du catéchisme chez ses grands-parents. J'avais parfois l'impression en l'écoutant qu'elle était l'enfant que j'aurais eu avec la télé.

— C'est Jacob qui ne peut pas dormir. Il se tourne et se retourne dans son lit. Sarah, sa femme, lui dit : « Qu'est-ce que tu as Jacob ? » Jacob répond : « Voilà, je dois dix mille euros à Isaac, tu sais, notre voisin, je devais lui rendre demain, et je ne les ai pas. » Sarah réfléchit un instant et lui dit : « Et c'est tout ? » Elle ouvre les fenêtres de leur chambre, elle crie vers la maison voisine : « Isaac, Isaac ! » L'autre se réveille, Sarah lui dit : « Il paraît que mon mari te doit dix mille euros et qu'il devait te les rendre demain ? » L'autre, à moitié endormi : « Oui. » Et Sarah de xe continuer à la cantonade : « Eh ben, il ne les a pas. » Et de fermer la fenêtre et de se retourner triomphante vers son mari : « Voilà, maintenant dors, c'est lui qui ne peut plus dormir. »

Clotilde s'esclaffa.

— Tu vois tes conneries de transparence, c'est exactement ça, c'est transférer sa propre responsabilité sur l'autre.

— Tu n'es qu'un vieux libertin cynique. Tout ce que je déteste.

— C'est curieux, quand même, les femmes. Elles prétendent toujours que le sexe n'a pas d'importance, qu'elles ne sont pas comme les hommes, qu'elles n'ont pas une bite dans la tête, qu'elles jugent un homme sur son intelligence, sa sensibilité, ses mains plus que la taille de sa queue, mais elles tombent toujours amoureuses des mecs qui les baisent bien.

— Tu parles trop. Baise-moi.

André Sitruk avait exigé « le mieux pour la bar-mitsva à son fils ». Il avait visité les salons de réception les plus huppés de la capitale. Monique avait contacté les traiteurs les plus chers, depuis des semaines, elle jonglait avec Le Nôtre, Dalloyau. La liste des invités s'allongeait ; il fallait « rendre les invitations ». Trois cents personnes étaient déjà attendues, et on n'avait pas fini de « rendre ». Effarée par les dépenses engagées, Monique s'inquiétait auprès de son mari qui la rassurait d'une moue goguenarde de grand seigneur. « T'inquiète pas, ma fille, t'inquiète pas. » Justement, elle s'inquiétait. Son Dédé adoré avait le teint jaune, cireux, l'œil vitreux, les joues gonflées. Pourtant, il ne se plaignait jamais. N'expliquait rien. Parfois il esquissait un paysage tourmenté, avec des Italiens, des Suédois, des Hongrois, des Indiens. Monique ne comprenait pas très bien pourquoi tous ces gens se lançaient subitement dans la cuisine. André n'essayait pas de l'éclairer davantage et se replongeait dans une lecture avide du *Money* de Paul-Loup Sulitzer. Dédé mangeait comme il lisait, goulûment et mal, alourdissant un pas qui n'avait jamais été léger. Monique le tançait, lui enlevait le pain de la table, en vain. Elle ne le laissait plus seul un instant, comme si son mari la trompait, mais avec un bon couscous. Rien ne la détournait de sa surveillance, ni les premiers pas, les premières lettres, les premiers mots, premiers émois du petit Simon au cours préparatoire de l'école de la rue Claude-Vellefaux, ni les vocalises de Serge qui répétait dans une ferveur cafouilleuse, butant sur les mots sacrés, se cognant à la liturgie ancestrale, la Parachah qu'il devrait réciter le jour dit, à la synagogue. Le père de Monique, Jacques Mimoun, sermonnait sa fille sans ménagement. D'une voix de stentor, il lui rappelait ses responsabilités :

— Occupe-toi des devoirs de tes enfants, ma fille, sinon, ils ne vont rien faire à l'école, ils vont devenir des brêles.

Elle tentait un instant de se justifier, évoquait le temps qui lui manquait ; il ne la laissait pas poursuivre, lui jetait un définitif :

— Et comment elle a fait ta mère avec six enfants, tu crois qu'elle avait le temps ?

Alors, excédée, désinvolte, jouant du charme de sa jeunesse insouciante, elle lui lançait :

— L'important, papa, ce n'est pas qu'ils travaillent bien à l'école, l'important c'est qu'ils soient heureux, laissant le vieux ronchon interdit devant cet argument inédit, obscène, pour lui qui avait toujours cru que savoir et bonheur étaient deux mots synonymes.

Et puis Monique oublia. Elle s'éblouit, s'étourdit, dans les préparatifs de « la bar-mitsva à Serge ». Le petit smoking sur mesure pour lui, de chez Smalto, et pour elle la longue robe de mousseline à volants roses froufroutants : « La vérité on dirait du Gaultier. » De longues heures chez Carita, son coiffeur, pour refaire ce blond cendré qui lui donnait cette allure de « pathos pur porc », comme elle disait fièrement, qui plaisait tellement à son mari ; sans oublier, au dernier moment, cette poudre miracle qu'elle venait de découvrir dans sa boutique Guerlain, elle ne savait plus son nom, « terre je sais pas quoi, Terracotta, c'est ça », avec son boîtier en écaille et ses lettres en or, si chic, cette poudre, trois fois rien qui lui donnerait un teint hâlé et ferait jaser ses sœurs qui pousseraient des hauts cris : « Mais ma parole, tu reviens du Club Med à Agadir ou quoi ? » Chaque matin, elle se posait devant la télévision et s'essoufflait à suivre les exercices de Véronique et Davina.

— Je ne veux pas te faire honte, mon fils. J'ai encore trois kilos à perdre. Ce n'est pas beaucoup, trois kilos !

Et puis la synagogue, derrière la gare de l'Est, le samedi matin, Serge qui entonnait sa Parachah, sans brio particulier, mais sous l'admiration de toute la famille, qui le couvrit de cadeaux plus somptueux les uns que les autres, une montre Breitling et une Rolex aussi, et ces chèques innombrables qu'on lui glissait dans la poche, ou dans celle de son père, ou dans le soutien-gorge de sa mère qui ne dissimulait pas grand-chose de ses seins appétissants, toute cette débauche d'argent qui faisait dire à ce vieux grincheux de Jacques Mimoun :

— Quand nous on faisait notre communion, là-bas en Algérie, la vérité on n'était pas riche, celui qui avait une montre comme seul cadeau, c'était le roi du village, mais tous on connaissait la Torah sur le bout des doigts. Et le Talmud ! Aujourd'hui, la vérité, c'est exactement le contraire.

Personne n'écoutait son aigre soliloque. Les convives étaient étourdis par la valse des garçons qui couraient, volaient sur le parquet ciré, servaient et desservaient sans cesse les petits plats mitonnés par Le Nôtre, par l'éclat des dorures sur les murs épais du grand hôtel de l'Opéra, par les rythmes assourdissants crachés par les immenses enceintes posées à quelques mètres des premières tables, les hurlements joyeux du disc-jockey, les « Maseltov, Simantov » repris en chœur, par les flashs du photographe qui passait de table en table, « pour une photo avec le bar-mitsva », les rondes qui tournaient sur la piste de danse au gré des airs folkloriques israéliens, les vieilles femmes qui se déhanchaient lorsqu'elles reconnaissaient un rythme oriental, agitaient leurs mouchoirs en cadence sur des chansons d'Enrico Macias, et laissaient la place aux plus jeunes lorsque les sons binaires frappaient sourdement les tympans. On suait, on s'embrassait, on tapait dans les mains, on portait le communiant sur une chaise, qui sautillait en poussant des cris d'effroi et de joie mêlés au-dessus de la foule hilare, les enfants dansaient dans les jambes des adultes, le fils se dandinait joue contre joue avec sa mère dans un slow langoureux, deux sœurs esquissaient un rock furieux, pépé Jacques déployait ses talents de valseur, chaque âge avait son moment, sa danse, dans un ballet très maîtrisé, très ritualisé, sans aucune improvisation ni originalité, par des professionnels des « mariages et bar-mitsva », qui avaient appris au fil des années les attentes de ce public si particulier. Les hommes reluquaient d'un air égrillard les jambes musclées des choristes noires, leurs fessiers rebondis, leurs lèvres épaisses, sous l'œil complaisant et désabusé de leurs épouses. Au gré des cérémonies accumulées, les goûts s'étaient mêlés.

Dans les années soixante-dix encore, les jeunes ne voulaient pas entendre parler de Luis Mariano ou d'Enrico Macias, tandis que les adultes vomissaient cette « musique de sauvages » qu'écoutaient leurs enfants, des Rolling Stones aux Pink Floyd. Et puis le temps avait passé. Les « rebelles » avaient vieilli, gagné de l'argent, avaient eu eux-mêmes des enfants. Ils avaient imposé à toutes les générations, des plus jeunes aux plus vieux, leur « musique de sauvages ». Ils avaient tout recyclé, toutes les époques, toutes les traditions, dans une soupe commune préparée dans les marmites du show-biz. Dans les « mariages et bar-mitsva », les plus jeunes entonnaient désormais les chansons de Claude François, mort avant leur naissance, comme s'ils n'avaient pas de musique à eux qui les opposât à leurs parents, tandis que les anciens toléraient que leurs airs traditionnels de musique arabo-andalouse fussent électrifiés, modernisés, banalisés. Tout avait été aseptisé, amidonné. La fureur des rébellions adolescentes du rock and roll avait été édulcorée, comme la souffrance de l'exil qu'avaient fouaillée sans se lasser les pieds-noirs au cours de leurs longues nuits de naguère, bercées par le violon envoûtant et la derboka endiablée, quand Jacques Mimoun, assis, le regard perdu dans un au-delà nostalgique, sirotait son verre d'anisette, marmottait les paroles de chacune des interminables et languissantes mélopées en remuant la tête d'un air mélancolique, reprenait comme un maître d'école impérieux le chanteur qui avait eu le malheur d'écorcher un mot ou de confondre une rime, pendant que son gendre, André Sitruk, l'œil empli de larmes, la lèvre gonflée, son épaisse main tremblante jetant sans les compter une liasse de billets de cinq cents francs dans le panier en osier posé au sol devant les musiciens aux regards désabusés et cupides, mordillait son verre de whisky en tournant sur lui-même comme un derviche : tout s'était évanoui dans un univers acidulé. Tout était devenu spectacle. Personne ne s'en plaignait et tout le monde se levait, toutes générations confondues, aux premières notes du raï. Seul pépé Jacques s'indignait qu'il fût interprété en arabe et non en français, comme si, ruminait-il, Reggiani avait chanté en italien, Aznavour en arménien, Mouloudji en berbère, Brel en flamand. Mais pour la première fois, argumentait-il pour lui seul, en se félicitant de la pertinence de ses arguments inutiles, cette langue sacrée qu'était le français – la langue de l'intelligence et de la raison, de Descartes et de Voltaire – avait rencontré une autre langue sacrée, celle du Dieu du Coran.

Le petit Simon était fasciné par le spectacle des musiciens caressant leurs instruments, du chanteur avalant son micro. Seule *Billie Jean* parvint à l'arracher à sa contemplation. Ses déhanchements savants et ses petits cris de souris connurent leur succès habituel, mais il avait hâte de retourner à son poste d'observation. À la fin de la soirée, les frères d'André Sitruk, les « oncles à Serge », prirent d'assaut la scène, pour une interprétation rageuse du rock de leur jeunesse, sous l'œil goguenard mais blasé des musiciens professionnels. Les serveurs apportèrent une gigantesque pièce montée, sur laquelle trônait une étoile de David aux reflets dorés. Les délicieux choux à la crème furent engloutis par une foule insatiable. Les jeunes esquissèrent les derniers pas de danse. Serge avait dénoué sa cravate. Monique avait troqué ses escarpins italiens pour des savates argentées. Les premières mesures de l'hymne israélien résonnèrent et chacun se tut. Seul pépé Jacques, une fois de plus, bougonna :

— Qu'est-ce que c'est que cette nouvelle manie, encore ? On n'est pas israéliens quand même ! Est-ce qu'on aurait idée de chanter *La Marseillaise* ?

Mais il se leva et se figea dans un silence respectueux. D'une main fatiguée, il caressa la douce chevelure de son petit-fils, allongé sur deux chaises rapprochées, les jambes repliées sous lui. Simon, épuisé, s'était endormi.

André Sitruk marchait d'un pas pressé. À ses côtés, son fils Serge mettait un point d'honneur à régler son pas sur le sien. À trois mètres derrière, le petit Simon traînait, pestait et se plaignait : « Mais papa, pourquoi tu marches si vite ? » André Sitruk ne savait que répondre. Il ignorait lui-même pourquoi il marchait aussi vite. La nuit était tombée tardivement en ce doux mois de septembre, les présentateurs de la télévision parlaient d'été indien pour se donner un air américain, le ciel était clair, seulement strié de raies blanches qui ressemblaient plus à des traces de skieurs sur la neige fraîche qu'à des nuages lourds et menaçants. Serge rappela en riant à son père l'orage qui les avait surpris l'année précédente alors qu'ils rentraient déjà de la synagogue de la gare de l'Est. C'était la veille de Kippour aussi. Le grand pardon. Ils avaient pieusement récité le Kol Nidré, la prière inaugurale, si solennelle, si émouvante, soigneusement rangé leurs châles et livres de prière dans le petit casier en bois sous leur siège, plié leur calotte dans leur poche. André ne craignait pas la marche jusqu'à son domicile. Le jour de Kippour, on n'utilise pas la voiture. Il avait même, cette année-là, inauguré des baskets d'un blanc immaculé. Serge lui avait appris qu'on ne portait pas de chaussures en cuir à Kippour. Il ne faut pas porter des souliers confortables, lui avait expliqué son rabbin. Mais les baskets sont plus confortables que mes Weston, avait répliqué ironiquement André. Il avait cependant obtempéré. Serge n'aurait pas compris qu'il désobéît à son rabbin. Cette année, le rituel avait été le même. La synagogue, Kol Nidré, le petit casier, les baskets. Sauf qu'on ne risquait pas cette fois l'orage qui les avait ce soir-là transpercés. Alors, pourquoi marcher aussi vite ? Simon n'avait pas tort. Il avait promis de jeûner cette année, Simon. Mais il n'avait pas dit jusqu'à quelle heure, l'avait moqué Serge. Il n'avait pas le cœur à rire, pourtant, Serge. Il y avait un match de foot, ce soir à la télévision, Marseille jouait en coupe d'Europe. « L'OM de Waddle et Papin, papa, tu te rends compte, papa ? » André raconta à ses enfants l'histoire du Juif qui se plaint au rabbin que l'équipe de France dispute un match de football le soir de Kol Nidré. Le rabbin, désinvolte, lui dit : « Eh bien, mon fils, tu n'as pas de magnétoscope ? » L'autre, mortifié : « Non. » Le rabbin, ému par le désarroi du fidèle : « Si tu veux, je te l'enregistrerai. » Et l'autre, le visage soudain illuminé de joie et de reconnaissance : « Comment, monsieur le rabbin, vraiment, vous feriez ça, vous voudriez bien enregistrer Kol Nidré ? »

Simon et son père rirent aux éclats, plus encore du regard effaré de Serge que de la chute de l'histoire. Et André pressait encore le pas. Ses bajoues suaient, son front luisait, son ventre arrondi ballottait. Une pointe de douleur fouaillait son bras gauche. Le cliquetis des rames du métro aérien couvrait leurs voix. Autour du bassin romain de la station Stalingrad, ils aperçurent un attroupement de jeunes gens en survêtement, fort affairés, la tête baissée, groupés en demi-cercle, comme une mêlée de rugby, mais le mystérieux ballon tardait à sortir. Ils n'étaient guère menaçants et ne faisaient nullement attention à eux, mais d'instinct André ralentit sa course et tendit au petit Simon une main protectrice. Puis, le danger éloigné, André reprit le cours de ses pensées. Il était inquiet. Son esprit vagabondait de Paris à Milan, de Budapest à Stockholm. Il jonglait avec les lignes de crédit à la banque, les tarifs exorbitants des designers, les charges sociales du personnel, le harcèlement des services des impôts. Il ne comprenait pas pourquoi sa situation avait soudain basculé. Comme un bateau chavire sans prévenir, il avait accumulé de mauvaises affaires au moment même où le fisc se rappelait à son bon souvenir. « Ceux-là, se disait-il, ce sont des requins, ils sont attirés par le sang, tant que tout allait bien, ils m'ont laissé tranquille, mais dès que la concurrence italienne et allemande m'a laminé, ils se sont rappelé que j'existais. Les chiens. » Il n'avait aucune tendresse, aucun respect même, pour les inspecteurs des impôts. Payer ses impôts équivalait pour lui à jeter l'argent par les fenêtres. Il considérait que le fisc vouait une haine particulière aux artisans, indépendants, petits commerçants. Surtout aux gros qui n'étaient pas gros. Surtout à lui. Il se sentait persécuté. Il jugeait que frauder le fisc n'était pas une immoralité, mais une sorte de légitime défense. Il assurait, malgré les dénégations lasses des rabbins, que la Torah l'autorisait, l'encourageait. Il avait renoué, sans le savoir, avec l'état d'esprit des paysans de l'Ancien Régime à qui les fermiers généraux envoyaient les soldats pour leur faire rendre gorge. L'histoire du consentement démocratique à l'impôt n'était pas la sienne. Il venait de plus loin, André Sitruk, dans le temps comme dans l'espace. Pour lui, le fisc prenait les traits d'un gros félin prédateur ; et il était une souris qui avait tous les droits pour y échapper. Mais un jour, après avoir beaucoup joué, beaucoup couru, la souris avait vu le piège se refermer sur elle. Au plus mauvais moment. Il se sentait acculé. Il avait dû emprunter. De grosses sommes. Son banquier ne suivait plus. Il avait sollicité des réseaux plus discrets. Moins officiels. Des amis qu'il avait conservés au Maroc. Mais les « amis » jugeaient qu'ils prenaient désormais trop de risques. André avait envisagé de jeter sa famille dans un avion pour Israël. Après tout, il n'avait que quarante-cinq ans, il pouvait recommencer sa vie. Au temps de sa splendeur, il avait acquis une maison à Tel-Aviv. C'était pour les vacances, disait-il alors.

Il buta sur la porte vitrée de l'immeuble, rue de la Grange-aux-Belles, qui resta bloquée. Il la secoua un instant, jusqu'à ce que Serge lui dise : « Mais, papa, voyons, il y a un code, maintenant. » « Ah, merde, le code, j'avais oublié. Qu'est-ce que c'est déjà, ce fichu code, 2172 A, c'est ça ? » Il s'apprêtait à appuyer sur la touche du deux, lorsque de nouveau la voix de son fils l'alerta : « Mais, papa, c'est péché, le jour de Kippour, on ne peut pas se servir du code, ça marche à l'électricité. » La main d'André resta figée. Il respirait fort et malaisément. Il avait du mal à parler, mais n'osa enfreindre la Loi invoquée par son fils. Il se retourna en tous sens ; il espérait l'arrivée d'un voisin qui lui ouvrirait la porte. Les abords de l'immeuble étaient déserts. André sua à grosses gouttes, la douleur dans le bras gauche devint lancinante. Enfin, un petit homme apparut au loin. Il se dirigeait vers leur immeuble. C'était Mohamed Chadli. André l'accueillit chaleureusement d'un « Labess » sonore. Il lui glissa quelques mots en arabe, pour lui expliquer sa situation. L'autre opina du chef sans répondre à sa familiarité. Il appuya sur les touches du code qu'André lui dictait comme s'il avait besoin de lui pour s'en souvenir. En riant, André lui dit : « C'est comme là-bas, au Maroc, on avait toujours un shabbat goy, tu te souviens, c'était toujours un de nos copains arabes qui venait éteindre les lumières le vendredi soir. » Chadli marmonna des grognements d'approbation. Il appela l'ascenseur. Mais André et ses enfants s'engagèrent dans la cage d'escalier. Il entendit Simon renâcler : « Heureusement qu'on est au deuxième, si on était au cinquième comme les parents de Yazid ! » Le pas d'André se fit de plus en lourd ; il sifflait, suait, s'accrochait à la rampe. Quand Monique lui ouvrit la porte, il resta soudain figé dans le hall d'entrée, poussa un cri terrible, mit sa main sur la poitrine et tomba. En un éclair, il comprit pourquoi il avait marché si vite ce soir-là. Il voulait mourir chez lui.

Anne de La Sablière se révélait une guerrière redoutable. Le sang de ses ancêtres coulait encore dans ses veines. Elle avait entamé une procédure de divorce. Elle avait pris pour avocat mon meilleur ami, Nicolas Herzel. Elle ne s'était pas trompée, elle avait choisi le plus brillant. Ces gens-là n'ont pas leur pareil pour dénicher l'intendant idéal. Je n'avais rien vu venir. Je m'étais enfermé pour écrire. Mon existence commençait à devenir une chimère, tandis que celle des Sitruk, des Chadli, que je découvrais en la contant, prenait peu à peu sa place, devenait pour moi la réalité à la place de la réalité, la vie à la place de ma vie. Je laissai plusieurs messages sur le téléphone portable de Nicolas pour l'exhorter à renoncer. En vain. Anne m'interdit de voir mon fils. Elle changea les serrures de l'appartement de la rue du Bac. Elle me prévint qu'elle refuserait la garde alternée. Mes voyages incessants à l'étranger dessinaient un portrait de père épisodique que détestent les juges, des femmes pour la plupart. J'avais perdu d'avance. Lors d'une de nos ultimes querelles, Anne m'avait menacé de me dénoncer pour « inceste » et attouchements sur mon petit Samuel. J'avais entendu parler de ces méthodes que les Américaines ont inventées pour se débarrasser d'un père encombrant. Mais un père n'est-il pas par essence encombrant ? Pour la première fois, j'avouai à Anne mon abattement, ne lui celai point mon désarroi. Elle resta inflexible, le regard hautain. La magnanimité ne faisait pas partie de son héritage. Je ne sais pourquoi je plaidai que pendant vingt ans, sur tous les plateaux de télévision, dans chacune de mes interventions et de mes livres, j'avais incarné le féministe exemplaire. Toujours à défendre la cause des femmes, j'avais combattu pour la parité en politique, contre l'excision en Afrique, les mariages forcés dans les cités. J'étais bien mal récompensé. Accusé d'attouchements incestueux par la mère de mon fils ! Elle s'esclaffa d'un rire sardonique.

— Mais, mon pauvre ami, raconte cela à tes pouffiasses qui ne connaissent que le type qu'elles ont vu à la télé. Moi, je connais l'autre, le vrai !

Sa tenue, pantalon blanc et caraco de dentelle, accusait encore une maigreur que je jugeais désormais malsaine. Je confiai mes souffrances à Clotilde Camus. Je la voyais de plus en plus souvent. Je l'emmenai dîner au Plaza, au Ritz et au Crillon. Je lui fis pousser son cri de jouissance dans les draps soyeux du Raphaël. J'aimais les palaces. Je posais à Scott Fitzgerald. Elle moqua mes goûts de dandy qui avait besoin de vider plusieurs coupes de champagne Laurent Perrier pour bander. Je lui avouai que j'avais pu ainsi abandonner la poudre blanche. Elle me contempla d'un regard incrédule ; je lui paraissais trop prévisible, trop caricatural ; je cochais devant elle toutes les cases du parfait « people » vu à la télé. Je n'en eus cure. Je ne jouais plus. Je me vautrai dans ses seins abondants. Tout était rond et doux chez elle, tendre et sensuel à la fois, ses joues, son cou, ses bras, ses cuisses, ses chevilles. Je me demandai comment j'avais pu me passer de tels appas ? Comment avais-je pu même mépriser ces rondeurs, ces douceurs laiteuses ? Me contenter de ces grands corps secs vantés par les magazines et les défilés de mode, de ces objets phalliques, de ces femmes qu'on arbore comme un trophée, de ces portemanteaux qui ne plaisent qu'aux garçons qui aiment les garçons ? Mon goût des femmes m'importait moins alors que le regard des autres hommes sur moi ; mon plaisir moins que ma vanité. Mon désir était indexé sur la norme officielle du goût. « J'étais aliéné par l'idéologie dominante », aurais-je ricané dans ma jeunesse. Et pour tout le reste ? J'avais l'impression de muer, de devenir un autre. Je ne comprenais pas ce qui m'arrivait. Je méprisai mes émois d'adolescent boutonneux qui découvrait la vie et ses contradictions.

Le long bras d'une grue électrique gênait la sortie de l'immeuble. Des paquets amoncelés en équilibre précaire obstruaient le hall d'accueil. Les Leroy partaient. Ils se retiraient dans le Gers. Ils attendaient ce jour avec impatience. La retraite. Ils en avaient assez. Du travail, des petits chefs et de Paris. Même de Paris. Ils reviendraient de temps en temps pour admirer les Invalides. Le tombeau du petit tondu. La lassitude se lisait sur leurs visages fripés. Le soulagement silencieux. Parfois, les déménageurs les bousculaient sans y prendre garde. Depuis quelque temps, ce n'était plus pareil, ils murmuraient. Mme Fouad était venue leur apporter quelques gâteaux, « goûtez-moi ça, vous verrez, faits maison ». Ils l'embrassaient, lui disaient : « Ah, vous on vous regrettera. Vous n'êtes pas comme… » Depuis quelque temps, ce n'était plus pareil, ils répétaient. Les déménageurs les bousculaient. Plus pareil. Toutes les nuits, ce bruit, cette odeur, et tous ces jeunes qui hurlaient, se hélaient, se battaient, oui, se battaient… Ils couraient d'immeuble en immeuble, par les caves, l'accès est libre, alors forcément, ils abandonnaient leur truc, là, leur haschich, c'est cela. Oui, en plein Paris, on n'est pas en banlieue pourtant, on n'est pas à la cité des 4000 à La Courneuve, j'ai un cousin qui… Oui, en plein Paris… Ce n'était plus possible de continuer comme ça. Et le jardin. Un dépotoir. Il y a des poubelles pourtant. Et puis encore le... Le haschich, c'est cela. Ils ont fermé le jardin. Décision du syndic, on peut plus y accéder, non, non, personne, tous punis qu'on est... C'était bien agréable pourtant en été, aux grosses chaleurs. Mais ce n'était plus possible, non, plus possible. Ces jeunes aussi, ils exagèrent, que des... Des... Ils n'ont rien à voir avec vous, madame Fouad, ce n'est pas pour dire, vos enfants, des modèles, je le disais encore hier soir à Mme Lopez, mais les autres. Ils ont mis un code maintenant et une porte blindée, le syndic, c'est triste quand même d'en arriver là, c'est sûr, c'est plus comme avant... Avant, on était comme qui dirait un petit village, on passait d'un immeuble à l'autre, on se connaissait tous, hein, madame Fouad, il n'y avait pas de différence. On était tous comme qui dirait du même village. Mais c'est fini. Les jeunes, les A... Nous sommes contents, dans le Gers, c'est quand même plus calme. Oui, j'ai vu nos successeurs, des gens charmants, Bitton qu'ils s'appellent, Bitton ou Bittan, je ne sais plus, des gens... Des... des coreligionnaires à Mme Sitruk, je pense. Oui, de plus en plus, ils ont toujours été nombreux dans ce quartier, il y a beaucoup de synagogues par ici, oui, avant guerre déjà, Nous, avec mon mari, on a toujours été dans le quartier, nos parents déjà...

Il y a trop d'Arabes. Maman Fouad n'en démordait pas. Ses enfants n'iraient plus au parc des Buttes-Chaumont le dimanche. Trop d'Arabes, qu'elle clamait, trop d'Arabes, qu'elle hurlait même quand son mari, ses enfants essayaient d'adoucir sa sentence, trop d'Arabes, quand ils s'efforçaient de lui en montrer le ridicule dans la bouche de Fatima Fouad, de Sétif dans le Constantinois depuis des générations, trop d'Arabes, et elle remuait la tête en tous sens, et le foulard vert qui enserrait ses cheveux gras tombait à terre, et ses mains larges et calleuses s'ouvraient et se fermaient à hauteur de son visage tordu de fureur, et ses seins lourds semblaient sortir de leurs bonnets de tissu, et ses hanches larges, généreuses, se démontaient, trop d'Arabes, trop d'Arabes, qu'elle scandait sans se lasser, « et tu as vu comment ils se tiennent avec tes filles, ces petits Arabes avec leurs yeux dans la culotte et leurs mains baladeuses, rien que quand ils te regardent ils te manquent de respect », qu'elle jetait à son mari, comme une insulte, une offense à sa virilité, comme s'il était incapable de les faire respecter, oui, respecter, c'est le mot qu'elle répétait, comme s'il n'était pas un homme ; et son mari et ses filles s'avouèrent vaincus, se tinrent cois, les mains jointes, les yeux révulsés d'exaspération vaine. La conversation était close. Ils abandonneraient le parc des Buttes-Chaumont pour le bois de Vincennes.

Maman Fouad était la meilleure des mamans, la plus douce, la plus sensible. La meilleure des épouses, la meilleure des filles, la meilleure des voisines. Elle ne pouvait s'empêcher de rendre des services, de gâter les uns avec un « gâteau fait maison », de consoler les autres avec une parole « douce comme du miel ». Son mari ne cessait de le lui répéter : « Arrête de faire du bien autour de toi, les gens y t'en veulent de leur faire du bien. » Elle le regardait, stupide d'incompréhension, choquée même d'un tel cynisme qu'elle prêtait à son cœur d'homme, cœur de pierre, à sa famille, sa « race » qu'elle disait, ces paysans de la petite Kabylie, durs, méchants, oui, méchants, « toute ta race, ta mère, ce qu'elle m'a fait subir... ». Mais sa douceur native, son altruisme irréfléchi s'évanouissaient à la porte de sa maison et de sa famille. Elle était pour ses filles une louve redoutable. Les mauvaises notes, mauvaises manières, mauvaises fréquentations – trilogie relevant à ses yeux superstitieux du démon – étaient traquées avec une rare persévérance, une implacable férocité. Les « voyous » et les mauvais élèves – elle ne distinguait pas entre les deux catégories – chassés sans pitié. Elle les surveillait tous à la sortie de l'école, s'enquérait de leurs résultats scolaires, notait leurs progrès, recoupait les informations prises auprès des autres mamans ou des maîtresses. C'était un travail à plein-temps.

Elle avouait une prédilection pour les enfants juifs, car elle se souvenait qu'à Sétif « ils étaient toujours les premiers de la classe ». Elle avait pris pour modèle une Mme Lévy, sa voisine alors, qui avait fait de son fils aîné un polytechnicien. Elle avait été fort déçue par les enfants Sitruk. Serge s'avérait un élève médiocre, et le « gentil petit Simon » semblait suivre son chemin. Peu à peu, si elle conservait des relations affectueuses avec leur mère, « *mesquenah*, si jeune, perdre son mari, quel malheur quand même ! », elle refoulait discrètement les garçons Sitruk loin de ses filles.

En revanche, elle s'était entichée de la petite Myriam, « la fille aux Chadli », une brune fine et piquante, une adolescente sombre, un air d'enfant écorché vif, des verres épais pour dissimuler un regard inquiet de myope, un pantalon ample et une triple épaisseur de polos et pull-over pour celer ses courbes de femme faite : « Il est jamais vulgaire la vérité cette petite », disait Maman Fouad et cela valait bénédiction ; un front intelligent et ouvert, un petit nez en trompette, des manières élégantes, des propos en rafale de mitraillette, sans accent arabe, c'est ce que Maman Fouad avait tout de suite remarqué, ni cette intonation caractéristique des banlieues qu'elle vomissait ; elle parlait tout le temps, Myriam, se saoulait de mots français, qu'elle choisissait dans un langage recherché ; on avait l'impression qu'elle s'empressait de dire les choses avant qu'on ne lui intimât l'ordre de se taire ; on avait l'impression qu'elle se vengeait de plusieurs siècles de silence forcé.

Maman Fouad l'avait d'abord ignorée. Jamais une Arabe n'était entrée dans son écurie de cracks. Et puis elle s'était rendu compte de son erreur. C'est la maîtresse de sa seconde fille qui l'avait alertée. Elle l'avait eue jadis dans sa classe, à Claude-Vellefaux, la petite Myriam. Sa meilleure élève. Au collège de la Grange-aux-Belles, elle n'avait pas faibli. Maman Fouad l'avait conviée à manger des gâteaux chez elle. Myriam avait décliné l'invitation ; elle devait s'occuper de son petit frère Yazid, il peinait, ne parvenait pas à lire facilement, butait sur les mots, confondait les lettres, sa mère le lui reprochait, oui, elle ne s'en occupait pas bien, elle ne se donnait pas de mal, et quand son père rentrait éreinté de la pizzeria, elle était désignée à sa vindicte ; elle ne pouvait jamais dénuder ses épaules à cause des traces persistantes de coups de ceinture ; elle avait du repassage en retard aussi. Pendant des mois, Maman Fouad couva du regard la petite Myriam, qui marchait les yeux baissés.

Un jour, elle entendit à la sortie de Claude-Velle-faux, deux mères de famille, « des Françaises », raconta plus tard Maman Fouad, très animées contre un petit garçon, « un Arabe ». Il avait insulté la fille de l'une et roué de coups le fils de l'autre. Les deux femmes se plaignirent de cet enfant qui n'en était pas à sa première incartade. Il proférait des insanités à la maîtresse. Il avait à peine sept ans. « De la mau-vaise graine », répétèrent les deux femmes, « il paraît que la mère fait des ménages, le père doit encore tra-fiquer dieu sait quoi, ils nous envoient toute leur pègre. » Maman Fouad comprit qu'il s'agissait du petit Yazid. Son estomac se noua, son front se perla de sueur, ses mains devinrent moites. Elle ne sut pas ce qui lui prit. Elle se mêla à leur conversation, les somma de se taire, les traita de « racistes ». Les deux femmes, surprises par la violence soudaine de cette femme si douce, s'enfuirent comme des moineaux. L'histoire fit le tour du quartier.

Deux jours plus tard, le père de Yazid vint frapper à la porte de Maman Fouad. Il voulait la remercier. Ses mots étaient rares, son français heurté, son regard fuyant. Maman Fouad le fit asseoir sur son canapé beige. Lui servit une kemia. Rouge de confu-sion, elle repoussa ses remerciements. « Entre nous, quand même, faut qu'on se serre les coudes. Faut pas qu'on se laisse insulter par les Français. » Elle hésita, puis elle se lança : « Mais quand même, monsieur Chadli, je vous parle comme à un frère, vous devriez faire attention à votre fils, vous savez ici en France, ils tournent mal nos garçons, c'est pas comme là-bas la vérité, on dirait qu'il y a un air qui les rend fous. Et puis, sur votre vie, je peux vous poser une ques-tion : pourquoi vous l'appelez Yazid ? » L'autre ne s'attendait visiblement pas à cette question. Il recula. Bafouilla : « Mais comment ? Yazid mon père à moi s'appelait comme ça, et ma femme elle voulait Mohamed comme son père. » Maman Fouad ne se démonta pas : « Oui, mais ça c'était au pays. Ici, on est en France. Il faut lui donner les prénoms des Français. » Le père Chadli ne put s'empêcher d'esquisser une moue de répulsion. « Quoi, François ou Georges. Les prénoms des roumis, c'est péché, ma fille ! » Maman Fouad ne le lâcha pas. « Oui, mais on est en France, maintenant, il faut donner les prénoms des Français. Regarde les Juifs en Algérie, quand ils sont devenus français, avec le décret Crémieux, ils ont appelé leur fils Robert, Roger, et nous, on continue à les appeler Mohamed. » Le père Chadli lui répliqua sans la regarder : « Les Juifs, les Juifs, tous mes copains juifs à la pizzeria ils ont appelé leurs enfants Samuel, Simon, Sarah. C'est des prénoms français, ça ? Non, c'est leurs patriarches, ça, les enfants d'Abraham, comme nous. » Maman Fouad ouvrait la bouche pour répliquer lorsque le père Chadli leva la tête d'un air satisfait : « Et mon patron à la pizzeria, Cohen qu'il s'appelle, tu sais comment il l'a appelé son dernier fils ? Éden, c'est un prénom de l'Israël de là-bas, ceux qui égorgent des Palestiniens tous les jours, c'est un prénom français, ça ? Elle est bonne celle-là, *adé meleha* ! Et les Français, tiens, les Français, ils appellent leurs enfants Jordan ou John ou je sais quoi, que des prénoms des Américains. Et tu veux que moi, j'abandonne les prénoms de notre Coran. Et mon nom alors, Chadli, Ben Yazed Chadli, il faut que j'en change aussi, que je m'appelle Martin ou Benoît. Et ma gueule, c'est toujours la gueule d'un Arabe, il faut que je change aussi, que je fais de la chirurgie esthétique ou quoi. Ma fille, ça fait des années que je suis ici, mais on sera jamais des Français, on sera toujours des Arabes. Un cochon tu lui coupes la queue, il reste cochon. C'est Allah qui l'a décidé comme ça. Tu peux pas aller contre les volontés d'Allah. »

Maman Fouad battit en retraite. Elle bifurqua sur Myriam. Elle plaida sa cause. Pria qu'on lui épargnât les travaux ménagers. Qu'on ne la rendît pas responsable des mauvais résultats de Yazid. Le père Chadli acquiesça. Mais son visage resta fermé. Il dit seulement en pesant chacun de ses mots : « Elle grandit, que Dieu bénisse, seize ans, c'est une femme, que le diable l'emporte, il faut qu'on la marie. J'ai un cousin au bled, il m'a appelé. Son fils, il veut des papiers pour venir en France. Un petit de chez nous, que dieu bénisse ! » Le mariage au pays lui semblait la meilleure solution. Maman Fouad resta interdite. Le père Chadli poursuivit sans voir l'effroi sur le visage de son interlocutrice : « Et puis, j'aime pas, Myriam et Yazid, ils sont toujours fourrés au deuxième, là-bas chez les Sitruk. Ils sont gentils, la vérité, ces Juifs, et puis là-bas au Maroc, on a toujours bien vécu avec les Juifs, mais… » Maman Fouad renchérit comme si elle avait été piquée au vif : « Ils sont gentils, la vérité, mais tu sais, nous en Algérie, on n'a pas oublié le décret Crémieux, les Juifs ils nous ont abandonnés comme des chiens, pendant des siècles on avait vécu côte à côte, et ils ont choisi les Français. La vérité, ma mère elle disait toujours : Hitler, il a pas fini son travail ! » Le père Chadli reprit une part de gâteau que lui tendait Maman Fouad. Il trouvait qu'elle exagérait un peu pour les Juifs, mais il avait assez parlé. Avant de sortir, Maman Fouad fit une dernière tentative pour Myriam : « Sur la vie de ma mère, ne tapez pas trop fort, *mesquenah*, il me fait de la peine ! »

Les fesses blanches s'agitaient en cadence et les bites ne débandaient jamais et les cuisses sans cesse s'entrouvraient et les corps nombreux se mêlaient et se démêlaient et les bouches des filles engloutissaient et la braguette des pantalons à pattes d'éléphant des garçons restait ouverte et les robes à fleurs jonchaient le sol carrelé. Les regards de Serge Sitruk et de son cousin Yohann demeuraient muets de fascination et n'osaient se croiser ; leur pouls s'était soudain accéléré ; ils riaient d'un air niais pour dissimuler leur gêne. Ils avaient découvert par hasard le film pornographique que Canal + diffusait le samedi soir après minuit. C'était après un match de football retransmis sur la même chaîne. Une demi-finale de coupe de France, des prolongations, une séance interminable de penaltys. Monique et Simon dormaient depuis longtemps. Décidément, se dirent Serge et Yohann, le petit montrait un désintérêt coupable pour le roi des sports. Un crime de lèse-football impardonnable. « Il serait pas pédé, celui-là ? » C'était pour le football que Serge avait naguère demandé à son père de prendre l'abonnement à Canal +. Tous les matchs du championnat de France, filmés sous les angles les plus inattendus par d'innombrables caméras, c'était pour Serge et Yohann un plaisir orgiaque. Ils s'apprêtaient donc à éteindre le poste de télévision lorsqu'ils étaient tombés en arrêt devant le sourire engageant d'une jolie actrice blonde dont ils ne connaissaient pas le nom, qu'ils n'avaient jamais vue dans la moindre émission de variétés, et très vite ses longues jambes, ses seins épanouis, sa croupe rebondie, et surtout cet air naturel lorsqu'elle caressait, embrassait, suçait, s'empalait. Serge prit l'habitude de retrouver Brigitte Lahaie ou Marylin Jess chaque premier samedi du mois.

Sa mère ne se rendit compte de rien. Il est vrai que les ennuis s'amoncelaient au-dessus de cette tête superficielle et frivole que son mari avait jusque-là protégée des rudesses de l'existence. Les déconvenues financières de Dédé, près de sa fin, lui retombaient sur les épaules. Le fisc la harcelait ; elle reçut même la visite impromptue de policiers qui l'interrogèrent sur des transferts de fonds suspects, des ventes d'or illégales, des amitiés russes inédites. « Il est mort au bon moment, votre mari », lui lâcha un jour un de ses visiteurs en uniforme. Monique était désemparée. Depuis la disparition de son mari, elle errait, perdue. Elle avait besoin d'un homme, « une épaule », qu'elle disait. Elle se remit sous la coupe de son père qui n'attendait que cela.

Jacques Mimoun était un petit homme tout en rondeur, le corps d'un culbuto, d'un poussah oriental, aux jambes courtaudes, à la bedaine envahissante, à la main épaisse et tavelée, aux bajoues tombantes, d'où ne perçaient que des yeux bleus et une voix stridente. C'était un autodidacte intelligent, passionné d'histoire et de politique, qui dut renoncer à suivre des études supérieures lorsque le maréchal Pétain ôta la nationalité française aux Juifs d'Algérie et les chassa des écoles publiques. Il peaufinait son arabe dialectal dans les cafés de la rue d'Oran où il aimait à jouer au jacquet avec les amis algériens qu'il avait retrouvés à Paris. Avec eux, il parlait librement de tous les sujets qui les passionnaient, la corruption effrénée des dirigeants du FLN, les relations d'Israël et de ses voisins ; Mitterrand, Chirac, Barre n'avaient pas de secrets pour eux ; ils récrivaient l'histoire récente, ressuscitaient de Gaulle, Kennedy, Khrouchtchev, Boumediene, Golda Meir. Mimoun assenait à ses « copains arabes » des citations qui lui tenaient à cœur : « Boumediene a dit : "Nous vous vaincrons par le ventre de nos femmes." » Ou : « De Gaulle a dit : "Les Français sont des veaux." et : "Les Arabes ont pour eux le temps, l'espace, le nombre." » Il avait une fascination, où pointait un doigt de ressentiment, pour le Général. Il lui avait pardonné la trahison de « Je vous ai compris », mais n'avait pas encore digéré le « peuple d'élite sûr de lui et dominateur », même s'il ne pouvait s'empêcher de donner le dernier mot au seigneur de Colombey : « Un pays n'a pas d'amis mais que des intérêts. » Contrairement à la plupart des pieds-noirs, il ne magnifiait pas « l'Algérie de papa », préférant assouvir son besoin d'admiration pour l'héroïsme des soldats de la Grande Guerre. « Le Français de 14, il est mort », cette phrase revenait sans cesse dans sa bouche, comme une litanie désabusée, d'autant plus désespérée que ses petits-enfants ne saisissaient même pas de quoi il parlait. Il observait le comportement de ceux-ci avec le regard scrutateur d'un marchand de chevaux. Il les jaugeait et jugeait sans complaisance. Il n'avait pas besoin de test d'intelligence ni de psychothérapeute. Très vite, il avait renoncé à ses rêves d'excellence scolaire. Son diagnostic était implacable : Serge et Simon avaient hérité de la rusticité de leur père. Ils feraient d'excellents commerçants tout comme lui. « Il n'y a pas de sot métier », se consolait-il. Tout juste leur reconnaissait-il une vive sensibilité qu'ils « tenaient de leur mère ». Les métiers « artistiques » lui paraissaient des leurres. Il n'avait pas envie que ses enfants devinssent chanteurs pour « passer à la télé chez Drucker ! ».

Il alerta sa fille pour « qu'elle surveille son fils Serge ». Il avait remarqué que son langage s'était altéré. Jusqu'à présent, il était sommaire mais sobre. Désormais, son vocabulaire s'était enrichi de mots d'arabe, d'américain, de verlan, mâtinés d'innombrables grossièretés, des « enculé » à toutes les phrases, dans une syntaxe chamboulée où le vieux Mimoun crut reconnaître l'ordonnancement de l'arabe. Il enrobait cette nouvelle langue dans un accent pied-noir inédit, des expressions de « là-bas », comme si ses ancêtres se servaient de ce jeune homme né dans une clinique parisienne du 19e arrondissement, treize ans après l'indépendance de l'Algérie, comme d'un ventriloque historique. Monique ne s'en soucia guère : « C'est la crise d'adolescence, papa, nous on mettait bien des fleurs dans les cheveux et on se prenait pour des hippies. » Le vieux Mimoun n'insista plus. Il se posta chaque soir à la sortie du collège. Il épia, observa, écouta, s'informa. Il découvrit une population qu'il ne soupçonnait pas, des mamans en boubou, des femmes voilées, des bandes d'enfants dépenaillés attendant leur grande sœur, et même des Pakistanaises en sari multicolore. La première fois, sous l'effet de la surprise, il s'exclama : « C'est Oran. » Il ne savait pas s'il était joyeux ou furieux, nostalgique ou amer. Il marmonna : « La France est devenue la poubelle du monde entier ! » Ces jeunes gens ne cessaient de le surprendre. Ils étaient tour à tour joyeux et furieux, chaleureux et violents. Ils passaient leur temps à « se traiter » comme ils disaient, mais Jacques Mimoun tarda à savoir de quoi ils se traitaient : « Sale Juif, sale bougnoul, sale Gaulois », revenaient sans cesse. « Taspé » était souvent accolé à des filles charmantes dont les vêtements ne couvraient pas grand-chose, et le vieux Mimoun, qui avait aimé la compagnie des voyous et des putes de la Goutte-d'Or à la fin des années cinquante, quand il venait à Paris en vacances, n'eut pas de mal à saisir l'inversion des syllabes.

Il s'aperçut que Serge frayait avec deux jeunes Tunisiens, les frères Mokhtari. L'un avait un profil en lame de couteau et le regard mauvais, l'autre une face rondouillarde et riait sans cesse. Ils portaient tous deux des polos Lacoste aux couleurs vives, jaune, mauve, rouge, bleu électrique, une pour chaque jour, des pantalons de survêtement d'un blanc éclatant et des tennis de la marque Nike. Le vieux Mimoun en déduit que ces jeunes gens étaient très sportifs. En Algérie déjà, songea-t-il, les « petits Arabes » montraient des dons pour l'athlétisme ou le football. Il se souvint du magnifique Rachid Mekloufi qui avait fait les belles heures de Saint-Étienne ; et de ce jour incroyable – 1955, 56, 57, il ne se rappelait plus – où les footballeurs algériens refusèrent de jouer en équipe de France. Et puis il s'aperçut que – contrairement à Serge qui, avec son cousin Yohann, continuait à se passionner pour le ballon rond – les frères Mokhtari préféraient fumer d'interminables cigarettes devant l'entrée de leur immeuble, qui donnait le dos à celui des Sitruk. Soudain ils disparaissaient, Jacques Mimoun ne savait pas où ils s'étaient évaporés. Le soir, aussitôt le repas achevé, Serge descendait les rejoindre. L'hiver, avec un petit groupe de compères, les frères Mokhtari demeuraient dans la cage d'escalier, insultant et menaçant les rares voisins qui osaient protester contre le bruit ou « leurs cigarettes qui puent ». Ils semblaient disposer d'un réseau amical exceptionnel. De nombreux visiteurs se pressaient dans leur cage d'escalier seulement pour les voir, puisqu'ils repartaient assez vite, aussi silencieux qu'ils étaient venus. Un jour, Jacques Mimoun apprit qu'on surnommait son petit-fils « barrette ».

« … Mais pour qui il nous prend, ce Rocard de malheur : je remercie les communautés juive et musulmane pour leur sagesse, mais qu'est-ce qu'il croit ce protestant de merde : on est français comme lui, non mais je rêve : je remercie les communautés juive et musulmane pour leur sagesse… Je suis pas la communauté juive, moi, monsieur le Premier ministre de mes deux… *Celb ben celb*… Qu'est-ce qu'il croyait, parce que les Irakiens ils jettent des scud sur Israël, que j'allais poignarder mes voisins arabes, mais il nous prend pour des Indiens ou quoi : je remercie les communautés juive et musulmane pour leur sagesse… C'est comme l'autre abruti de journaliste en face, les Juifs de France par-ci les Juifs de France par-là, je suis pas un Juif de France, moi, monsieur Poivre d'Arvor, c'est pas parce que j'ai pas une fausse particule que je suis un Juif indigène, moi, je suis un Juif français, je suis Jacques Mimoun, Israélite français, moi, monsieur, y a que Pétain qui nous l'a enlevé ce titre, et ça lui a pas porté bonheur. Pour qui ils nous prennent, ceux-là, des Arabes ou quoi, parce qu'ils disent les musulmans de France, alors ils doivent aussi dire les Juifs de France, celle-là elle est bien bonne, vraiment elle est bien bonne, ils nous traitent comme des Arabes maintenant, nous les Juifs, qu'on est en France depuis la fin de l'Empire romain, on n'est pas des ratons, nous. Tu veux que je te dise, ma fille, c'est la revanche du décret Crémieux, c'est la revanche de ces pathos d'Algérie, ils nous détestaient encore plus que les Arabes, parce que nous, on leur léchait pas les bottes, ils ont jamais admis qu'on soit des Français comme eux, sur ta vie, c'est ça, c'est la revanche de Drumont. La vérité, les enfants, vous ne connaissez pas Drumont ? Mais qu'est-ce qu'ils vous apprennent dans votre école de merde ?... »

Charles Boucher, c'était son nom. Il n'y avait jamais prêté une particulière attention. Ni fierté ni honte. Pas un sujet. Des Boucher à Orléans, il y en avait autant que des Martin ou des Dubois. C'était comme sa peau blanche qui rougissait au soleil, son cheveu roux, sa calvitie précoce, son œil bleu, son menton en galoche, son grand corps massif : des marques de fabrique familiale. Son père était né à Orléans, son grand-père, son arrière-grand-père aussi. Tous ses aïeuls, sans doute. Il n'en savait rien. La question de ses origines ne l'avait jamais taraudé. Un soir, il avait découvert à la télévision un jeune homme brillant à l'œil vif qui assenait sans l'ombre d'une hésitation ou d'une nuance : « Les Français sont tous des immigrés ! » Pendant quelques secondes, il s'était interrogé : lui, Charles Boucher, fils de Pierre Boucher, fils de Jean Boucher, il était donc un immigré. Mais venu d'où ? Sans doute avait-il dans sa lignée inconnue un ancêtre normand qui, il y a mille ans, débarquant les armes à la main de sa lointaine Scandinavie, arborait une superbe moustache de Viking, hurlait, violait, tuait. Lui aussi voulait être un immigré comme les autres. Cette phrase lui en rappelait une autre de Coluche qui l'avait beaucoup amusé : « Les Français ne sont pas français. Nous sommes au milieu de tout le reste et tout le monde est passé par là… Toutes les femmes de France ont été violées. Les seules qui n'ont pas été violées sont celles qui n'ont pas voulu ! » Il s'était demandé un instant si c'était sa grand-mère ou son arrière-grand-mère…

Ces interrogations ne l'avaient pas tourmenté ; son trouble s'était vite dissipé. Charles Boucher n'était pas un esprit spéculatif. Très jeune, il avait décidé de ne pas se poser de questions superflues. « Ne pas se prendre la tête », disait-il. Quand l'Office foncier d'Île-de-France, son employeur, l'avait envoyé comme concierge de la ZAC de la Grange-aux-Belles, dans le 19e arrondissement de Paris, il n'avait pas rechigné. Il ne s'était même pas plaint du déménagement, de la tranquillité perdue de sa province, du stress parisien, de l'emploi de secrétaire perdu par sa femme. Il n'avait rien dit car il savait ses récriminations inutiles. Des Charles Boucher, concierge à l'Office foncier d'Île-de-France, il en existait des milliers. Tous les mêmes. Interchangeables. Un de perdu, dix mille de retrouvés. À son arrivée, rien ne l'avait vraiment surpris. Ni les trois ascenseurs dans le hall ni le double code, d'abord quatre chiffres et une lettre, puis celui des noms, ni le jardin interdit, ni le vrombissement incessant des automobiles, ni le crissement de leurs pneus devant la station-service qui faisait face à l'immeuble, ni les attroupements de jeunes garçons à capuche et tennis sur le trottoir, jusque tard le soir, fumant, jurant, crachant, riant à gorge déployée, apostrophant les filles, brocardant leurs chevaliers servants sur leurs stigmates physiques ou raciaux : « Ben alors, elle aime le jaune d'œuf la taspé ! » ni la crainte instinctive, irraisonnée de la vieille Mme Cabescot pour traverser cette forêt de jambes et bras juvéniles et accéder à son code salvateur, ni les petits couples avec chien mais sans enfants, ni les gâteaux trop sucrés de Maman Fouad, ni les vociférations d'Aïcha Chadli à l'encontre de sa fille Myriam ou de son mari, ni l'intransigeance destructrice des Juifs religieux à costume, chapeau noirs et papillotes, qui glissaient des chewing-gums dans le pêne de la porte d'entrée pour y accéder le jour saint du shabbat sans actionner les codes électriques, ni les visites inopinées de la police dans les caves. Charles Boucher avait l'impression fallacieuse d'avoir déjà vu tout cela à Orléans, ou sur son écran de télévision. Il ne croyait ni à la détermination policière ni à l'action politique. Son fatalisme lui procurait une certaine sérénité et stimulait ses talents d'observation.

Lentement, au fil des années, la situation de l'immeuble de la Grange-aux-Belles s'était dégradée : après avoir fermé le jardin, on avait installé les codes, édifié une porte blindée à l'entrée de sa loge, puis muré l'ancien passage entre les caves des différents immeubles. L'héroïne avait complété le haschich, les téléphones portables étaient plus maniables que les BMW ; un jeune Camerounais avait été pris chez lui avec 50 000 francs ; les frères Mokhtari, au gré de leurs fréquents passages en prison, avaient pris du galon ; les services des renseignements généraux l'avaient interrogé à leur sujet ; les noms sur les boîtes aux lettres n'avaient plus les mêmes sonorités : aux Garcia, Lopez, Dubois, Marteau, Rinaldi, Fernandez, Martinelli, Boulanger et Gallois, avaient succédé Diarra, Ben Mokhtar, AbudlaWahd. Lorsque Charles Boucher avait fait remarquer à l'Office foncier d'Île-de-France que les nouveaux arrivants étaient uniformément issus de l'Afrique noire musulmane, Sénégal ou Mali, on lui avait répondu qu'on ne pouvait pas jeter tous leurs dossiers à la poubelle. Charles Boucher se délectait au spectacle des énormes culs de négresses moulés dans les tissus aux couleurs chatoyantes de leurs boubous ; le soir, en faisant paresseusement l'amour à sa femme, cette vision seule parvenait à le tenir en érection ; il avait renoncé à compter la ribambelle de mômes hurleurs qui couraient autour d'elles ; il avait appris à dire *Labess* et *Hamdollah*. Il reconnaissait le vendredi aux innombrables djellabas d'un blanc immaculé que revêtaient les hommes, à leurs babouches dorées aux pieds et leurs petites calottes de tricot blanc sur la tête. Il attendait la retraite pour se retirer dans la campagne verdoyante de l'Orléanais.

Clotilde Camus m'annonça qu'elle jouerait désormais aux Mille et Une Nuits. Mais c'est moi qui tiendrais le rôle de Shéhérazade. Cette inversion des rôles si moderne nous ravit. Elle exigeait que je lui contasse les années quatre-vingt qui la fascinaient, alors que je n'avais de tendresse que pour les années soixante et d'admiration que pour les années quarante. Elle ne comprenait pas mon mépris. Pour elle, les années quatre-vingt paraissaient déjà un éden lointain et magique. Je tentai de m'exécuter. Je ne sus par quoi commencer. J'étais plein de cette histoire tragique des Sitruk et des Chadli, de ma plongée dans l'immeuble de la rue de la Grange-aux-Belles que j'entreprenais chaque matin à l'aube, avant de commencer ma journée de travail, et cela troublait, comme du sable qui remonte à la surface de l'eau que l'on croyait limpide, mon ancienne vision de ces années-là. Elle me houspilla avec douceur. Elle me jeta des mots comme des sucres à un chien : Palace, Prince, Police, sida, Tapie. Si elle voulait « Les Enfants de la télé », elle avait Arthur, lui dis-je avec mépris. Elle se rembrunit, mordit de honte ses lèvres si charnues. Je posai dessus un baiser délicat. Elle se détourna. J'ouvris mon récit, comme elle le désirait, sur la bande musicale du film. Je ne passais pas alors toutes mes nuits au Palace à Paris ni au Studio 54 à

New York. Elle ne me crut pas. Je reconnus que j'y avais parfois croisé Mick Jagger et m'étais trémoussé sur *Up Side Down* de Donna Summer. Mais ne se rend pas, ajoutait-on alors. Clotilde demeura insensible à ma référence napoléonienne. Je n'aimais pas beaucoup danser et ma notoriété naissante me permettait déjà d'attirer les filles sans avoir besoin de me contorsionner sur une piste. J'eus du mal à lui expliquer que nous n'étions pas éblouis par la créativité musicale de l'époque. Elle me contempla, incrédule. À nos yeux blasés, les Police et Prince n'étaient que les lointains continuateurs des Beatles ou des Who ; la musique populaire anglo-saxonne semblait un terreau inépuisable ; nous comprîmes ensuite que nous avions déniché là les dernières pépites d'un gisement épuisé. J'avais alors deviné en revanche la nécessité pour l'industrie du disque de hisser toujours plus haut le degré de provocation et de scandale sexuels qui avaient bâti sa fortune depuis les déhanchements d'Elvis et le : « Accepteriez-vous que votre fille sorte avec un Rolling Stones ? » Les années quatre-vingt sonnèrent donc le tocsin gay ; nous fûmes envahis par des bébés geignards et emperlousés ou des éphèbes musculeux déguisés en Indiens, sans oublier la petite Mylène Farmer dont la mère avait tort, qui murmurait son amour des filles avec une suavité travaillée, faite pour exciter avant tout les garçons, selon la bonne règle commerciale adoptée depuis l'origine par le cinéma pornographique.

Je m'enhardis peu à peu. Tout à mon récit, je ne prêtai guère attention à son visage qui se figeait, ses yeux exorbités. C'était toujours ainsi quand je discourais, j'oubliais qu'il y avait un interlocuteur, sa sensibilité, ses réactions, je parlais, parlais, pour moi, pour l'image que j'avais de moi, d'une intelligence toujours en éveil, qui pense en siècles et raisonne en continents, qui ne respecte aucun tabou – alors que j'en étais pétri. Clotilde disait : « Tu te la pètes, quoi ! » Mais c'était plus fort que moi. Je poursuivis donc ma brillante remontée dans le temps. Les homosexuels, dis-je, avaient alors besoin d'un coup de main de l'industrie du disque. Le sida, c'était eux. Eux qui en mouraient, mais eux qui contaminaient aussi les autres. Victimes et coupables à la fois. La mode de la bisexualité, dans les années soixante-dix, donnait au virus le moyen imparable de toucher les femmes, et donc les enfants qu'elles portaient, comme une malédiction divine.

Au début, la société retrouva ses réflexes ancestraux. J'évoquais devant Clotilde qui n'en avait jamais entendu parler le scandale provoqué par le film *Les Nuits fauves*, l'histoire de ce jeune homme bisexuel, séropositif, mort depuis, qui n'hésita pas à coucher sans protection avec une jeune fille innocente, au risque de la contaminer. Dans toute société traditionnelle, fondée sur la pudeur et le secret, le respect de la vie et la peur de la mort, les « homos » auraient été stigmatisés et isolés, à l'instar des pestiférés de jadis. On aurait alors réfléchi sur cet instinct de mort qui, selon Proust, tenaille les homosexuels et les pousse régulièrement à offrir délibérément leur vie à la grande faux. Notre société choisit au contraire d'exposer, de fêter, de glorifier sans cesse les homosexuels qui devinrent les modèles donnés aux hommes et aux femmes. Musique, cinéma, télévision, les « pédés » cachés et honteux d'hier devinrent les « gays » joyeux et adulés. La tactique du « lobby gay » se révéla fort habile. C'était le principe même de notre société médiatique qu'il utilisa avec une maestria confondante : plus on est exposé, connu, revendicatif jusqu'à l'agressivité, plus on est écouté, protégé, sanctifié.

Je descendis brusquement de mon nuage. Mes sarcasmes avaient été fort mal reçus. Elle me traita d'« homophobe », et à son petit geste de colère lorsque je caressai ses cheveux je saisis qu'elle ne plaisantait pas. Décidément, entre la pédophilie d'Anne et l'homophobie de Clotilde, je devenais un vrai gibier de potence. Le politiquement correct dévorait ses enfants. Je choisis de changer de sujet. Je lui contai ma virée chez Pierre Bergé, au siège d'Yves Saint Laurent, avenue d'Iéna. C'était en 1986 ou 1988, je ne savais plus. Dans le superbe hôtel particulier aux riches ors et hauts plafonds, je fus reçu sans attendre. Je racontai à Pierre Bergé que j'étais en mission pour SOS Racisme, qui avait besoin de fonds pour une nouvelle campagne de promotion contre le Front national. J'inventai une vague mission à Marseille ; mon travail d'imagination ne fut point harassant ; il ne me demanda ni précision ni justification ; j'eus l'impression que mes propos importaient moins que ma présence. Je me figurais humble curé, venu quêter auprès d'une riche paroissienne, ou fier et discret militant de la Ire Internationale envoyé par Engels auprès de quelque bourgeois secrètement sympathisant à la Cause. L'antiracisme agissait sur les esprits du temps comme jadis la foi en Jésus-Christ ou la mystique révolutionnaire. Après tout, c'était toujours d'amour de l'humanité dont il s'agissait ! Elle m'approuva, l'œil humide soudain d'admiration, de reconnaissance. J'avais reconquis son estime. Ce jour-là, alors qu'il pleuvait sur Paris, je repartis avec une valise emplie à ras bord de beaux et mélancoliques pascals : vingt mille francs ! Une somme à l'époque, lui dis-je ; je m'empressai d'acheter la dernière création des montres Bréguet. J'avais pris des goûts de collectionneur. Elle s'esclaffa. Je faillis lui dire que j'avais toujours attiré les « pédés », mais j'eus peur de gâcher sa bonne humeur retrouvée et me tins coi.

Un souvenir s'enchaînait à un autre, une ambiance colorait la suivante. C'était la première fois que je montais dans un Falcon. Le sourire de maquignon du vieux Bouygues m'observait en coin. Il m'avait convié à une virée espagnole. Une soirée à Barcelone en pleine movida. Il avait beaucoup aimé l'émission présentée par Anne en prime time. C'était la première fois que j'entendis cette expression. Anne avait touché cinquante mille francs. Pour une seule émission. L'argent nous brûlait les doigts. Nous apprîmes ce jour-là, malgré le bruit assourdissant de l'hélicoptère, qu'Yves Montand avait touché plus encore pour expliquer aux ouvriers de la sidérurgie pourquoi ils seraient virés par les socialistes qui leur avaient promis le contraire ; qu'ils devaient s'en réjouir : « Vive la crise », osait-on leur lancer alors, comme un crachat. Je songeais à Marie-Antoinette : « Ils veulent du pain ? Qu'on leur donne de la brioche ! » Les mains de Francis Bouygues, ses grosses mains de paysan aux doigts boudinés, fabriquaient l'or comme un alchimiste d'antan. Il me dit : « Il vous plaît, cet avion ? Vous savez que je suis le premier Français à avoir un Falcon jet ? Vous aussi vous pourrez en avoir un comme ça si vous voulez ! » Je restai ébahi. À l'époque, j'étais encore impressionnable. Ce soir-là, dans l'avion privé de Bouygues, entre Paris et Barcelone, je compris que la télévision n'était plus « la lucarne magique », mais le nouvel eldorado. La Californie au moment de la ruée vers l'or. Clotilde émit un sifflement de dépit.

— Pas comme la presse écrite, c'est ça ? Tu as vite compris qu'il fallait changer de crémerie.

— Ma chère, j'ai compris dès la fin des années quatre-vingt que la presse écrite connaîtrait la même évolution que l'enseignement dans les années soixante-dix. Féminisation, prolétarisation, taylorisation. Le triptyque maudit que vivent désormais les médecins généralistes ou les avocats pénalistes. C'est une règle d'or : dès que tu vois arriver des femmes en masse dans une profession, fuis-la.

— Salaud ! Mais logique, l'homophobe est aussi misogyne.

— Moi qui ai mené tous les combats féministes de ma génération ! Moi qui ai chanté toute ma jeunesse : « Ce n'est pas facile tu sais d'être une femme libérée ! » Non, je rigole. Je fais un constat c'est tout, même si je le regrette. Tu vois, j'ai une thèse économique que je devrais soumettre à mon vieux maître à Sciences Po, Raymond Barre. À chaque époque, l'échange économique connaît des dysfonctionnements dans certains secteurs. Il y a des goulets d'étranglement où la loi de l'offre et de la demande ne s'applique pas. C'est la rente. En clair : l'endroit où il faut être pour faire fortune, pour se goinfrer, dirais-tu dans ton langage fleuri. Par exemple, un ferrailleur en 1945, ou un crémier en 1942, ou un fermier général sous Louis XVI, ou un fournisseur aux armées sous Napoléon. Il y a des gens qui sont doués pour renifler les secteurs à rente. Par exemple, Arthur ou Delarue, en 1945, ils auraient été ferrailleurs. Au milieu des années quatre-vingt, ils ont fait de la télé !

C'est profondément injuste, mais c'est ainsi. Le capitalisme est injuste, c'est pour ça que, dans ma jeunesse, j'étais révolutionnaire.

— Tu as bien changé depuis.

— Non, j'ai compris une chose, une seule. L'argent est plus que jamais un nomade. Il vole par-dessus les frontières. Il se rit des pauvres ouvriers enchaînés à leur terroir et à leurs usines sans machines ni ingénieurs. Il n'y a plus de coffre secret, plus de Bastille à prendre. Tu fais la révolution à Paris, l'argent va à Londres. Tu fais la révolution à Rio, l'argent va à Caracas. Tu fais la révolution à Rabat, il va à Tunis. L'argent est devenu insaisissable. Il a gagné la partie. Il faut s'y résigner.

— Et toi, tu t'y résignes confortablement. Bref, tu es devenu de droite.

— Mais pas du tout ! Je suis toujours de gauche, c'est ma famille. Mais il faut la réinventer, la gauche, il faut la libérer de son aliénation marxiste. J'ai contribué

avec d'autres à l'émergence d'une gauche antitotalitaire. On ne peut pas faire comme si Soljenitsyne
n'avait rien écrit, quand même !

— Tu te caches derrière Staline pour pouvoir servir
la soupe de Bush. Je suis sûr que tu es pour la guerre
en Irak.

— Mais évidemment ! Enfin, voilà un président
américain qui nous propose de renverser un horrible
dictateur et on fait la fine bouche. C'est de l'antiamé-
ricanisme primaire !

— Les Américains en veulent surtout au pétrole
irakien.

— Et même si c'était le cas ? Il n'empêche que les
Américains, comme en 1945 avec l'Allemagne ou le
Japon, œuvrent pour la démocratie, et que la France
de Chirac défend un dictateur.

— La guerre, c'est toujours mal. Et puis tu penses
à ce que vont dire les Arabes dans nos banlieues. On
risque la guerre civile, nous ici, ton Bush il s'en fout.

— La voilà, la vraie raison, le vrai motif secret de
la politique étrangère française. La peur des banlieues. C'est l'esprit de Munich qui règne de nouveau
sur la France !

Munich, ou l'argument imparable. Je triomphais.
Elle ne dit mot. Je servis deux coupes de champagne.
Elle vida la sienne d'un coup. Elle s'abaissa pour prendre ma bite dans sa bouche. Elle me suça doucement
et glissa mon sexe entre ses seins. De la fenêtre de la
chambre du Raphaël, j'admirai le toit crénelé de l'Arc
de Triomphe. La prochaine fois, j'inviterai Clotilde à
dîner au restaurant de la terrasse. La vue sur l'Arc de
Triomphe est unique. On a l'impression qu'il vogue
vers vous tel un bateau devenu fou. Je lui raconterai
l'histoire de Napoléon parti à Sainte-Hélène sans le
voir achevé. Anne avait beaucoup apprécié ce récit.
Les femmes aiment les histoires qui finissent mal.
Surtout quand ce ne sont pas des histoires d'amour.

Mme Benedetti avait décidé de demander le renvoi du petit Yazid Chadli. Le renvoi définitif. Elle ne voulait plus le voir dans sa classe de CM2. Elle avait longtemps hésité. Elle en avait discuté avec le directeur. Elle avait convoqué sa mère, Mme Chadli. Elle avait confié ses états d'âme à son mari ; il connaissait le petit Yazid depuis son arrivée du Maroc ; ils habitaient eux aussi dans le bloc d'immeubles de la Grange-aux-Belles. Elle avait même demandé conseil à Maman Fouad. À tous, elle avait conté les exploits du petit Yazid. Elle avait décrit sa surprise d'abord, son effroi ensuite, son désarroi enfin. Elle leur avait ouvert le carnet qu'elle lui avait consacré : Yazid Chadli se lève en classe sans raison ; Yazid Chadli est incapable de se concentrer ; Yazid Chadli traite sa maîtresse d'« enculée » ; Yazid Chadli casse le nez d'un camarade pendant la récréation ; Yazid Chadli donne un coup de fourchette sur le bras de la petite Françoise Barlotti ; Yazid Chadli lance à sa maîtresse : « Tu es bonne, je te prendrais bien sur la table » ; Yazid Chadli crache au visage du premier de sa classe, le traite de « bouffon » et de « sale Juif », alors même qu'Hugo Bigorawa est d'origine asiatique ; Yazid Chadli agresse violemment deux filles musulmanes qui se servent du porc à la cantine… Mme Benedetti refermait son gros classeur d'un air contrit. Elle prenait à témoin ses interlocuteurs. Elle avait tout essayé. Elle lui avait parlé, l'avait menacé, puni. Rien n'avait servi à rien. Ni la carotte ni le bâton. Elle était désemparée.

Des mois qu'elle était hantée par le cas Yazid Chadli. Elle n'avait jamais demandé le renvoi d'aucun enfant. Elle croyait aux vertus de l'éducation. De l'humanisme, de la rédemption. Elle avait manifesté il y a quelques années pour protester contre la mort de Malik Oussékine. Elle avait voté Mitterrand à la dernière présidentielle. Elle était inscrite à SOS Racisme. Elle arborait la petite main sur sa veste en tweed. Elle apprenait à ses élèves que la France était un pays d'immigration. Elle était irréprochable. Elle n'ignorait pas que Mme Chadli se levait à l'aube, faisait des ménages, que M. Chadli se couchait au milieu de la nuit, après des heures à rôtir devant un four à pizza. Elle n'ignorait pas non plus que la sanction contre Yazid serait étendue par ses parents à sa sœur Myriam qui n'en pouvait mais. Elle avait convoqué M. Chadli qui n'avait pas desserré les dents ; puis Mme Chadli qui l'avait suppliée en pleurant « que son père il va le tuer ». Mme Benedetti n'avait pas peur des représailles dont l'avaient menacée, un soir, deux jeunes garçons en mobylette, qui lui avaient fait des bras d'honneur et lancé des insultes en arabe. Elle s'était confiée à son père, qui lui avait répondu : « Quand mon pauvre père est arrivé d'Italie pour s'installer en France, on lui a dit : "Tiens-toi bien, tiens bien ta fourchette et ton couteau, ne mets pas tes coudes sur la table." Aujourd'hui, les petits Arabes ils mettent les pieds sur la table et on ne leur dit rien. Alors, forcément, maintenant ils renversent la table. » Elle lui a dit : « Papa, tu exagères, tu généralises. Ce n'est pas bien. Ils ne sont pas tous comme ça. » Maman Fouad était venue la trouver pour lui proposer d'inscrire Yazid Chadli dans un internat de banlieue parisienne. Maman Fouad avait obtenu l'approbation des parents de Yazid, sa mère avait pleuré, son père avait seulement dit : « C'est cher. Il nous coûte de l'argent ce *homedj*. » Mme Benedetti avait chaudement remercié Maman Fouad. L'avait même embrassée. Soulagée.

La plomberie, c'est un bon métier. Des plombiers, on en manque. Leurs clients sont sur listes d'attente. Leur déplacement coûte plus cher que celui d'un docteur. Un bon plombier n'est jamais au chômage. On en manque. Un bon métier. Plus cher qu'un docteur. En enfilant sa combinaison de coton bleu pour la première fois, Simon se répétait sans cesse les propos encourageants de sa mère. Il cherchait à se persuader qu'elle avait raison.

Il voulait y croire. Ou plutôt, il n'osait pas ne pas y croire ; n'osait pas imaginer qu'elle eût tort. La plomberie, c'est un bon métier. Des plombiers, on en manque. Leurs clients sont sur listes d'attente. Leur déplacement coûte plus cher que celui d'un docteur. Un bon plombier n'est jamais au chômage. On en manque. Un bon métier. Plus cher qu'un docteur. Il avait promis, juré, embrassé la mezzouzah apposée sur le linteau de sa chambre. Sa mère l'avait exigé pour donner plus de solennité à son serment. Depuis la mort de son mari, elle avait posé l'objet sacré à l'orée de chaque pièce de leur appartement. Auparavant, elle s'était contentée d'en accrocher un à la porte d'entrée de l'appartement, et l'embrassait d'une main distraite. Mais lors des huit jours de deuil, un rabbin, poussé par on ne sait quelle inspiration divine, disait Monique, avait eu la curiosité d'ouvrir la petite boîte en fer forgé et d'examiner le manuscrit qui y était incorporé. Le papier était usé, le texte sacré avait des trous par endroits. Le rabbin, d'un air courroucé, tonna que le texte sur le manuscrit était justement déchiré au mot *Lev* qui, en hébreu, signifie cœur. Il comprenait mieux désormais la crise cardiaque qui avait emporté l'imprudent André Sitruk. Monique avait changé à la hâte le manuscrit maudit ; apposé une mezzouzah neuve devant chacune des pièces ; comme une protection divine, une promesse qu'elle serait désormais épargnée des grands malheurs.

Simon avait juré. Il était sincère. Il voulait faire plaisir à maman Momo. Il n'aimait pas la voir inquiète. Il comprenait son angoisse. Il n'avait jamais brillé à l'école. Il ne détestait pas l'école pourtant. Il aimait y retrouver les copains, jouer des tours aux filles, raconter des blagues. Les institutrices étaient de sympathiques monitrices de colonies de vacances. Elles ne parvenaient jamais à le détester même lorsqu'elles étaient excédées par sa désinvolture. Leur enseignement avait pour lui la légèreté des bulles de savon. Il n'y voyait tout simplement aucun intérêt. Pour une fois, son frère Serge l'avait compris. Les rapports entre les deux frères étaient froids et distants ; ils ne se haïssaient ni ne s'appréciaient. Ils étaient étrangers l'un à l'autre. Cinq ans d'écart, c'est beaucoup, disait sa mère. Simon ne s'intéressait même pas au foot. Il avait essayé pourtant, mais n'était pas parvenu à s'extasier en transe devant un coup franc de Platini ou une reprise de volée de Papin. Il avait regardé des matchs, sauté de joie pour un but, hurlé sa déception après une défaite. Il avait mimé la passion fraternelle. En vain. C'était la même impression de vide qu'il ressentait à l'école. Parfois, Simon se demandait s'il était « normal ». Il confia son désarroi à son grand-père ; le vieux Mimoun partit alors dans un énorme éclat de rire qui fit tressauter ses bajoues : « Mais c'est toi qui as raison, mon fils, qu'est-ce que c'est que ces onze abrutis qui courent après un ballon ; qu'on leur donne un ballon à chacun, et on n'en parlera plus. »

Enhardi par cette complicité inattendue, Simon osa avouer à son grand-père son goût persistant pour la musique, ces disques de soul qu'il repassait sans cesse sur sa vieille chaîne hi-fi, ces voix noires, chaudes, sensuelles qui le transportaient, ces rythmes lancinants qui le laminaient, le plaisir qu'il avait pris, un dimanche après-midi, lorsqu'on lui demanda comme un immense service de « faire le disc-jockey ». Personne ne voulait s'en charger. Les garçons n'en avaient que pour les filles, et celles-ci n'y connaissaient rien. Il avait posé le casque sur ses oreilles, avancé doucement les curseurs sur la console en bois, caressé un vieux disque en vinyle, enveloppé un autre dans sa main, joué avec les bras des platines. Les danseurs, sur la piste, s'étaient animés, soudain électrisés, les filles avaient remué leurs seins, leurs culs, leurs jambes, oublieuses de toute pudeur, les garçons les mangeaient des yeux avec concupiscence, et tout cela c'était grâce à lui. Il avait aussitôt compris, comme une évidence, que sa vie se jouerait entre ce casque et cette table en bois. Mais, à ce récit, le visage avenant du vieux Mimoun s'était fermé subitement.

— Ce n'est pas un métier ça, la musique, mon fils. Travaille à l'école, va, au lieu de penser à ces bêtises.

Alors Simon s'était emmuré de nouveau dans un silence souriant. Il faisait des efforts. Quand sa mère avait dit : « Tu perds ton temps à l'école, il vaut mieux que tu apprennes un métier. Je vais t'inscrire à l'ORT », il n'avait pas protesté. Il connaissait l'établissement israélite d'enseignement technique de la porte de Montreuil que son frère fréquentait depuis plusieurs années. Il n'avait pas compris quel métier apprenait Serge. Mais ses amis y étaient joyeux, rigolards, parlaient fort, se tapaient furieusement dans les mains, s'apostrophaient, des mots d'arabe coloraient leur langage simpliste, ils avaient la tête pleine de fringues et de filles. Maman Momo était rassurée : « Au moins, on ne vous traitera pas de sale Juif ! » Elle avait lâché, d'une voix sourde : « Évidemment, les loyers sont pas chers ici, mais s'il faut payer pour l'école privée, autant aller dans les beaux quartiers. » Au collège de la Grange-aux-Belles, Simon n'avait pas retrouvé la sympathique colonie de vacances qu'il avait connue dans le primaire. Les cours de récréation ressemblaient à des champs de bataille, où les reubeus, les renois, les noichs, les feujs et les cefrans rejouaient aux Indiens rangés en tribus hostiles. Tous contre tous. Un mot malheureux devenait vite incendie. Simon ne comprenait pas l'utilité de ces affrontements. Il les trouvait ridicules. Il se retrouvait assigné au camp des Juifs, mais ne parvenait pas comme eux à plastronner au nom des victoires militaires d'Israël. Simon avait la nostalgie du temps pas si lointain où son copain Yazid venait goûter chez lui. Il n'avait plus de nouvelles de lui depuis son départ pour l'internat. Mais il se résignait. Il attendait, espérait. Un de ses nouveaux amis de l'ORT lui avait proposé de « faire le disc-jockey » pour la bar-mitsva de son petit frère. Simon avait accepté d'enthousiasme. Il avait demandé l'autorisation à Maman Momo, qui lui avait seulement dit :

— Ça te fera un peu d'argent de poche, mon fils. Mais n'oublie pas, l'important, c'est d'avoir un bon métier.

Il l'avait embrassée avec chaleur. Il s'était promis d'être reconnaissant. Il s'obligeait à répéter les consignes maternelles. La plomberie, c'est un bon métier. Des plombiers, on en manque. Leurs clients sont sur listes d'attente. Leur déplacement coûte plus cher que celui d'un docteur. Un bon plombier n'est jamais au chômage. On en manque. Un bon métier. Plus cher qu'un docteur.

Elle pleurait. Elle baissait les yeux de honte, agitait la tête de désespoir. Son accent maghrébin marqué, son baragouin abscons où les mots de français et d'arabe s'entrechoquaient comme des cailloux dans un cours d'eau, sa bouche obtuse de honte et ses cheveux rougis au henné trempés de larmes, tout donnait à la confession de Mme Chadli un air à la fois pathétique et ridicule. Monique Sitruk n'avait pourtant pas envie de se moquer ni de s'apitoyer. Elle ne tarda pas à comprendre que Mme Chadli, en lui agrippant la jupe de ses doigts gras et en se frappant le crâne de ses mains en battoirs, parlait de son fils Yazid, qu'elle affublait d'injures et de malédictions – « *Homedj*, voyou, *celb ben celb*, bandit, il fait rien que des conneries, fils de Satan, que Dieu le maudisse ce chien, lui et toute sa race » – mais elle ne parvenait pas à dépouiller le récit de sa gangue d'insultes, d'imprécations apocalyptiques, d'incantations à la justice d'Allah et de lamentations mélancoliques.

— Tu t'rappelles quand il était petit qu'il venait prendre le goûter chez toi avec ton fils Simon, tu t'rappelles, comme il était gentil, un sucre d'orge la vérité, du miel sur le pain, je te jure, tu vois comme il est devenu, un monstre, un méchant, un voleur, un menteur, par Allah, il est devenu grand et fort, un chameau par Allah, si je te dis un vrai chameau ! Plus

Dieu il lui a donné de la force, plus il lui a donné du vice qu'il soit maudit !

Monique devina plus qu'elle ne comprit les bribes de ces lamentations. Lors d'une querelle en cour de récréation, acculé contre un mur par plusieurs garçons, Yazid avait sorti un pistolet et tiré sur ses adversaires. Heureusement, les balles étaient à blanc. Il ne tua personne. Mais il fut convoqué devant le conseil de discipline de l'école. Renvoyé de l'internat. Aïcha Chadli était désespérée. Elle ne finissait même plus ses phrases. Mais elle ne voulait pas se taire. Elle racontait et racontait encore, se livrait. Pour justifier son impudeur, elle répétait sans cesse à Monique en lui caressant le visage : « Tu es comme ma sœur ! Tu es comme ma sœur, sur ta vie ! » À l'entendre, son fils avait un destin tout tracé : la prison. Elle apporterait elle-même la corde pour le pendre, hurlait-elle avec fureur. « C'est pas mon fils, c'est pas mon fils », sa voix se brisait et elle se frappait la poitrine en invoquant la magnanimité d'Allah.

Elle regrettait désormais d'être venue en France, terre maudite de tous ses malheurs. Elle aurait dû écouter les vieux au bled qui l'avaient mise en garde. Elle aurait dû laisser partir « l'autre ». Monique mit du temps à comprendre qu'elle parlait de la première épouse de son mari « oubliée » au Maroc. Elle l'ignorait ; elle n'aurait jamais imaginé que le timide et discret Mohamed Chadli pût être bigame. Elle apprit aussi que « l'autre » avait eu deux garçons avec lui, « des enfants du diable ». Des voleurs, des menteurs, des trafiquants de voitures volées, de papiers, de haschich, une « sale race comme leur mère ». C'est à l'été dernier, lors de vacances au pays, que les deux garçons avaient initié Yazid. « Que Dieu les maudisse ! » Dans la bouche de Mme Chadli, le petit Yazid redevint alors « du miel sur le pain », l'angelot virginal corrompu par « les enfants du diable ». Ils lui avaient tout appris, le vice, la fourberie, la veulerie, la méchanceté, l'hypocrisie, le culte de la force, la cupidité, le crime. Monique sentait bien qu'Aïcha Chadli s'accrochait à la culpabilité des « enfants de Satan » comme un noyé à sa dernière bouée. Elle eut envie de lui crier au visage que son fils n'avait jamais été un ange, que tout petit, déjà, il était insolent et violent, que le « le miel sur le pain » avait menacé sa maîtresse de « l'enculer ». Mais Monique ne dit mot. Elle n'avait pas envie d'accabler davantage cette pauvre Aïcha Chadli.

Elle-même n'était pas particulièrement fière de l'éducation de ses enfants. Depuis la mort de son mari, Serge n'était plus le même, elle le sentait confusément. Il était devenu mélancolique et taiseux, seul son amour du football et de Paris-Saint-Germain allumait encore une passion fugitive dans son morne regard. Ses poches étaient toujours garnies de liasses de billets de 500 francs ; il avait souvent la gentillesse de « lui remplir le frigidaire ». Si Simon avait conservé sa joie de vivre enfantine, il ne salissait pas beaucoup sa belle combinaison de plombier. Elle ne savait quoi dire, elle ne pouvait donner de conseils, Monique, encore moins de leçons. Elle enviait Maman Fouad qui, du haut des résultats scolaires de ses filles, dispensait généreusement sa science sous forme imagée de proverbes arabes ou de paraboles absconses : « Attache et laisse se détacher », avait-elle lancé à Monique récemment, comme on jette des pièces à un mendiant, alors qu'elle se plaignait de ses deux fils ; mais seul son père, le vieux Mimoun, avait su décrypter l'oracle de la Grange-aux-Belles : « Elle veut dire que tu n'es pas assez sévère ! » suscitant aussitôt cette réplique éplorée de Monique : « Et pourquoi, je suis leur père, moi ? Leur père, le bon dieu, il me l'a enlevé, il a qu'à élever mes enfants, ton bon dieu ! »

Monique n'écoutait plus le lamento d'Aïcha. Elle ne songeait plus désormais qu'à s'en débarrasser.

— T'en fais pas, ma fille, ça va s'arranger, va, il faut trouver un petit boulot, il arrêtera ses conneries, oui, oui, je suis sûre qu'il arrêtera. On va demander à Simon. Ça a toujours été son copain. Il va l'aider, je suis sûre, à l'ORT, il va bien lui trouver quelque chose, t'inquiète, va, tu le connais mon fils, il est gentil, la vérité, il a le cœur sur la main, surtout avec ton fils Yazid, il m'en parlait encore, tiens, il y a deux jours...

Clotilde Camus leva ses yeux bleus au ciel. Elle dit :

— Tu exagères toujours !

Elle sourit.

— Une fesse, même pas, une demi-fesse, ça ne change pas la face du monde quand même.

La demi-fesse appartenait à Yves Mourousi, un présentateur de journal télévisé fort célèbre dans ces années-là ; elle fut posée, la demi-fesse, désinvolte, conquérante, arrogante, sur le bureau du président Mitterrand qui resta coi, fit mine de ne pas la voir, la fesse, semblant de ne pas la sentir, l'offense. Mais on devinait dans son regard qu'il n'en pensait pas moins, qu'il ruminait, contenait une rage froide, conscient de sa faiblesse momentanée – il venait de perdre les législatives de 1986, Chirac et la droite gouvernaient, Pierre Gaspard paradait dans sa banlieue –, il avait besoin de l'entregent médiatique de cette demi-fesse insolente, Mitterrand. Alors, celui qui se vivait comme le successeur de nos antiques monarques, l'homme qui se recueillait régulièrement sur les tombeaux de nos rois à Saint-Denis, qui priait sur la dalle glacée, cet homme-là, conscient du besoin qu'il avait à ce moment précis de cette demi-fesse insolente, la toléra sans mot dire. Cette demi-fesse posée avec désinvolture sur l'auguste bureau symbolisait la modernité, et François Mitterrand incarnait alors l'archaïsme. Sous mes yeux médusés, il agissait comme ces sportifs à qui on transfusait un sang nouveau. Cette demi-fesse de Mourousi, c'était l'EPO de la « branchitude », la première pierre de la reconquête du pouvoir par le président. Mais c'était aussi une désacralisation inouïe. C'était Gavroche se vautrant dans le trône de Louis-Philippe enfui, après les journées révolutionnaires de février 1848. Mais Mourousi et sa demi-fesse, ce n'était pas Gavroche et sa gouaille, ce n'était pas le peuple, Mourousi, mais les nouvelles aristocraties qui affirmaient leur domination, l'univers de la télévision, de l'image, de l'argent et du spectacle, et même – mais je tus cette remarque pour ne pas aggraver mon cas auprès de Clotilde – du « pouvoir gay » : Mourousi, homosexuel notoire, mourut du sida quelques années plus tard.

Devant mon poste de télévision, je vécus cet instant comme une révolution. Un sacrilège. Une humiliation. Celle tout à la fois du pouvoir, de l'État, de la politique, de la gauche, de la démocratie. Quarante années, toute mon existence, celle de mon père militant communiste aussi, s'effondraient. Je compris à cet instant-là que nous avions basculé dans un autre univers. C'est parce qu'il liquida le vieux monde, le sien, le mien, le nôtre, parce qu'il détruisit la politique, sa noblesse, son aura, sa mystique, sous nos yeux ébaubis et humides, à la fois admiratifs devant l'art du toréador et désespérés par la mort annoncée de la corrida, que François Mitterrand fut réélu deux ans plus tard. Il semblait prononcer alors la célèbre phrase de Mme de Pompadour : « Après nous le déluge. » Je décidai ce soir-là d'agir comme lui.

— C'est tout toi, ça ! Tu vas toujours trop loin. Une fesse. Même pas une demi-fesse. Un monde qui bascule ! Avant même le mur de Berlin !

L'incrédulité de Clotilde m'agaça. Je n'insistai pas. Mais le hasard me servit. Quelques jours plus tard, je retrouvai Pierre Gaspard. Nous étions tous deux invités de l'émission de Thierry Ardisson. Le chauffeur du ministère nous conduisit jusqu'à Saint-Denis, où se situaient les studios d'enregistrement. Le périple nous parut interminable. Le boulevard Magenta était bloqué. Nous arrangeâmes dans la voiture notre querelle médiatique. La guerre en Irak nous opposerait. Ministre, Pierre Gaspard défendrait la position de la France. Enfoncé dans le fauteuil de sa Renault à cocarde, il m'avoua que la vindicte antiaméricaine de Chirac le mettait mal à l'aise.

— Il en fait trop. C'est toujours pareil avec lui. Les Américains vont nous le faire payer.

Je le regardai, goguenard.

— Je croyais que tu étais gaulliste ?

Il éructa.

— Mais c'était une autre époque. On était protégés par la guerre froide. Quand il y avait crise avec l'URSS, comme à Cuba en 1962, de Gaulle devenait le plus loyal des alliés. Maintenant, c'est fini.

— Tu es en train de m'avouer que ton cher général était un illusionniste. Ce que j'ai toujours pensé.

— Tu remarqueras d'ailleurs que Chirac utilise une posture gaullienne, mais pas ses arguments. Il parle sans cesse de l'ONU, que de Gaulle traitait de « machin ». De Gaulle ne croyait pas à la communauté internationale, ce n'était pas un pacifiste bêlant, de Gaulle, l'esprit de Locarno, du pacte Briand-Kellogg, il s'en tamponnait, le Général, il ne croyait qu'aux rapports de force, qu'à la nation et à sa souveraineté. La Realpolitik. Chirac prend la posture du Général, mais parle comme Aristide Briand.

— Le vrai gaulliste dans cette histoire, c'est Bush.

Les téléspectateurs ne profitèrent pas de notre controverse. Nous arrivâmes dans les studios de Saint-Denis vers 21 h 30, un jeudi soir. On nous avait promis de passer à l'antenne vers 22 heures. Il était 23 heures, et nous étions encore enfermés dans nos loges. Pierre Gaspard s'empiffra de petits gâteaux, il adorait les éclairs au chocolat ; il vida d'innombrables coupes de champagne que lui servaient de superbes et immenses hôtesses, juchées sur des hauts talons, qu'il reluquait d'un œil concupiscent dès qu'elles avaient le dos tourné. Il plaisantait, badinait, pour contenir une rage croissante. À 23 h 30, il découvrit qu'on attendait un rappeur américain, qui n'arrivait pas. Enfin, la terre des studios trembla. Un géant noir aux pectoraux puissants ornés de breloques diverses, entouré d'une dizaine de gardes du corps aux mines menaçantes, passa tel un troupeau d'éléphants devant nos loges entrouvertes. Le géant souriant se vautra dans le fauteuil préparé pour lui. L'animateur lui posa des questions amènes avec une immense déférence. Pierre Gaspard fulmina.

— Non, mais tu te rends compte. On me fait poireauter deux heures pour ce clown. Regarde-moi ça, le grand-père de ce nègre était un esclave qui cultivait le coton et c'est lui désormais qu'on vénère comme un dieu. Non, mais quelle décadence ! C'est moi, moi, qui attends deux heures ! Je suis quand même un ministre de la République. Un élu du peuple, merde ! Tout le monde s'en fout !

Nous quittâmes le studio de Saint-Denis à deux heures du matin. Même la lune, cachée derrière les nuages, semblait rire de nous. Le rappeur américain était reparti depuis longtemps. Pierre me demanda des nouvelles des « Amsellem ».

— Ils s'appellent Sitruk, pas Amsellem. Écoute, ils ont changé d'avocat. Ils trouvaient que le précédent était trop mou. Ils ont l'impression que la justice fait tout pour étouffer l'affaire. Ils sont scandalisés que l'assassin n'aille pas en prison, mais à l'asile. Ils n'ont pas tout à fait tort.

Je faillis lui avouer que j'écrivais sur cette histoire. Lui révéler mes découvertes, mes émotions, mon trouble aussi. Cette plongée dans l'univers des Sitruk et des Chadli, des Fouad et des Boucher, et de tous les autres héros de la Grange-aux-Belles, victimes d'une époque que Gaspard et moi nous avions forgée, à notre bénéfice exclusif. Pierre Gaspard ne m'en laissa pas le temps. Il me toisa soudain d'un air solennel. Pour une fois, l'ironie, la dérision, le cynisme avaient déserté son regard. Son authenticité inattendue ressemblait à de la souffrance.

— Je vais te dire quelque chose. L'Europe entière a les yeux rivés sur nous. Nous avons le privilège d'avoir la plus grande communauté juive d'Europe et la plus grande communauté musulmane d'Europe. Tu vois ce que ça veut dire ? Une allumette, une seule, et tout peut sauter.

— Tu en as parlé à Nicolas ? Ça ne l'agace pas que tu t'intéresses d'aussi près à cette affaire ? Et le président ?

— Il n'y a pas une feuille de papier à cigarette entre nous. Et puis ça les arrange l'un et l'autre de ne pas paraître en première ligne. On n'est jamais trop prudent avec ces choses-là.

Elle avait disparu sans un mot. Elle n'avait pris qu'une robe, une brosse à dents et son vieux livre de poche usé, *Une saison en enfer* de Rimbaud. Au matin, l'hôpital avait prévenu sa mère. Son frère était aussitôt parti en claquant la porte. Mais ses recherches furent vaines. Myriam demeura plusieurs jours introuvable. Même Maman Fouad ignorait où elle se cachait. Yazid se rendit à Gagny, persuadé que Yasmina le renseignerait. Pendant toutes leurs années de collège et de lycée, Myriam et Yasmina avaient été inséparables. Ensemble, elles s'étaient passionnées pour *La Nouvelle Héloïse* de Rousseau. Elles étaient les chéries des profs de français et les souffre-douleur des garçons maghrébins qui les traitaient de « sales Françaises » parce qu'elles ne dissimulaient pas leur corps dans des survêtements informes, qu'elles fumaient des cigarettes blondes et qu'elles employaient des mots qu'ils ne comprenaient pas. Dès que son emploi de livreur de pizzas – que lui avait trouvé Simon – lui en laissait le loisir, Yazid ne manquait jamais de dénoncer sa sœur à ses amis à capuche et à ses parents. Elles se sentaient surveillées, épiées. Elles étouffaient. Yasmina avait un tempérament plus rebelle que Myriam. Enfant, elle refusait de mettre la table, de repasser le linge de ses petits frères, ne se contentait pas du balcon « pour prendre l'air ». Elle ne « baissait pas les yeux » quand sa mère lui tirait les cheveux. Lorsque son père refusa de la laisser partir en classe de neige en CM2, en dépit des supplications de l'institutrice, Yasmina avait « mangé le cerveau à sa mère ». Elle était partie, tandis que Myriam demeurait à Paris. Plus grande, elle aimait les jupes courtes et les pull-overs moulants, les bijoux, les accroche-cœurs. Elle faisait semblant de ne pas comprendre les insultes en arabe dont on l'abreuvait.

Elle s'affichait avec un « petit ami », Claude Tavares. Ses parents portugais l'avaient adoptée. Dès qu'il avait appris leur liaison, son père avait attaché Yasmina à son lit pendant cinq jours, les pieds et les mains liés aux montants. Yasmina n'avait point cédé. Dès le lendemain de son dix-huitième anniversaire, elle s'enfuit de chez ses parents. Ceux-ci s'étaient plaints aux Chadli. Myriam n'avait rien dit en dépit des imprécations vengeresses de sa mère et des coups de ceinture de son père. Les amoureux, mariés à la va-vite, s'étaient installés à Gagny. Le soir de son mariage, Yasmina s'effondra en larmes dans les bras de Myriam, parce qu'elle souffrait de ne pas voir le henné sur ses mains et de ne pas entendre les you-yous traditionnels. Très vite, elle tomba enceinte. Deux enfants en deux ans. La paternité chamboula Claude Tavares. Il devint, sous la pression amicale de ses nouveaux amis de Gagny, Mohamed Al-Tavares. Dès après sa conversion à l'islam, il exigeait de sa femme qu'elle se couvrît du hidjab. De la tête aux pieds. Les cris, les pleurs, les supplications, les insultes, mais aussi les strings et les dessous La Perla, qu'elle paya en trois mensualités, et même des fellations surprises, au lit, pour détendre son homme, Yasmina essaya tout. Mohamed Al-Tavares demeura inflexible ; elle le menaça de divorcer ; il lui rétorqua qu'il enlèverait ses enfants, les emmènerait au

126

Portugal ou chez ses nouveaux amis en Algérie. Yasmina s'inclina.

Ce coup imprévisible du destin ébranla Myriam.

Elle se dit que Dieu les maudissait, elles et toutes les « traînées », comme disait son père, les « taspé », comme disait son frère, les « Françaises », comme disaient ses copains à capuche, que Dieu était bien de leur côté. Elle se dit qu'il était inutile de se battre. Elle aussi pourtant s'efforçait de résister depuis des mois au mariage que voulait lui imposer son père avec un cousin « au pays ». Elle désirait poursuivre ses études. Son professeur de français l'encourageait à s'inscrire en hypokhâgne. Sa mère lui avait dit : « Pour qui tu te prends ? » Son père avait ajouté : « C'est un cousin, un fils à mon frère, il a besoin de ça pour avoir des papiers. Pour venir en France, tu comprends ? » Myriam refusait d'être « un tampon sur des papiers. Un simple moyen pour toucher le RMI ». Elle se disait que ses parents n'avaient même pas essayé de dissimuler leurs objectifs, par respect pour sa sensibilité. Ces deux derniers mots lui parurent si incongrus qu'elle rit aux éclats, un rire irrépressible, un rire d'aliéné, qui provoqua chez sa mère, une panique soudaine : « *Morbona*, ma fille, *morbona ! Djnoun ! Djnoun !* », et elle lui jeta du sel sur la tête pour conjurer le mauvais sort et ces démons qui l'avaient ensorcelée, ces djinns chers à Victor Hugo, que Myriam avait si bien expliqués en classe, en rappelant l'origine arabe de ce mot, à la grande fierté de son professeur de français. Mais à ce moment-là, Myriam ne songeait pas tant à réciter des vers de Victor Hugo qu'à éviter la savate trouée de sa mère qu'Aïcha brandissait au-dessus de sa tête.

Depuis lors, Myriam refusait de s'alimenter. Un imam vint la visiter à la demande de son père, qui lut des extraits du Coran et lui jeta de l'eau pour l'exorciser. L'iman portait une gandoura blanche recouverte d'une chasuble immaculée, une petite calotte tricotée sur la tête ; mais une paire de vieilles tennis portée nu-pieds détruisait la solennité de l'ensemble. Myriam eut envie de rire, mais se retint. L'imam expliqua doctement que les djinns ont une prédilection pour « les corps des vierges ». Son père approuva : « C'est bien pour ça qu'on veut la marier ! » L'imam la saisit rudement par le poignet et la força à s'allonger. Elle se débattit en vain. L'imam sortit d'une grande serviette sale une épée qu'il pointa sur son bas-ventre. Myriam avait l'impression qu'il allait la déchirer en deux. Il jeta de l'herbe dans un petit brasero portatif puis, après avoir soufflé sur les braises pour faire de la fumée, il s'agita, leva les bras, roula des yeux furibonds, chassa un fantôme de ses bras nus et maigres, et secoua le visage de Myriam, à grands coups de claques sonores, administrées du plat de la main, en hurlant des incantations en arabe :

— Tu vas sortir de son corps ! Es-tu musulman ? Es-tu juif ? Es-tu chrétien ? Es-tu athée ? Sors de son corps ou je te brûle !

Après que le brasero se fut éteint, tandis que Myriam ramassait ses lunettes, l'imam essoufflé prit une voix doucereuse :

— On lui a jeté un sort pour qu'elle refuse son mari ! La prochaine fois, vous m'apporterez un coq noir. Je l'égorgerai dans votre cour. Votre fille ira le jeter elle-même dans la Seine. Elle tournera le dos à la Seine et elle le jettera en arrière, comme ça !

Quand elle apprit que la « consultation » de l'imam avait coûté mille francs, Maman Fouad poussa de hauts cris et, d'autorité, imposa aux Chadli la venue du Dr Aboulker. Il expliqua à ses parents incrédules que leur fille « faisait une grave dépression ». Sa mère lui rétorqua : « C'est du cinéma. » Le médecin prit la décision de l'hospitaliser dans un institut médical spécialisé. Les Chadli résistèrent encore. Le Dr Aboulker menaça d'avertir la police. La mère

Chadli prit peur. Le père lui dit : « Débrouille-toi. Ta fille, c'est pas une fille de bonne famille. Elle fume la cigarette. Elle regarde les garçons. » Et il cracha sur le visage de Myriam : « Tu me dégoûtes, par Allah, tu me dégoûtes ! Qu'est-ce que je vais dire au cousin, là-bas ? Tu me mets la honte. *Hachmah !* » Et la mère Chadli de renchérir : « T'es qu'une pute, la vérité. Une *karbah* ! »

Myriam ne demeura que quinze jours dans son institut médicalisé de la région parisienne. Une nuit, elle s'enfuit. Pendant des mois, elle erra, ne sachant où aller, n'osant solliciter Yasmina la voilée, dormant dans la rue, volant pour vivre. Elle se méprisait. Elle riait, de ce nouveau rire qui l'emportait désormais parfois, de ce rire qui déformait son visage jadis si austère, de ce rire de folle : « C'est normal que tu voles, après tout, tu es une Arabe ! » Une nuit qu'elle marchait dans la rue de Berry près de l'avenue des Champs-Élysées, elle fut accostée par quatre Noirs costauds qui lui offrirent un verre dans un bar, et puis deux, et puis trois, elle ne savait même pas ce qu'elle buvait, la tête lui tourna, elle sentit qu'on la poussait sur la banquette arrière d'une voiture, des mains lui caressaient les seins, d'autres ouvraient la braguette de son jean, une langue s'immisça entre ses lèvres, elle eut juste la force de dire : « Attention à mes lunettes », et elle entendit le craquement d'une des branches, elle pleura, elle plissa les yeux, mais elle ne voyait plus qu'un mélange indistinct et flou de corps qui s'animaient devant elle dans une effervescence joyeuse, elle n'avait plus la force de résister, elle se laissa aller, elle ne savait même pas ce qu'on lui voulait, ce qu'on lui faisait, la seule chose qu'elle distingua clairement fut ce sexe noir qu'on lui brandit sous le nez et qu'on la somma de « sucer » sans barguigner. Elle ouvrit la bouche et obéit. Ce n'est qu'au petit matin qu'un des grands Noirs découvrit qu'il connaissait Yazid, « le frère à la pétasse », et la ramena courtoisement devant la station-service de la rue Louis-Blanc. Hagarde, sans ses lunettes. À moitié nue. Mais quand Charles Boucher vint prévenir ses parents, Aïcha hurla : « *Yaatectyphus !* » et son père marmonna : « Quelle fille ? Ma fille Myriam, *mesquenah*, elle est morte ; je n'ai plus de fille. » Maman Fouad, alertée par le concierge, la recueillit chez elle, la couvrit d'un long châle, la mit au lit. « *Mesquenah, mesquenah.* » Elle pleurait en lui caressant le visage. Mais, dès le lendemain matin, Yazid sonna à sa porte. À voir ce grand gaillard gesticuler avec fureur dans son salon, Maman Fouad ne put s'empêcher d'avoir peur. Elle tenta de se rassurer en le traitant comme l'enfant qu'il était il n'y a pas si longtemps.

— *Maa !* Qu'est-ce tu as grandi, mon fils. La vérité, un chameau, tu es devenu ! Que Dieu te bénisse mon fils ! Tu veux un gâteau mon fils ?

Mais l'autre ne se laissa pas amadouer. Il exigeait de voir sa sœur. Maman Fouad lui dit qu'elle était sortie. Très vite, Yazid perdit ses nerfs, l'insulta, la menaça.

— Tu vas pas t'en tirer comme ça, Maman Fouad, qu'est-ce tu crois ? Pour qui tu te prends ? Tu crois que tu es une çaisefran par Allah ? Tu es une reubeu comme nous ! Tu crois que parce que tu es toujours avec les feujs, ils vont donner un de leurs garçons à ta fille ? Fais attention, Maman Fouad, fais attention, si tu continues à aimer les feujs, je vais t'ouvrir le ventre !

Maman Fouad n'avait pas l'habitude de ces mots à l'envers ; quand elle eut compris le sens de l'imprécation désordonnée de Yazid, elle eut un sursaut.

— Par Allah, Yazid, comment tu me parles ! Tu me menaces par Allah comme les voyous ? Du lait qu'on lui sort du nez et il me menace, celle-là il est bonne par Allah ! Tu te crois à Chicago par Allah ?

Yazid continua de tempêter :

— Maman Fouad, les enculés qu'ils ont sali Myriam, moi je les tuerai, sur la tête à ma mère, je les tuerai, ces enculés, et je tuerai Myriam après, de ma main, mon père il m'autorise, mais toi, je te préviens, ceux qui ont sali ma sœur c'est que des renois, si à cause de toi on ne peut pas les trouver ils violeront ta fille !

Maman Fouad trembla. Elle craignait les Noirs comme l'incarnation du diable. Sa fille lui avait expliqué le ridicule de ses frayeurs, mais elle ne pouvait se raisonner. Ces derniers mois, trois familles africaines avaient successivement emménagé rue de la Grange-aux-Belles. Depuis, Maman Fouad dormait mal. Elle avait allumé des bougies, murmuré des incantations de conjuration magique en versant du sel au-dessus de la tête de ses filles. Son aînée, mi-rigolarde, mi-compatissante, lui avait conseillé :

— Baisse les yeux et trace !

Quand elle sortait de son immeuble, Maman Fouad baissait les yeux et traçait. Dans les jours qui suivirent, elle renvoya Myriam à son institut médical.

Clotilde en voulait toujours plus. Son appétit de sexe et de connaissance était insatiable. Il arriva un moment où je fus soulagé de poursuivre mon récit des années quatre-vingt. Elle m'interrogea inévitablement sur mon amitié avec Pierre Gaspard. Elle me reprocha mes sympathies coupables avec un homme de droite. Je la jugeai sectaire. Elle me demanda comment j'avais pu me réconcilier après cette mémorable soirée de l'été 1986. Je lui avouai que je ne m'étais jamais posé la question. Je lui citai une phrase de Proust que j'affectionnais : « Ce qui rapproche, ce n'est point la communauté des opinions, mais la consanguinité des esprits. » Ma machine à citations fonctionnait toujours à plein régime. Pierre Gaspard m'avait ce soir-là serré la main avec chaleur ; nous avions échangé avec une désinvolte simplicité des idées sur la politique et les femmes, les deux seuls sujets qui nous intéressaient vraiment, comme si notre rude algarade du passé n'avait jamais existé, comme si nous nous étions quittés la veille. Les maquilleuses s'amusaient en pouffant de nos plaisanteries grivoises. Nous devions participer tous deux à un débat télévisé et nous attendions sagement notre tour.

Pierre Gaspard était devenu maire de sa ville de Seine-et-Marne lors des municipales de 1989. Les quatre filles voilées de Creil, qui avaient sidéré la France cette année-là, avaient depuis essaimé dans un lycée de sa ville. Pierre Gaspard me surprit. Il n'exigea pas le renvoi de ces musulmanes déterminées ; ne tonna pas contre « l'identité perdue de la France » ; n'invoqua point les mânes de Jules Ferry et de la fille aînée de l'Église, de la laïcité et du christianisme réconciliés. Il prêcha au contraire la compréhension, le dialogue, le respect des croyances. La tolérance. Il s'appuya sur la décision du Conseil d'État au sujet des jeunes filles voilées de Creil, défendit le gouvernement Rocard et son ministre Jospin, qui « n'avait pas voulu faire tomber le couperet de la loi dans le précieux secret des consciences. Qui n'avait pas voulu ressusciter le combat douloureux de la République et de la Foi ». Sur le plateau télévisé, j'en restai un moment bouche bée. J'endossai la vareuse de l'instituteur de jadis et pourfendis les « islamistes qui n'avaient rien à voir avec l'islam et les musulmans modérés, une énorme majorité, qui ne cautionnent pas les actes d'une minorité », et tous leurs alliés calotins. Gaspard railla « le petit père Combes qui dormait en moi ». Me porta le coup de grâce :

— Vos amis de SOS Racisme pensent comme moi. Ils ne veulent pas eux non plus ajouter une stigmatisation religieuse à une stigmatisation ethnique.

Je fus terrassé. Pis : ridicule. Je ne décolérai pas quand nous sortîmes avenue Montaigne. Pierre m'emmena prendre un verre au Plaza Athénée. Il commanda deux coupes de champagne. D'un ton rogue, je lui jetai :

— Je ne sais vraiment pas ce que tu fêtes.

— Nos retrouvailles.

Il n'avait pas besoin de vin pour devenir disert. À sa faconde naturelle du Sud-Ouest, il avait ajouté l'assurance nouvelle de l'édile. Il me conta avec drôlerie son arrivée mouvementée à la mairie, les locaux laissés vides par les communistes vaincus, pas une gomme ni le moindre trombone, les premiers dossiers, premières décisions, premières ruptures, les sureffectifs municipaux et les subventions aux associations qui remontaient au Parti, les manifs spontanées et les menaces musclées. Je me déridai. Il se moqua alors de ce qu'il appelait « mes amis de SOS Racisme. Des sacrés loustics, dis donc. Tu me diras, c'est tous des anciens trotskistes, ils ont été à bonne école ». Il me confia, sous le sceau du secret, les mystères de ce qu'il appelait « la machine à subventions ».

— C'est simple. Tu inventes des opérations pour les populations immigrées. Alphabétisation pour les mères de famille, déjeuners conviviaux dans les rues, rôles de grands frères pour la surveillance des petits, n'importe quoi. Tu demandes des subventions au FAS, le Fonds d'action sociale. Qui ne vérifie jamais l'usage de ce qu'il distribue généreusement. Ce n'est pas grave. C'est nous qui paye, comme disait ton copain Coluche. Tu vois, je me suis mis à la page. Tu ne fais rien, tu n'organises rien. Tes cours d'alphabétisation, tes déjeuners dans la rue, *makech* comme on dit chez moi ! Et tu mets l'argent *in the pocket* !

— Tu es injuste de dire ça. Je les connais, mes copains trotskistes, comme tu dis, tout l'argent, ils le mettent dans la politique. Ce sont des révolutionnaires. Des vrais, des purs.

— Ce n'est pas faux. Ils se servent des immigrés pour préparer la révolution. Pour détruire la France et l'État bourgeois. Ils se disent que l'accumulation de pauvres venus de partout va aiguiser les contradictions du système capitaliste et finir par tout faire péter. Mais ils n'oublient pas leur petit confort.

— Tu m'as l'air presque compréhensif.

— Écoute-moi. Tu me connais, je suis un cynique, un émule de Machiavel, un adepte des rapports de force. On a perdu. Il faut le reconnaître. La dernière occasion de les renvoyer dans leurs gourbis a été ratée. À cause de toi et de tous tes copains en 86. Malik Oussékine et compagnie, un dealer sous dialyse dont la sœur était une pute, mais bon, bien joué, vous nous avez bien baisés. Chirac a calé comme d'habitude. Ce mec est un faux dur. Pire : c'est un mec de gauche camouflé en mec de droite. Une taupe. Désormais, il faut faire avec. On n'arrêtera plus la déferlante. Des millions de gris et de noirs attendent à la porte qui est ouverte. Chez nous, le patronat milite pour l'ouvrir à deux battants, parce que ça permet de ne pas augmenter les salaires des couillons de Français qui payent deux fois. Putain, c'est moi qui dois te donner un cours de marxisme ! Donc, je m'adapte. Je prépare l'avenir. Je me mets au mieux avec les puissants de demain. Je bichonne mes imams. Je soigne mes filles voilées. La politique, c'est ça, mon pote. Comme dit Chirac, le gaullisme est un pragmatisme. Ce sont des électeurs et ils votent pour moi. Tu es un démocrate, non ?

— Ouais. Tu retrouves les réflexes de la France coloniale, c'est tout. Tu sais où ça nous a menés, tes conneries. La démocratie, c'est d'abord des principes. La laïcité en est un des piliers en France. Sinon, on va vers le Liban. Et la guerre interconfessionnelle.

— Tiens, tiens. Ce tournant vers le Moyen-Orient serait-il un signe ? Tu as vu ton ambassadeur cet après-midi ? Il t'a donné ta feuille de route ?

— Tu es trop con. Je te rappelle que je suis français comme toi.

— Un Français qui perd son légendaire sens de l'humour qui plaît tant aux dames.

Nous recommencions le débat télévisé sans les caméras. Je lui avouai mon incompréhension et ma colère. Il esquissa un rictus que je connaissais : il était content de lui. Une fois encore, je perdais. Je choisis de reconnaître ma défaite.

— Ce qui me désole le plus, c'est que c'est la gauche qui a plié la première. Tu te souviens des quatre jeunes filles voilées de Creil ? J'avais un bon copain au cabinet de Rocard à l'époque. Il m'a raconté que Matignon voulait faire une loi interdisant le voile à l'école. Tout le monde était d'accord. Mais au dernier moment, Rocard a calé parce que, rue de Grenelle, Jospin ne voulait pas d'une loi. Et que Rocard préparait en prévision du congrès de Rennes la grande alliance avec Jospin pour tuer Fabius.

— Tu vois, c'est ça, le régime des partis !

Il imita le tremblé de la voix du général de Gaulle. Nous rîmes de bon cœur. Pour lui aussi, me dis-je, le « vieux » était devenu objet de dérision. Pierre ne cessait de remplir nos coupes de champagne. Nos yeux pétillaient. Nous nous enfonçâmes confortablement dans les fauteuils. Les volutes des cigares remontaient les faisceaux lumineux des lampes tamisées, comme des saumons remontent le courant. Au bar du Plaza Athénée, deux grandes blondes en robes minuscules, assises sur des tabourets, croisaient et décroisaient les jambes, le regard dans le vide.

— Elles attendent le chaland. Elles doivent coûter cher.

— Pas tant que ça. Ce sont des putes de l'Est. Elles ont encore un reste de modeste soumission que leur a inculqué le communisme.

— Il n'y a pas à dire, la chute du mur de Berlin est une divine surprise.

— Toujours marié avec Sylvie ?

— Je suis un mec à l'ancienne, moi, mon pote. Entre le divorce et l'adultère, j'ai choisi l'adultère. Je ne suis pas comme tous ces cons qui épousent chaque fois qu'ils baisent. On dirait des pasteurs mormons.

— Je vis avec une fille ravissante, mais je n'arrive pas à franchir le cap.

— Tu aimes trop ta mère.

— Arrête avec ta psychanalyse à deux sous. Anne de La Sablière, qu'elle s'appelle. En fait, elle a un nom à rallonge, mais elle l'a raccourci.

— C'est devenu une habitude dans ces familles ! Tu as toujours aimé les aristocrates, grandes asperges avec beaucoup de classe mais sans nichons. C'est ton côté amant de lady Chatterley. Moi je préfère l'inverse, gros nichons et vulgaire.

— C'est ton côté seigneur ruiné et droit de cuissage.

— Mais dis-moi, ta Sablière machin, ce n'est pas une fille de la télé ? Je l'ai vue présenter je ne sais plus quelle émission de variétés. J'ai regardé parce qu'il y avait Johnny.

— Toujours fan ?

— De ta Sablière, ce n'est pas mon genre mais... Mais j'ai l'impression qu'elle marche bien. On la voit souvent à l'antenne.

— Ouais. On a fondé une petite société de production. Ça rapporte pas mal.

— J'imagine que la concurrence doit être féroce. Elle fait de grosses audiences ?

— Ce n'est pas le plus important. En fait, c'est un jeu très subtil que j'ai mis au point depuis quelque temps. Je rends des services divers au parti ou à des ministres. Des trucs qu'ils ne peuvent pas faire en direct. Qui me sont payés en émissions de télé. Gros pactole.

— Mais bien sûr, je me tue à le dire au RPR ! Les valises de billets, c'est ringard, avec ces cons de juges à nos trousses. T'inquiète pas, quand on reviendra aux affaires, je n'oublierai pas ce que tu m'as appris. C'est ça que j'aime chez vous la gauche. Vous êtes créatifs et modernes.

Clotilde leva vers moi un regard courroucé.

— Tu as raison. La consanguinité des esprits, cela doit être ça. Moi, j'aurais dit : la complicité des crapules. Mais je ne suis pas Marcel Proust.

Gaspard et moi, nous nous utilisions l'un l'autre. Comment l'expliquer à Clotilde ? Notre amoralisme était l'envers de son rigorisme ; notre cynisme désabusé, celui de sa fraîcheur. Nous avions fondé une sorte de société d'admiration mutuelle. Une assurance. Il savait bien qu'il n'avait pas la carrière dont il avait rêvé ; qu'un ministre de la République n'avait plus grand pouvoir dans le marché mondial où les décisions ne sont plus prises dans le bureau du ministre des Finances ; que l'obsession du « terrain » et l'accumulation des « dossiers » avaient racorni son cerveau, écorné cette capacité de synthèse qui éblouissait ses professeurs à Sciences Po ; que la politique l'avait transformé en assistante sociale d'une part, en marionnette médiatique d'autre part, machine à débiter des petites phrases pour jolies journalistes analphabètes. Je n'étais au fond pas plus fier. Je n'avais pas produit la grande œuvre qui laisserait une trace, et je ne l'écrirais jamais. Quand j'étais enfant, j'aimais la langue française d'amour, je vénérais sa littérature, ses grands écrivains, je m'étais promis le destin de Malraux et Sartre réunis, l'aventure et la philosophie, les statuettes volées à Angkor et les conquêtes féminines, la poudre blanche et les médicaments, le Goncourt et le Nobel, ministre de mon Général et Voltaire, entre ici Jean Moulin et la harangue des ouvriers de Renault Billancourt, juché sur un tonneau. Mes aventures s'étaient toutes immobilisées dans des palaces d'où je ne sortais que pour exposer mon profil devant des caméras. Mon travail intellectuel s'était achevé sur les plateaux de télévision, entre une vedette du porno aux gros nichons et un chanteur débile qui ânonnait un air du temps que j'avais moi-même contribué à confectionner. J'étais le cerveau de ces imbéciles qui n'en avaient pas. J'avais vendu mon âme au diable télévisuel. J'avais jadis découvert, dans *Les Illusions perdues* de Balzac, la passionnante conversation entre Lucien de Rubempré et Daniel d'Arthez, celui-ci exhortant celui-là à ne pas gaspiller son talent au milieu des actrices et des succès faciles. Rubempré n'écouta point son sage ami ; d'Arthez devint un grand écrivain, Rubempré se suicida dans sa cellule. Je jurai de faire mentir le sinistre d'Arthez, de tout concilier, les femmes et les livres, l'argent et l'éternité, la fête et la gloire, la vie et la mort. Je réussis. Au-delà de toutes mes espérances. Grâce à la télévision, je ne conquis ni œuvre ni gloire ; mais j'acquis cette fausse notoriété médiatique qui me tenait chaud l'hiver, quand je m'apercevais que j'étais le héros frelaté d'une époque aseptisée et décadente.

J'avais songé à me lancer dans la politique. Je m'étais imaginé tonnant dans l'hémicycle, préparant une dévaluation du franc dans le plus grand secret, peaufinant des alliances avec les centristes ou les Anglais. Je jouais à Gabin dans le film *Le Président*. J'avais la tête politique, mais le reste du corps ne suivait pas. Je ne parviendrais jamais à parapher mes dossiers à l'arrière d'une DS, où j'avais passé mon enfance à vomir. Je n'aurais pas l'estomac assez solide pour ingurgiter des tombereaux indistincts de mangeaille et de vinasse au Salon de l'agriculture. Je ne réussirais jamais à m'endormir pendant dix minutes dans le bruit ronronnant d'un avion à hélices ; et les banquets interminables, quand la fatigue vous saisit, le sommeil vous tenaille. Je n'aurais pas la patience de supporter, chaque samedi, à la permanence de ma circonscription, les doléances et les requêtes de mes administrés éplorés. Je ne m'habituerais pas à l'inanité du travail parlementaire ; je ne parviendrais pas à me passionner pour un pourcentage d'augmentation du traitement des fonctionnaires au ministère de l'Éducation nationale ou un choix de tracé d'autoroute ; je me contraindrais difficilement à devoir négocier à Bruxelles des compromis avec des Portugais ou des Polonais, des Luxembourgeois ou des Grecs qu'un seul battement de cils de Louis XIV ou de Bonaparte faisait trembler. Je ne supporterais pas les soirs de défaite électorale, quand on vous crache au visage une haine que vous ne méritez pas. Je possédais la capacité d'indifférence, le mépris, le cynisme qui font les hommes d'État, mais pas leur férocité ni leur résistance à la médiocrité. J'étais un soldat en porcelaine, qui n'avait jamais vu le feu de près. Pour me consoler, et me flatter, Gaspard prétendait que j'étais trop intelligent, trop subtil, pour faire de la politique ; que mon cerveau fonctionnait trop rapidement pour celui des électeurs. Il balayait d'un revers de main goguenard les mythes et légendes des plans sophistiqués, des stratégies à multiples tiroirs : « Quand tu ne comprends pas une décision politique, et que tu hésites entre le machiavélisme et la connerie, choisis toujours la connerie. » Trop content de mettre un baume sur mes plaies, j'avais fini par m'en persuader.

Gaspard avait pareillement caressé une tentation d'écrivain. Il avait publié des livres qu'il n'avait pas écrits, prononcé des discours qu'il n'avait pas rédigés. Il avait étouffé une sensibilité d'artiste originale sous l'éteignoir manichéen des engagements partisans ; asséché la fraîcheur de son style sous le burin des « éléments de langage » et de la prose administrative.

Il avait galvaudé un univers d'écrivain dans la médiocrité prosaïque des dossiers à parapher et du « terrain » à arpenter. Il avait usé sa sincérité dans des décisions qui ne servaient à rien, dans des négociations qui n'en finissaient pas, dans des combats qu'il n'avait aucune chance de gagner ; il découvrit que le pot de fer n'était pas toujours celui qu'on croit, que les Français, dans leur passion ingénue et désuète pour le politique, imaginaient ; et qu'il était, lui, l'élu de la République, plus souvent un triste pot de terre contre les vrais puissants, à qui on « ne tord pas le bras », disait-il, les lobbys de Bruxelles, les puissants financiers internationaux, le Département d'État américain, les mafias, ou plus simplement les syndicats de l'Éducation nationale ou les patrons de TF1. Il apprit l'humilité, le renoncement. Il maquilla de cynisme son désabusement ; caparaçonna d'un mépris de fer son sentiment d'humiliation. Il déshabilla le pouvoir de ses oripeaux enfantins et la démocratie représentative de ses mythes glorieux. Je restais au fond de moi persuadé qu'il m'avait manqué une guerre, une révolution, pour que, éliminés les mous, les traîtres, les insipides, les pusillanimes, je devinsse un Chateaubriand ou un Malraux. Gaspard demeurait convaincu qu'il était un Flaubert rentré, qu'une erreur d'aiguillage l'avait empêché de devenir Stendhal ou Aragon. Nous accusions les méchants hasards, l'impatience de nos ambitions, la médiocrité désespérante des temps de paix.

J'accumulais beaucoup d'argent, Gaspard n'était pas à plaindre. Compensation dorée. Nous nous soutenions l'un l'autre ; notre admiration réciproque nous hissait au-dessus de nous-mêmes, nos querelles convenues nous donnaient l'illusion de poursuivre les grands combats de nos illustres ancêtres, de jouer la Liberté contre l'Égalité, le pouvoir contre le talent, Napoléon le petit contre Victor Hugo, de Gaulle contre Jean-Paul Sartre. Nous étions des usurpateurs et nous nous aidions mutuellement à le cacher aux autres, et parfois, un court instant, après moult efforts, nous parvenions à dissimuler à nos propres yeux notre farouche et désespérante lucidité.

On ne voyait plus le petit corps de Simon Sitruk enseveli sous un amoncellement de disques. Des vieux 45 tours rayés par endroits, des 33 tours poussiéreux, tous ces vinyles désuets dans leurs pochettes multicolores, avec leur multitude de petits papiers blancs et jaunes accolés aux sillons noirs comme les bouts de sparadrap aux doigts du capitaine Haddock. Simon chancelait, son corps fluet, ses bras étiques ne pouvaient porter un poids si lourd. Heureusement, Yazid avait accepté de l'aider à transporter son « matériel ». Il avait emporté dans ses bras puissants la vieille console en bois que Simon astiquait avec un soin maniaque. Puis il avait posé contre son torse immense un amas impressionnant de disques, qu'il portait avec la puissance souveraine d'un haltérophile. Yazid ne rechignait jamais à « donner un coup de main à Simon ». Il aimait l'accompagner, il avait l'impression flatteuse de le protéger ; il disait : « C'est mon petit frère ! » alors même qu'il était plus jeune que lui. Simon l'emmenait partout où il jouait des platines. Yazid avait goûté avec une particulière délectation ces joyeuses bar-mitsvas où il pouvait peloter les petites Juives, brunes piquantes se trémoussant, fausses ingénues au regard de garce, sur une ritournelle de Claude François, *Alexandrie, Alexandra*, et reluquer leurs mères, fausses blondes platine qui lui donnaient du « mon fils » pendant qu'il avait ses yeux plongés dans leurs décolletés vertigineux. Mais le « petit Simon » prenait du galon. L'autre soir, il lui avait fait découvrir une boîte de nuit prestigieuse, vers les grands boulevards, dont il ne se souvenait plus du nom, mais où il savait qu'il n'avait aucune chance d'entrer « avec sa gueule d'Arabe » et sa bande de copains aux mines en rapières, bloc viril et inquiétant sans la moindre femme. Yazid s'était introduit dans un antre merveilleux où les filles n'étaient pas farouches et les hommes guère jaloux. L'inverse exact de son univers mental. L'argent, le plaisir, l'alcool, le haschich, la cocaïne, tout semblait y couler à flots. Dans cet univers inédit, Yazid se surprenait à avoir de l'ambition. Le coursier qu'il était avait seulement remplacé dans son panier les pizzas par des barrettes de haschich. Il se contentait jusque-là d'en acheter par petites quantités, vingt-cinq grammes, qu'il détaillait soigneusement, par petits morceaux de trois grammes enveloppés de cellophane. Yazid se révélait un petit artisan consciencieux. Il n'avait pas manqué de solliciter et d'obtenir la protection des frères Mokhtari. Ceux-ci lui avaient avancé les premiers fonds. Les clients affluaient, sa mère achetait enfin des vêtements neufs ; il n'était plus aux yeux de son père « Yazid le bon à rien ». Il ne lui mettait plus des « trempes à mourir ». Entre eux, les rapports s'étaient inversés depuis que des Asiatiques avaient racheté la pizzeria où Mohamed Chadli travaillait depuis plus de vingt ans. Il ne parvenait pas à retrouver un emploi. Yazid songeait à agrandir sa petite boutique. Acheter davantage, par kilogramme. Les responsabilités étaient autres. C'est lui alors qui revendrait aux « petits » acheteurs modestes de vingt-cinq grammes. Il avait noué des contacts à la cité Pablo-Picasso de Nanterre ; il avait même retrouvé un vague cousin, Moustapha, à la cité des Grèves à Colombes : les grossistes y étaient abondamment pourvus et bien disposés à son égard.

Mais Yazid hésitait à franchir le Rubicon. Il craignait de ne pas avoir les épaules assez solides. De se retrouver en prison. Il ignorait si les Mokhtari accepteraient une telle promotion. Il eut l'idée de leur parler du « petit Simon » et de ce « marché » formidable qu'il lui ouvrait. Les Mokhtari se souvenaient de « barrette », mais pas du « petit Simon ». Ils voulaient voir. Entrer eux aussi dans ces boîtes où les « pétasses » avaient le cul brûlant et les « Français », des pascals plein les poches. Yazid n'avait jamais gagné autant d'argent. Mais les drogues ingurgitées à foison, le haschich pour le quotidien, la cocaïne pour les fêtes, sans oublier les bières au café de la place du Colonel-Fabien, lui aigrissaient le caractère. Il devint irascible, imprévisible. Un jour, il vint chez Maman Fouad et lui demanda d'emprunter son téléphone. Le sien était en panne. À la stupéfaction de Maman Fouad, il composa le 17, et dès qu'il obtint un correspondant, hurla : « Nique la police, je t'encule ! » Il sortit en claquant la porte, encore hilare. Affolée, Maman Fouad rappela le commissariat pour s'excuser. Elle tremblait ; et jura que ce « chameau de Yazid » ne remettrait plus les pieds chez elle. Quand Simon lui reprocha ses sautes d'humeur, ses fureurs, ses tocades, Yazid éclata d'un rire mauvais : « C'est les djnouns, ils tournent dans la famille. Ils ont tué ma sœur. Maintenant, ils viennent vers moi. Mais, moi, je suis fort, moi, je les tuerai, par Allah ! Toi, t'as rien à craindre, t'es comme mon frère ! »

Ses mains s'agitaient avec la dextérité d'un jongleur de cirque. Le reste de ses membres ne bougeait pas. Son regard était absorbé, happé, hypnotisé par les disques et les petits bouts de papier blanc collés dessus, comme celui d'un joueur de tennis par la petite balle jaune. Simon ne voyait ni n'entendait rien, plus rien n'existait que le périmètre très étroit de sa table de mixage. Son casque pendait négligemment à son oreille droite, il n'avait pas besoin d'entendre les sons qui en sortaient, il les connaissait d'avance. Un instinct supérieur lui soufflait le mariage des sons, des mots, des rythmes. Des harmonies et des vitesses. Les battements par minute, les bpm disait-il d'un air entendu de professionnel aguerri, n'avaient plus aucun secret pour lui – « non, pas ça, voyons, le 90 bpm du hip-hop est incompatible avec le 120 bpm de la house ! ». Il accouplait des morceaux de chansons différentes avec le savoir-faire millimétré d'un éleveur préparant la saillie d'un étalon et d'une jument. Simon avait ce don rare de faire danser des salles entières ; avec lui, les conversations s'achevaient, les filles confiaient leur sac à leur meilleure amie, qui le jetait sur une chaise, les garçons rétifs et timides se déhanchaient gauchement, les cigarettes s'éteignaient, les regards luisaient, les esprits s'étourdissaient. Il ne savait pas écrire le solfège ni déchiffrer une partition. Il ne serait jamais Wolfgang Amadeus Mozart ni même Paul McCartney. Mais il avait parfois l'impression d'être un sorcier ressuscitant les morts d'entre les morts, tous ces sons, ces notes, ces harmonies, ces rythmes figés définitivement dans leur sillon, comme des pharaons emmaillotés pour l'éternité dans leurs bandelettes, il les réveillait soudain, leur rendait leur liberté, celle de rencontrer, d'épouser, d'affronter d'autres notes, d'autres sons, d'autres harmonies, d'autres rythmes. L'utilisation des anciens vinyles, alors que régnait depuis quelques années la musique numérique, accentuait ce sentiment d'archaïsme, de magie noire. Il était le grand prêtre d'un rite très ancien, très obscur, très mystérieux. Le boum-boum binaire assourdissant qui annihilait toute mélodie, toute fantaisie, toute originalité, accentuait le côté impérieux et sauvage de son art. Dans la salle, les conversations étaient abolies. Les yeux seuls essayaient de se parler, en vain. Dans les cerveaux des danseurs, les connexions rationnelles avaient dû être débranchées. L'humour, le charme, l'ironie qui accompagnaient jadis la musique avaient été laissés au vestiaire avec les vestes et les manteaux. Le seul langage autorisé était celui des corps. Ceux-ci ne s'épousaient pas comme avec le tango et ces danses sorties des bordels. Avec le rock, les mains se quittaient et se retrouvaient, comme si la génération du baby-boom avait voulu ainsi marquer qu'elle serait celle de l'indétermination sexuelle et du divorce de masse. La victoire du rythme binaire consacrait le règne de la masturbation et du cinéma pornographique. Les corps ne se mêlaient pas, ne se touchaient ni ne se frôlaient, chacun restait dans son coin et s'agitait comme pris de transe. On mimait l'acte de va-et-vient sans retenue, solitairement. Mais chacun s'observait, se reluquait sans vergogne, comme si on jaugeait les capacités sexuelles des uns et des autres, pour déterminer qui serait l'étalon le plus vigoureux et la jument à la croupe la plus accueillante. À ce jeu, les jeunes Noirs demeuraient sans rivaux, réveillant chez les Blancs à la fois les vieux fantasmes et complexes sur les grosses bites des nègres et les appétits pantagruéliques de leurs femmes, mais aussi les sourires goguenards et un rien méprisants des explorateurs découvrant au fin fond de la forêt africaine des danses rituelles de négresses à plateaux et de géants à la peau scarifiée agitant des lances au curare.

Simon adorait cette ambiance curieuse où la modernité technique rejoignait l'archaïsme le plus profond ; où les prouesses technologiques servaient une régression vers l'aube de l'humanité ; où le métissage des traditions musicales du monde entier ne confectionnait qu'un objet sommaire, imité des premières statues de l'Humanité, mais industrialisé, standardisé, reproductible à l'infini. Simon ne s'en plaignait pas. Il était convaincu de parler le seul langage universel, celui de la musique, et de transmettre par ce biais un message de concorde et de paix entre les hommes, les civilisations et les races. Il était au diapason de son public, de son époque, de sa génération, n'analysait rien, ne conceptualisait rien, refusait de « se prendre la tête », mais sentait, ressentait, pressentait. Il laissait parler son instinct, qui l'avait conduit à mêler sans cesse au rythme binaire matriciel les effluves sensuels des anciennes mélopées de la musique soul. Il en retrouvait les éclats de voix, les cris lascifs, les rythmes alanguis. Il ne s'était pas immergé dans les anciens chants des années quarante ou cinquante, encore imprégnés des gospels religieux, ou même des réinventions – moitié pillages, moitié recréations – des groupes anglais blancs des années soixante. Il avait simplement plongé dans les standards américains des années quatre-vingt, ceux qui avaient bercé sa prime enfance lorsqu'il dansait sur *Billie Jean* de Michael Jackson.

148

Dans leur jargon professionnel de DJ – disc-jockey, comme on ne disait déjà plus – on surnommait ces chansons dans lesquelles il piochait avec ravissement la *old school*. L'ancienne école. Simon devenait un professionnel. Le temps des bar-mitsvas et des mariages était révolu. Il avait été repéré par des patrons de boîtes de nuit qui l'invitaient pour des *sets* de quelques heures. Le rémunéraient même, à sa grande surprise, alors qu'il aurait travaillé pour rien. Ses premiers cachets lui avaient permis d'acquérir un matériel plus sophistiqué que son antique console. Des DJ plus âgés et plus capés ne tarissaient pas d'éloges sur ses talents de « scratcheur ». Dans la salle, les yeux des filles brillaient. Le R'n'B, plus lascif, plus sensuel, plus mélodieux, c'était pour elles, comme si elles n'avaient pas renoncé à jouer leur rôle civilisateur, quand les garçons avaient une prédilection pour le hip-hop, le binaire sans fioritures ni délicatesse, bête et brutal. Comme eux. Comme ils aimaient à se voir et se montrer. Simon passait ses nuits et ses jours à chercher de nouveaux sons, de nouveaux arrangements, qu'il pourrait accorder. Quand il rentrait de discothèque à l'aube, épuisé, il s'asseyait sur son lit mais ne se couchait pas. Sa mère dormait dans la chambre voisine aux côtés d'un gros bonhomme poilu et suant fort, le « frère au mari à sa sœur », avec lequel elle avait décidé de « refaire sa vie… Et alors ? Qu'est-ce que vous croyez, parce que votre pauvre père il est mort, il faut que je rentre au couvent ! ». Simon refusait d'y penser. Il posait un disque sur la platine, et puis un autre, il recommençait l'opération jusqu'à ce qu'il découvrît le mariage idéal, qu'il inscrivait soigneusement à l'aide des petits papiers blancs collés sur le sillon adéquat. Cette quête le hantait. Dès qu'il se réveillait, vers deux heures de l'après-midi, il prenait à peine le temps d'avaler un café au lait, que sa mère lui servait avec chaleur, et s'enfermait de nouveau dans sa chambre, essayant ces nouvelles rencontres improbables de sons et d'harmonies, sous les sarcasmes de Serge et de Yohann qui ne parvenaient pas à comprendre son désintérêt persistant pour les matchs du championnat de France de football retransmis par Canal + dont les deux cousins se goinfraient sans se lasser, vautrés dans le canapé en cuir du salon que Monique venait d'acheter avec les premiers cachets de Simon.

En ce soir d'octobre, les rayons du soleil couchant fuyaient au plus vite, de peur sans doute de ne pas soutenir la comparaison. Elle était de couleur rouge comme il se doit. Autour de son capot rutilant, de son fier cheval cabré, de ses énormes roues d'avion, et de ses phares de dessin animé, ils étaient confits en respect, comme un bibliophile devant un incunable du XIIe siècle. Les pantalons de jogging resserrés, les baggys ajustés à la hâte, les jeans Diesel apprêtés, les têtes délestées de leurs rituelles capuches, tous étaient sagement alignés autour de l'objet précieux. L'idole. Les courtisans du Roi Soleil à Versailles n'étaient pas animés d'une plus grande dévotion que ces jeunes gens qui faisaient habituellement profession d'irrespect et de mépris généralisés. Même Abdel Mokhtari et son frère Ahmed paraissaient devant elle des petits garçons intimidés. « Sur la vie de ma reum, le premier qui la frôle seulement, je lui écrabouille sa tetê. Sur la vie de ma reum ! » Yazid Chadli parlait fort et faisait des moulinets avec ses bras immenses pour écarter les importuns. Les grains de poussière étaient sous étroite surveillance. Très vite, la rumeur s'était répandue. « C'est la voiture à Jamel, par Allah, la voiture à Jamel ! » Les jeunes gens s'étaient précipités hors de l'immeuble, qui déboulant l'escalier sans prendre le temps d'ajuster sa casquette, qui s'éjectant des caves où ils trafiquaient dieu sait quoi. Tout ce que la Grange-aux-Belles comptait de jeunesse était là, même les sages filles de Maman Fouad, qui n'avaient pu résister à la fascination générale.

« Une Ferrari, ça comme, pour un de notre race. Par Allah, ça fait plaisir. Sur la vie de ma reum, on est fier. » Avec une naïveté rafraîchissante, Yazid protégeait le bien de l'acteur comme s'il était le sien. Mieux encore. L'acteur Debbouze, sa carrière, son jeu, son humour, ses spectacles sur Canal +, *Astérix et Cléopâtre*, rien ne l'avait jusque-là intéressé. Il n'avait vu aucun de ses films, et ne lui demanderait pas d'autographes à la sortie. Il laissait ça aux gonzesses ! Ses goûts cinématographiques étaient fort banals parmi sa bande, et se limitaient au seul film qu'ils se repassaient tous sans cesse depuis des années, le fameux *Scarface ;* avec une concentration qu'il croyait digne de l'Actor's Studio, Yazid répétait la réplique célèbre d'Al Pacino tout en rangeant délicatement ses barrettes de haschich dans leur papier cellophane : « Mes mains sont faites pour l'or et elles sont dans la merde. » Il ignorait même, jusqu'à cet instant magique qui s'inscrirait à jamais dans sa mémoire, que la tante de Jamel Debbouze habitait le même immeuble que ses parents. Yazid, à l'instar des autres gars de la Grange-aux-Belles, ne tolérait pas habituellement l'intrusion d'une si superbe voiture dans leur antre. Ils le prenaient comme une offense à la « misère à leurs parents ». La moindre Porsche, Ferrari, ou même BMW ou Audi, déposée devant l'immeuble par un « étranger » risquait au moins de subir une rayure profondément tracée sur toute la carrosserie par une clef perfide ; au pire d'être volée, dépecée, brûlée. Mais pas la « Ferrari à Jamel ». Celle-ci, on la couvait du regard, on l'admirait, on la protégeait. On ferait barrage de son corps pour lui éviter la moindre éraflure ; on se transformerait en bitume vivant pour épargner à ses roues le contact dissolvant de l'eau de la rosée ; on tuerait l'audacieux qui aurait posé dessus ses mains sacrilèges. Car la « Ferrari à Jamel » n'était pas une voiture ni même une Ferrari comme les autres. C'était la Ferrari à Jamel. « La Ferrari à un Arabe comme nous, un de notre race ! » Une Ferrari unique, dont le cheval noir galopait sous leurs yeux transis d'admiration, et même d'amour, au milieu des fantasias de burnous blancs virevoltant dans la poussière, des youyous vengeurs des femmes et des charges magnifiques et impétueuses des guerriers féroces, le cimeterre brodé de rubis au bout de leur bras puissant, dans le poudroiement enchanteur des déserts d'Arabie.

Anne de La Sablière tira sa cigarette avec des gestes saccadés. Elle était assise à la terrasse d'un café du boulevard Saint-Germain ; elle attendait son avocat. Elle se dit qu'elle ressemblait à une héroïne de *Desperate Housewifes*, ce qui ajouta encore à sa fébrilité. Elle ne parvint pas à se calmer. Elle alluma une autre cigarette. Son geste lui rappela soudain une vieille chanson de Jean-Jacques Goldman, dont elle aimait fredonner jadis la rengaine dépitée : « Elle fume, fume, fume au petit déjeuner. » La cigarette, prix à payer par les femmes pour la liberté, se dit Anne, qui ne parvenait pas à retrouver le titre de la chanson. Elle avait l'impression que tout se liguait contre elle, même sa mémoire.

« Elle a fait un bébé toute seule » : elle avait enfin retrouvé le titre de la chanson. Dès qu'elle m'avait vu, m'avait-elle confié un jour, Anne avait su que je serais le père de son enfant. Elle avait couché avec des garçons plus beaux ou meilleurs amants. Je ne pouvais admettre qu'elle eût connu de meilleurs amants que moi. J'étais convaincu qu'alors elle les eût préférés comme géniteur. C'était un thème qui nous opposait souvent. Ce n'était pas le seul. Elle jugeait ainsi qu'Albert Cohen, l'auteur de *Belle du Seigneur*, ce livre qu'elle disait « culte » et avait dévoré dans les années quatre-vingt, s'était trompé dans la grande tirade au cours de laquelle Solal prétend aigrement qu'Ariane ne l'aurait pas aimé s'il avait eu trois dents en moins, avait été moins beau, quelques morceaux de chair en moins ou en plus ; Anne plaidait non coupable pour elle et toutes les femmes ; Anne était convaincue qu'Albert Cohen prêtait à son héroïne une faiblesse masculine, un comportement d'homme qui joue son désir et son amour pour quelques kilogrammes de plus ou de moins, une chute de reins trop galbée ou pas assez, des jambes trop longues, une cheville trop épaisse. Je n'étais pas loin de l'approuver, même si pour la beauté du geste je dénichais des points de friction. L'accord des opinions engendrait l'ennui.

C'était ce genre d'échange qui lui manquait le plus depuis notre rupture. Elle goûtait comme un champagne frappé mon esprit virevoltant, mes raisonnements paradoxaux, mon cynisme joyeux que balançait un lyrisme frémissant. En tout cas, c'est ce qu'elle me confiait, après l'amour, en inspirant une bouffée de ses blondes américaines. Je ne demandais qu'à la croire. Elle n'avait connu dans son enfance que rigorisme austère et silences pesants. J'avais été pour elle « une bouffée d'oxygène », murmurait-elle. Depuis notre rupture, elle s'interrogeait. Elle ne comprenait toujours pas ce qui s'était passé. Elle croyait tout connaître de moi, tout deviner. Elle était mon double, ma moitié du ciel ; notre narcissisme frémissant, insatiable, nous soudait l'un à l'autre ; notre existence se comptait en minutes de télévision. Je lui avais cité Lacan : « L'amour est la rencontre de deux névroses. » J'avais toujours une citation pour chaque situation. Ce réflexe de bon élève l'agaçait et la fascinait. Elle me reprochait de me cacher derrière mes chers grands auteurs, et elle se trouvait en même temps si ignare. Ce sentiment d'infériorité, d'humiliation et d'admiration mêlées suscitait chez elle un picotement d'excitation sexuelle qu'elle jugeait ridicule et malvenu. Elle s'affichait en femme moderne.

Elle refusait avec véhémence de revenir à ses casseroles, comme sa mère. C'est normal, lui répliquai-je un jour, « pour prendre la casserole, il faut une queue ». Je ris sardoniquement. Elle m'aurait giflé. Sa mère, d'ailleurs, n'avait jamais touché aux casseroles ; elle avait toujours eu du personnel pour cela. Elle ne comprit pas pourquoi cette simple réflexion me fit tordre de rire. Je pris un air mélancolique, un brin rêveur : « Ah, les amours ancillaires... » Elle s'apercevait aujourd'hui que je l'exaspérais.

Elle se demanda pour quelles raisons elle était demeurée si longtemps avec un type comme moi. Je détestais les week-ends en amoureux à Venise ; je me souciais comme d'une guigne de ses prime time, de cet « audimat » qui la mettait en transe chaque lendemain d'émission, me gaussais des « ploucs qui la regardaient ». Alors, pourquoi avait-elle désiré un enfant de moi ? Elle en avait rêvé, nuit et jour, de cet enfant qui me ressemblerait, « qui aurait son intelligence et ma beauté », disait-elle, l'œil énamouré, et je m'esclaffais : « Et s'il avait ton intelligence et ma beauté, on serait bien attrapé », et je riais, riais, et elle avait l'impression déplaisante que je me moquais d'elle, que je lui jetais une fois encore une de ces citations dont j'avais le secret pour l'embrouiller, la ridiculiser. Désormais, elle regrettait d'avoir tant voulu cet enfant. Au moment même où elle articulait cette pensée iconoclaste, elle en fut horrifiée. Elle devenait folle. Mais elle avait l'impression qu'elle ne pouvait tout gagner, qu'elle était contrainte de perdre l'homme pour gagner la liberté, de voir s'enfuir l'amour après qu'elle avait obtenu l'enfant. Qui perd gagne ou la malédiction féminine, lui dis-je, cruel.

Elle l'avait vu changer, son Solal. D'abord, elle en fut ravie. Si attentionné, le désinvolte, si aimant, le distant, si humble, l'arrogant. Je caressais le petit Samuel comme j'avais effleuré son ventre, avec déférence, respect, moi qui ne respectais rien. Elle ne se méfia point, emportée par un torrent d'émotions. Je proposai de l'appeler Samuel ; elle adorait les prénoms bibliques. J'exigeai de le faire circoncire huit jours après sa naissance ; elle regimba d'abord, terrifiée qu'on martyrisât son petit, horrifiée par ce rite barbare qu'elle confondait avec l'excision. Mais dès que sa mère l'approuva, l'encouragea à résister, soutint aigrement que « jadis, au siècle dernier – elle parlait du XIXe –, au moins quand un Israélite entrait dans nos familles, c'est lui qui abandonnait ses rites archaïques », Anne se retourna incontinent en ma faveur. Elle supplia seulement que l'opération eût lieu à l'hôpital et non dans une synagogue. En vain. En contemplant de loin, les yeux embués de larmes, les hommes qui entouraient le petit, sur les genoux de son beau-père, au milieu des châles couvrant les têtes, des prières psalmodiées, des corps qui se balançaient, elle eut l'impression d'être transportée il y a des milliers d'années, en Mésopotamie ; il ne manquait que les chameaux et les ânes. Elle était en pleine confusion. Son beau-père, Marcel Lévy, l'ancien militant communiste, ne croyant ni à Dieu ni à Diable, devenu grand patron sans foi ni loi, et moi, qu'elle s'obstinait à surnommer Solal, moi qui, lorsqu'elle m'avait connu, posais avec arrogance au Don Juan de Molière, « le grand méchant homme », défiant la statue du Commandeur, elle nous contemplait désormais le visage resplendissant, lumineux, le regard exalté, comme irradié par une très vieille mais très ancienne énergie. Elle ne comprenait rien. Elle m'avoua son trouble mais, pour une fois, moi qui n'aimais rien tant qu'expliquer, plaider, théoriser, j'éludai.

Depuis lors, la perplexité l'avait envahie. Je ne la touchais plus. Au début, elle en fut soulagée. Son accouchement l'avait épuisée ; sur son visage, elle en garda longtemps des stigmates comme un boxeur après un âpre combat ; sa colonne vertébrale la faisait souffrir chaque fois qu'elle se baissait. Elle voulait bercer, embrasser, papouiller. Elle ne voulait plus se maquiller, se coiffer, plaire. Elle rêvait d'une grève de la séduction. Il faut savoir terminer une grève, lui avais-je appris. Mais elle se retrouvait comme ces ouvriers au terme d'un conflit trop long, que personne ne parvient à achever « dans la dignité ». Je devins froid, désinvolte. Je n'avais d'yeux que pour mon cher Samuel. Elle en était presque jalouse. Je ne la regardais pas. Et quand je la regardais, du coin de l'œil, furtivement, elle regrettait que je ne l'ignorasse point ; elle avait l'impression sourde que je la jaugeais, l'évaluais tel un maquignon, et refusais désormais de l'acquérir, d'un geste méprisant, au prix demandé. Le manque sexuel la rendit irritable, irascible, vindicative. Elle agressait sa mère, son père, sa sœur, moi surtout, pour des babioles. Même les pleurs de son fils lui devinrent insupportables. Je reconnus sans peine les liens établis par Freud entre frustration et hystérie. Je me dévouai. La pris sans envie ni plaisir. Je saisis mieux alors la signification exacte du « devoir conjugal ».

Nos relations se dégradèrent rapidement. Elle m'accusa de la « tromper » ; elle n'avait pas tort. Mais elle voyait dans les infidélités répétées la seule raison de mon dédain pour elle ; elle se dupait. Je lui expliquai laborieusement que je batifolais davantage encore lorsque je me montrais le plus empressé envers elle, que le désir entraîne le désir, qu'une coucherie rapide avec une inconnue décuple l'envie de la régulière, qu'elle stimule et décontracte l'amant qui, sans cela, renouerait rapidement, à l'égard de la femme aimée et adulée, avec la dévotion platonique du petit garçon pour sa maman. En vain. Je compris que, pour les femmes, le désir des hommes ressemble à un ballon d'eau chaude, toujours prêt à s'écouler mais de contenance limitée. La main sur le robinet, elles ouvrent et ferment à volonté ; et se refusent à partager par crainte de manquer. La fidélité, c'est la garantie d'un approvisionnement régulier et contrôlé. C'est la sécurité de la planification, le refus des angoisses de « la concurrence libre et non faussée ». Elle exigea le nom de « ma pétasse ». Pour les femmes, toutes celles qui couchent avec leur homme sont des pétasses. Elle ne se lassait pas de me cracher au visage « sa souffrance ». Un jour, lassé de sa complainte, je lui lançai d'un ton las et un brin méprisant :

— Oscar Wilde disait qu'en amour, il y en a toujours un qui souffre et un qui s'ennuie.

— Tu es méchant et cruel. Je te découvre sous ton vrai visage.

— Tu te trompes. Seulement, d'habitude, dans les querelles de ménage, les hommes sont mutiques et les femmes usent à profusion du verbe, qu'elles ont souvent cinglant. C'est d'ailleurs pour cette raison que les hommes, excédés de recevoir des banderilles verbales et de ne pas pouvoir répondre, finissent par frapper. Et après on pleure sur les femmes battues à la télé.

— Tes admiratrices devraient te voir en ce moment. Elles devraient entendre les horreurs que tu prononces dès que les caméras ne sont plus allumées. Tu es double...

— Docteur Jekyll et Mister Hyde.

— Tu m'emmerdes avec tes références. Tu m'emmerdes avec tes citations, avec ta culture. Ce sont des prothèses qui te permettent de faire illusion, parce qu'en fait tu es un handicapé, un handicapé du cœur...

Anne se rapprocha insensiblement de sa mère. Elles partageaient désormais toutes deux l'intransmissible expérience de la maternité. De la vie. Anne, une fois devenue maman, imitait sa mère, s'imprégnait de ses comportements, réflexes, ressentiments, refoulant dans les limbes d'un passé révolu tout ce qui les avait distinguées et opposées. Elle en vint à rejeter ce qu'elle avait adulé, brûler ce qu'elle avait adoré. Elle se prit d'une passion soudaine pour son ancêtre le plus glorieux, le fondateur de la lignée, Thibault de La Sablière de Maison Neuve de Montmonrency, qui s'était illustré auprès de Godefroy de Bouillon lors de la prise de Jérusalem, en 1099, héros familial qu'elle avait jusqu'alors honni comme « massacreur de Juifs et de musulmans ». Elle ajouta subrepticement à Samuel le prénom de Thibault. Elle accepta, plusieurs mois après sa naissance, que sa mère fît venir chez moi, en mon absence, un curé pour oindre le petit descendant du grand croisé. J'entrai dans une sombre fureur, hurlant : « Voleurs d'enfants ! Jésuites ! Écrasez l'infâme ! », évoquant l'affaire Finaly, dont elle n'avait jamais entendu parler. Elle me reprocha « mon manque de tolérance » ; elle avait pourtant accepté, elle, que le petit fût circoncis, alors qu'elle jugeait cette pratique archaïque et barbare. Elle me livra son credo :

— Nous n'avons pas à lui imposer d'avance une religion. Nous devons lui présenter les différentes traditions et, à l'âge adulte, il choisira. En attendant, il nous faut l'élever dans le respect des différences et un esprit de tolérance mutuelle.

Je ricanai.

— Tu parles comme moi à la télé. Mais là, on est dans la vraie vie, Anne. Et la tolérance, il y a des maisons pour ça !

Elle me jaugea d'un air consterné.

— Mon pauvre ami, si tu en es à citer des écrivains d'extrême droite !

— Ah bon, Claudel est d'extrême droite, maintenant ! Je croyais qu'il était catholique. Tu me diras, quand je vois ta mère...

Mon mépris incandescent la terrifia et la meurtrit. Elle marmotta d'une voix fluette :

— Oui, mais nous, nous avons fait notre *mea culpa*. Vous, vous êtes toujours aussi sectaires, dogmatiques et arrogants…

— Je sais. Peuple d'élite, sûr de lui et dominateur.

— Maman avait raison.

Malika avait un charmant grain de beauté à la commissure des lèvres, qui accusait encore son port altier de princesse égyptienne. Elle avait le même grain de beauté sur la fesse droite, comme une réplique ironique du premier. Simon ne se lassait pas de passer ses lèvres de l'un à l'autre. Simon ne se lassait pas non plus des cheveux noirs et drus de Malika, de ses yeux sombres relevés de khôl, de son visage ovale au teint mat, de ses petites mains potelées, de ses seins charnus d'un blanc laiteux, de son cul rebondi qui tressautait dans ses jeans serrés, de son string rose qui dépassait de ses pantalons taille basse, de son regard d'effroi quand il la pénétrait, de son abandon d'enfant quand elle jouissait. Simon avait rencontré Malika aux Bains-Douches. Elle ne faisait pas partie de la grappe féminine qui s'agglutinait rituellement autour de sa table de mixage. Ses premiers pas de DJ, ses premiers succès, avaient radicalement changé le regard que portaient les filles sur lui. Auparavant, il était un adolescent gracile et gauche ; son petit corps fluet, ses rares poils folâtres sur le menton, son œil tendre, ses traits poupins, tout trahissait l'enfant. « Il est gentil », disaient les unes ; « pas fini », commentaient les autres ; « toujours dans les jupes de sa mère », concluaient cruellement les dernières. Il s'en était ouvert sans honte à « pépé

Jacques ». Le vieux Mimoun avait pris un air égrillard pour lui conseiller : « Mon fils, si tu les fais rire, elles sont à moitié dans ton lit. » Il n'avait pas tort. Elles s'esclaffaient, mais elles ne dépassaient jamais la moitié du lit. En quelque temps, Simon était devenu un véritable boute-en-train, accumulant blagues et plaisanteries. Mais il ne savait jamais changer de rythme et de registre, tandis que les autres garçons profitaient de l'état euphorique dans lequel il les avait mises.

Simon méditait cette injustice lorsque son statut de DJ bouleversa son existence. Simon ne comprenait pas ce qui lui arrivait. Il ne s'y attendait pas. Dans son esprit, le disc-jockey était l'incapable, petit, gros, moche, qu'on installait à cette place parce qu'il n'y en avait aucune autre pour lui. Un pis-aller. Un rebut. « Comme le gardien de but dans les équipes au Brésil », lui avait doctement expliqué Serge, dans une des plus longues phrases qu'il ait prononcées au cours de toute l'année. Pour lui, seuls les musiciens, et plus encore les chanteurs, attiraient les filles. À sa grande joie, Simon découvrit que cette vision était surannée. Depuis lors, ses succès féminins ne se démentaient pas. Simon en avait la tête tournée. Toutes elles lui plaisaient, il les voulait toutes. Les petites et les grandes, les fines et les musculeuses, les blondes et les brunes, les Asiatiques et les Antillaises, les Françaises et les étrangères, les Juives et les Arabes, les gros nichons et les œufs au plat, les lourdes croupes et les hanches de garçonnet. Les petites-filles de Marilyn et les filles de Kate Moss. C'était son unique plaisir, son unique drogue, vice, luxe. Serge et Yohann, et ses anciens amis de collège, et toutes leurs petites amies, jugeaient que son vagabondage sexuel constituait une preuve éclatante de son « immaturité ». Décidément, « c'est un enfant », glapissaient-ils en chœur, et les garçons n'étaient pas les moins virulents. Simon n'en avait cure. « Un garçon qui enchaîne les filles attire les autres filles, je ne sais pas pourquoi mais c'est bien connu », répliquait-il d'un air entendu. Quand ils lui parlaient d'amour, qu'ils le sommaient d'aimer, Simon leur répondait : « L'amour c'est une prison. Moi, je ne veux pas m'attacher. Moi, je veux travailler toutes les nuits. Je veux voyager. »

Chacune à son tour, il les emmenait dans sa petite chambre de garçon aux meubles Ikea et au plafond bas, sur lequel était peint un ciel bleu étoilé. Lorsque son beau-père l'avait vertement prié « d'aller faire ses cochonneries ailleurs », Monique l'avait tancé avec une rare vigueur : « Mon fils est ici chez lui. Il amène qui il veut dans sa chambre. Si t'es pas content, je te retiens pas. » L'autre n'avait pas insisté. Mais Monique, affolée par le défilé incessant des conquêtes de son fils, commençait à regretter sa « tolérance ». Elle était débordée. Parfois elle se bouchait les oreilles pour ne pas entendre à travers la fine cloison les petits cris aigus de certaines. Mais ce qui l'affolait, ce tourbillon, cette frénésie, cette boulimie, la rassérénait également. Elle ne se sentait pas mise en danger. La profusion détruisait la rivalité. Son fils demeurait « son bébé à elle ».

Avant Malika, il y avait eu Myriam, Leila, Karima. Monique faisait semblant de les confondre en une seule « Soueda ». Et Simon faisait mine de ne pas comprendre le mépris ironique de ce mot d'arabe. Il avait une préférence avouée pour les Maghrébines. « Elles sont bonnes », disait-il en salivant. Il aimait leur peau soyeuse, leur douceur inexperte, leur violence mal contenue. Leurs résistances, leurs tabous, leurs hésitations l'agaçaient et l'attendrissaient à la fois. Les « salopes » chères à tous ses amis l'attiraient, bien sûr, mais l'effrayaient plus encore. Il craignait de ne pas être un amant à la hauteur. Il était si jeune. Si tendre. Si innocent.

Ses nouvelles amitiés le conduisaient parfois sur des sentiers inédits. Comme cette soirée dans un immeuble cossu de l'avenue Foch où il se retrouva, en pleine nuit, après un set qui s'acheva à deux heures du matin. Il ne savait pas chez qui il se rendait, ni qui l'avait convié à le suivre. Mais il n'avait pas envie de rentrer chez lui. Il ne supportait plus les disputes incessantes entre sa mère et « son type », ni le mutisme de son frère. Il n'avait pour une fois personne à ramener sous son ciel bleu étoilé. En entrant dans l'appartement bourgeois, il fut d'abord subjugué par la hauteur des plafonds richement décorés, les corniches, les antiquités. Dans une pièce, il admira une peinture murale qui ridiculisait son ciel bleu étoilé. La musique était mauvaise, mais il résista à l'envie de se mettre aux platines. Les bouteilles de whisky sagement alignées tombaient les unes après les autres comme des soldats sous une mitraille ajustée. Sur une table de formica, des lignes de poudre blanche étaient régulièrement renouvelées. Simon n'y prêta guère attention. Un couple le fascinait bien davantage. Ils s'enlaçaient, se serraient, les lèvres se mêlaient goulûment. Soudain, un autre couple s'approcha, l'homme caressa la croupe de la femme qui n'était pas la sienne, sans que celle-ci retirât cette main étrangère ni que son amant manifestât la moindre réprobation. Au contraire, celui-ci laissa lui aussi ses doigts vagabonder sous la robe qui s'approchait de lui. Peu à peu, les deux couples se fondirent en un seul, la fille la plus dégourdie plongea sa main dans les braguettes des garçons, en extirpa deux bites frémissantes. Les filles s'agenouillèrent de concert et sucèrent indifféremment l'une ou l'autre, comme deux glaces qu'elles s'échangeaient joyeusement. Simon fut charmé un long moment par leurs croupes qui s'arrondissaient. Partout, les vêtements volaient ; les filles arboraient des superbes dessous en dentelles, les collants et les pantalons semblaient miraculeusement interdits, comme la cigarette dans les hôpitaux. De tous côtés, les bites, les culs, les bouches, les seins se mélangeaient, les couples devenaient quadrille, deux ou trois hommes entouraient une femme seule qui criait, mais jamais au secours.

Simon resta suffoqué. Il ne savait quoi dire ni quoi faire. Il n'osait se déshabiller ni imiter les autres, fasciné par le spectacle. Il se sentit plongé dans un bain de plaisir, chaud et anonyme, qui ignorait avec superbe les rigueurs habituelles du désir, les sélections cruelles du choix, les calculs cyniques de l'accouplement, même habillés des oripeaux de la passion romantique ; il se complut un instant dans cet état régressif, aux sources communautaires de l'Humanité, avant que les femmes n'eussent inventé l'amour pour séparer et opposer les hommes, et dominer ceux qui les asservissaient. Il admirait des culs charnus qui lui faisaient mal d'envie et des bites qui, lui paraissant démesurées, lui donnaient des complexes. Il ne sortit pas la sienne de crainte d'être ridicule.

Dans chacune des pièces, des matelas jetés à la hâte accueillaient des blocs indifférenciés de corps nus. Simon s'approcha encore, tenaillé par le désir et la curiosité, par la peur aussi. Il suait, tremblait même. Personne ne s'occupait de lui. Il aperçut une chevelure rousse qui surgissait au milieu de trois hommes affairés. Il s'approcha, fasciné. La fille, bien campée à croupetons sur un des matelas de fortune, engloutissait un sexe dans sa bouche, caressait un autre dans sa main, tandis qu'elle remuait son cul sous les coups de boutoir du troisième qui ahanait derrière elle. C'est lorsqu'elle agita son abondante chevelure rousse en poussant de petits cris aigus que Simon la reconnut : Anne Simon, la chanteuse préférée de sa mère. Dans les émissions de Michel Drucker, elle faisait ondoyer de la même façon ses superbes cheveux longs, en entonnant « un des vieux refrains de Claude François qu'elle reprenait pour le plus grand plaisir de toutes les générations ». Simon demeura un long moment interdit. Indécis. Il hésitait entre ouvrir enfin sa braguette et offrir sa bite à la main restée libre de la chanteuse populaire, ou lui demander un autographe qui ravirait sa mère. Mais, impressionné par sa découverte, il avait déjà débandé, et il ne disposait ni de papier ni de stylo. Il lui caressa doucement les seins, qu'elle avait lourds et refaits, sans même qu'elle s'en rendît compte. Il s'enfuit.

Simon ne raconta pas à Malika cette soirée inoubliable. Elle n'aurait pas compris, l'aurait traité de « dégénéré ». De « Français ». Malika habitait Drancy. Elle prenait le train jusqu'à la gare de l'Est pour le retrouver. Elle ne pouvait jamais rester la nuit dans sa chambre au plafond bleu ciel étoilé. Son père la surveillait. Ses frères aussi. Leur bande. Un soir, sur le quai de la gare de l'Est, elle crut reconnaître un garçon de sa cité. Aussitôt, elle plongea le nez dans le creux de l'épaule de Simon. Le visage de Malika prit soudain un air effrayé. Elle tremblait. Dans un souffle, elle lui confia :

— Si les copains à mon frère Rachid savent que je sors avec un feuj, c'est clair, ils me tuent !

Devant ce curieux aveu, Simon resta coi. Pour détendre l'atmosphère soudain pesante, il lui dit :

— Moi, avec ma gueule, il me prendra pour un rebeu.

Malika reprit alors son regard buté de petite fille.

— C'est clair. Peut-être que tes ancêtres ils étaient arabes ou kabyles. Ils ne devaient pas se gêner avec les petites qu'ils ramassaient dans les douars, même pas ils descendaient du chameau si ça se trouve ! C'est pour ça que tu les kiffes autant les rebeus.

Simon resta un moment songeur. La réflexion sarcastique de Malika lui ouvrait des perspectives inexplorées ; il imagina ses lointains ancêtres enturbannés, élégants dans leurs burnous aux couleurs chatoyantes, le port altier et le regard hiératique, comme ces hommes bleus qu'il avait vus il y a peu à la télévision, superbes et arrogants, violents et magnanimes, guerroyant sans cesse, pillant, violant, tuant sans scrupule ni remords, enlevant les femmes terrorisées, transperçant de leurs cimeterres affûtés les vains défenseurs de leur vertu ; peut-être son corps de jeune homme sage de ce début du XXIe siècle était-il encore imprégné de ceux de ces barbares, sans doute était-il plein de leurs passions que l'on croyait éteintes, de leurs haines, de leurs fureurs, de leurs pulsions, ce qui éclairait autrement certains de ses comportements qu'il ne comprenait pas toujours. La voix fluette de Malika tira cependant Simon de ses rêveries poétiques.

— Mais aujourd'hui, c'est clair, t'es un feuj que tu le veuilles ou non. Tu ne peux pas comprendre, c'est clair. T'es de l'autre côté, toi !

Excédé, Simon lui lança :

— Mais de l'autre côté de quoi ?

Malika ne répondit rien, comme si elle ne pouvait en dire plus. Elle conserva une moue renfrognée jusqu'au départ de son train de banlieue. Il l'observa sans mot dire. Elle portait un pantalon noir, sous une jupette ultracourte de jean bleu, et un fin débardeur de coton jaune sous un pull-over en acrylique rouge vif qui lui dessinaient deux beaux seins pommelés. Il esquissa un sourire goguenard.

— T'as vu comme t'es habillée ?

— Et toi, avec ton jean Diesel et ta chemise Versace, tu t'es vu ? un vrai Juif du Seize...

La réplique, d'un ton aigre, était partie comme une claque. Mais très vite Malika se jaugea elle-même des pieds à la tête, tenaillée par l'inquiétude de l'impardonnable faute de goût.

— Ben, quoi, c'est clair, tout le monde est habillé comme ça ! un pull H et M, une jupe Zara...

— Non, je te parle pas de tes marques. Trop bien. Mais t'as plusieurs couches de vêtement les unes sur les autres. On dirait les terroristes d'Al-Qaïda qui se font sauter.

— C'est clair, j'en suis peut-être une. Après tout, je ne suis rien qu'une Arabe.

Quelques jours plus tard, Simon comprit le sens des propos de Malika. En poussant la porte vitrée de la rue Louis-Blanc, il croisa le groupe habituel de garçons qui échangeaient joints et billets froissés, mauvais coups et bonnes adresses. En ce soir d'hiver, ils étaient les seuls à affronter le froid brumeux. Ils étaient même plus nombreux qu'à l'accoutumée. Un teigneux au cheveu frisé et au teint sombre le héla d'une voix forte. Il voulait manifestement que tous l'entendent.

— Dis-moi, toi je t'ai vu l'autre jour avec une rebeu. Elle t'a bien sucé la lopesa ? Tu les kiffes grave les petites rebeus, par Allah ? Fais attention à toi, cochon de Juif !

Il s'approcha de Simon jusqu'à postillonner sur le col en laine de son blouson de cuir. Il n'était pas plus grand que lui, frêle et court sur pattes, mais frémissant de haine. Simon ne le connaissait pas, ne l'avait jamais vu. Il venait d'une autre bande. Celle de Jaurès. Simon apprit plus tard par son frère qu'Abdel Mokhtari avait décidé de regrouper sous son autorité les deux clans, qui jusqu'alors réglaient leurs différends à coups de barre de fer. Ses « affaires » prenaient de l'expansion. Les trafics avec l'Algérie le sollicitaient beaucoup. L'Espagne se révélait aussi un Eldorado. Il « élargissait son marché ». Il avait besoin de troupes plus nombreuses, plus aguerries, plus violentes. Le gars teigneux de la bande de Jaurès poursuivit Simon de sa vindicte ; il le saisit par le col et le secoua vivement. Il le molesta et levait même la main pour le frapper lorsque Yazid arrêta son bras.

— Oh, t'es pas ouf ! C'est le frère à Barrette !! C'est pas de sa faute à lui si elles tombent dans ses bras ces lopesa. C'est à leurs frères à les surveiller. Ma mère, elle dit toujours : cachez vos poules, je sors mes coqs.

L'autre se calma. Simon en profita pour s'éclipser. Yazid lui tapota l'épaule de sa main de géant.

— Allez, va, petit frère, mais arrête avec les petites rebeus. La vérité elles sont pas pour toi. T'es de l'autre côté, toi !

Dans son dos, Yazid entendit les brocarts que lui lançaient les autres : « Et alors, David, mon fils, tu es de la grande famille maintenant ! » Et les doigts puissants de Yazid serrèrent affectueusement l'épaule frêle de Simon jusqu'à lui faire mal.

Simon voyagea. Il connut la solitude aseptisée des aéroports internationaux, l'exaltation des nuits interminables et des danseurs infatigables, des tympans tétanisés et des crânes abasourdis, des rencontres inopinées et des coucheries précipitées, dont on ne garde en mémoire qu'un regard, une voix, un galbe de jambe, un cul, un prénom, et très vite plus rien du tout, et la mélancolie du temps qui passe trop vite, des fuseaux horaires concassés par les avions supersoniques, des voyages trop tôt achevés, sans qu'on ait eu le temps de s'habituer au départ, au retour, de cette planète qu'on survole sans la voir, de ces lieux étrangers sans exotisme, hôtels, voitures, musiques, saveurs, femmes, langues, programmes de télévision en uniforme, et de ces retours à Paris sans nostalgie, comme si on n'était jamais parti.

Simon s'envola pour Eilat. Il ne reconnut pas tout de suite la cité balnéaire israélienne qu'il avait découverte dans les années quatre-vingt, alors que son père vivait encore. Partout, le béton avait proliféré, gagnant sa bataille homérique contre le désert. Simon réunissait dans des salles bondées d'hôtels luxueux et froids de jeunes Israéliens gavés de musique américaine, de séries télévisées américaines, d'argent américain, de bouffe américaine, de vêtements américains, de guerre à l'américaine, de mots américains, de rêves américains et de cauchemars américains, et des jeunes Juifs français venus en vacances « exprimer leur sionisme et leur solidarité avec Israël ».

Il partit pour Ibiza. Il eut à peine le temps de grignoter une chiriguinto et de boire une sangria sur la plage. Une grosse serveuse blonde, aux doigts couverts de bagues et de colifichets, lui parla du bon temps de *More* et des hippies qui ne reviendrait pas, mais Simon ne connaissait pas les Pink Floyd. Il dormit tout le jour et fit danser au Pacha jusqu'à l'aube des gays musclés, tatoués, « piercés ». De sa chambre d'hôtel, avant de se coucher, il vit courir sur la plage le mannequin Elle MacPherson entouré de ses gardes du corps. À Tunis, il s'enfuit en pleine nuit d'une discothèque, les bras chargés des platines qu'il avait dérobées à des patrons indélicats qui tardaient à lui payer son dû.

Il passa par le Rouge, à Metz, mais il ne prêta guère attention aux murs de l'ancienne forteresse ; ne comprit pas pourquoi il y avait une porte des Allemands. Au moment de quitter la ville, un jeune homme de type asiatique aux lunettes sages vint le voir. Il se prénommait Philippe. Il s'avoua ébahi par sa prestation. À l'intérieur de la discothèque, un millier de personnes s'étaient épuisées sur le *dancefloor*. Jamais la piste ne s'était vidée. Deux cents Messins restés dehors sur la place d'Armes, malgré le froid qui piquait les joues, avaient dansé, battu des mains, réclamé leur DJ sur l'air des lampions. Philippe n'avait jamais vu un tel triomphe. Il parlait de « magie ». De « génie du R'n'B ». Il lui proposa de l'aider. De devenir son « manager ». De mettre à son service ses compétences de « spécialiste de l'événementiel ». D'abord pour rien. Pour grandir ensemble. Il avait vingt ans. Il avait perdu son père très jeune, en Corée du Sud, avant d'être adopté par une famille française d'Angoulême. Philippe avait un débit saccadé, une politesse glacée, un ton professoral. Mais Simon décela dans son regard, derrière les lunettes austères, des trésors immenses de tendresse inassouvie.

Ils s'envolèrent ensemble pour Miami. Ce fut une révélation. Dès que Simon posa le pied en Floride, il sut qu'il n'en partirait jamais. Enfin jamais tout à fait. Il avait découvert sa terre promise, celle que sans le savoir il cherchait depuis toujours. Les plages sans fin, les cocotiers qui se courbent sous le souffle du vent tournant parfois à l'ouragan, les immeubles qui semblent sortir de terre en une nuit, les gratte-ciel de bureaux à la climatisation polaire, les villas pour milliardaires au bord du lagon, les immeubles Art déco aux façades pimpantes roses ou jaunes, jusqu'aux *cops* noirs déambulant avec nonchalance sur Ocean Drive, tout lui paraissait immense. Démesuré. Terrible et magnifique à la fois. Admirable. Aussi loin qu'il se souvienne, il avait toujours rêvé d'Amérique, et voilà qu'il empoignait son rêve à pleines mains.

Le premier soir, ses hôtes avaient cru leur faire plaisir en les emmenant, Philippe et lui, dîner au Versailles, un restaurant dont les gigantesques glaces et les chandeliers évoquaient avec grandiloquence le Grand Siècle. Dans un sabir anglo-espagnol comique, Philippe décrivit aux Cubains éblouis sa visite au château de Versailles avec ses parents, la chambre de Louis XIV, les lits à baldaquin, les parquets cirés, les rideaux rouges, dorures et lambris, tandis que Simon dut avouer qu'il ne savait pas situer Versailles sur une carte, ni à quelle époque vécut le Roi-Soleil. Alors on passa à autre chose, ce délicieux riz noir et blanc par exemple, *moros y christianos*, qu'on servait comme à La Havane, au « bon vieux temps ». Avant Castro. Mais Simon ignorait qu'il y avait eu un Cuba avant Fidel. Seul le nom de Che Guevara lui disait vaguement quelque chose. Autour d'eux, les gens se levaient sans cesse, des hommes surtout, en costume strict et cheveux clairsemés, se saluaient, s'embrassaient en claquant les mains dans le dos, se hélaient, s'apostrophaient, dans un joyeux brouhaha. Simon avait l'impression que les plus populaires des convives, à l'allure de parrains de cinéma ou de politiciens madrés, mangeaient debout. Il ne put s'empêcher de reluquer le charmant cul arrondi, moulé dans un short blanc, d'une jeune brunette piquante dont le visage coquin était encadré de deux tresses de petite fille modèle, qui sortit du restaurant en roulant des hanches avant de ranger sagement ses longues jambes dénudées sur le siège de cuir blanc d'un coupé rutilant conduit par un type au teint basané et à la mine revêche de proxénète.

Les maîtres du hip-hop américains qui les accompagnaient ce soir-là, deux grands Noirs aux torses puissants qui ployaient sous le poids d'énormes plaques en or, et dont les battoirs étaient ornés de bagues à chaque doigt, croisèrent le regard de Simon avec amusement. Ils étaient convaincus que le *little French* se plairait beaucoup à Miami ; ils répétaient sans cesse « *fun, fun, fun* » et les lourdes plaques dorées tressautaient sur leurs pectoraux en acier. Simon était fasciné. Il n'était ni étonné ni déçu. L'Amérique, pour lui, c'était ça. Des images stéréotypées qui défilent en boucle sur tous les écrans du monde. De l'argent, beaucoup d'argent, vite gagné. La chance donnée à chacun, quels que soient sa naissance, son milieu, son origine, ses diplômes, une chance, une seule, qui ne repasse pas, mais sur laquelle les plus méritants se jettent avec un appétit d'affamé. Pas d'envie ni de jalousie, pas de médiocrité ni de misérabilisme, pas de pleurnicheries ni d'assistanat. La lutte pour la vie, l'éternelle lutte pour la vie, et que les meilleurs gagnent. On parla « business ». Les deux Français s'émerveillèrent des rémunérations promises. Leurs yeux brillaient, leurs têtes tournaient. Philippe révéla aux Américains abasourdis qu'en France la pratique de la « sous-enchère » tirait tout vers le bas.

— Ils viennent derrière toi, et proposent le même travail pour moins cher. C'est minable.

C'est ça la France. Un pays de crève-la-faim.

Simon avait du goût pour les textes du rap américain. Ce n'étaient que jolies filles et belles voitures. *Sex and money.* Les deux Noirs n'imaginaient même pas qu'on pût chanter autre chose. Philippe leur expliqua que leurs homologues français, tous noirs ou arabes, fils d'immigrés grandis dans les banlieues françaises, psalmodiaient sans se lasser leur haine de la police et de la France. « Nique la police. Nique la France, c'est tout ce qu'ils connaissent ces minables. » « *Fuck* France. *Fuck* France », répéta l'un des deux Noirs, comme s'il savourait l'allitération. « On a connu ça nous aussi, il y a longtemps, avec Malcolm X. Mais on n'était pas nés. »

Philippe opina du chef.

— C'est ça la France. On fait tout comme en Amérique, mais avec vingt ans de retard.

L'autre Noir, resté silencieux, leur demanda abruptement :

— Mais vous deux, vous n'êtes ni afro-français ni arabes. Qu'est-ce que vous faites dans le hip-hop ?

Philippe précisa que Simon était un cas à part, un Juif dans un milieu d'Arabes et de Noirs, mais qu'il avait grandi toute sa vie au milieu d'eux. Un nègre blanc. Ou un Juif arabe.

— La tendance dans le rap français aujourd'hui, c'est la conversion à l'islam. On se convertit à l'islam pour entrer dans le rap. Et puis on chante des lyrics de plus en plus haineux pour la France, l'Amérique, les Juifs et Israël. Ça revient en boucle. C'est clair, le rap devient petit à petit le bras musical armé du djihad. Mais personne n'a encore demandé à Simon de se convertir à l'islam !

L'Américain sourit d'un air incrédule.

— Chez nous, les Juifs, ils sont les avocats des rappeurs. Mais vous n'êtes pas les seuls Juifs français à vivre à Miami. Ils arrivent par charters entiers. Qu'est-ce qui se passe en France ? Ça recommence ? Ils vous chassent ou quoi ?

Simon ne tarda pas à en rencontrer. Ils étaient tous jeunes et fringants, des hommes pour la plupart. Ils travaillaient dans la finance ou l'immobilier. Ils avaient souvent accompli de brillantes études. Ils venaient à Miami « faire de l'argent. Beaucoup d'argent ». Ils aimaient l'Amérique d'un amour fou. Ils n'avaient aucune nostalgie de la France. Mais ils en parlaient sans cesse. Ils fuyaient ses salaires minables, ses impôts oppressifs, son égalitarisme pathologique. Ils exhortaient Simon à les rejoindre en Amérique. Quand il leur révéla qu'il vivait avec sa mère et son frère dans le 19e arrondissement de Paris, ils poussèrent des cris d'effroi. On sentait à l'intonation de leur voix, à l'acuité de leur regard, qu'on touchait là le motif majeur de leur expatriation.

— Un pays d'Arabes et de Noirs. Des millions et des millions. Ils tirent la France vers le bas. Avec eux, on devient un pays du tiers-monde. Les Français ont peur d'eux. Ils n'osent plus rien leur dire. Les Arabes nous égorgeront, nous les Juifs, et les Français ne lèveront pas le petit doigt. Les Français, ils font avec les musulmans comme ils ont fait avec les Allemands. Tous des collabos. Tous des lâches. Ça recommence comme en 40. Les Juifs français se laisseront égorger comme des moutons. Ici, les Juifs sont forts. La communauté juive, en Amérique, elle est forte, elle est riche, elle est respectée. Même les présidents américains, ils se font tout petits devant elle. T'as qu'à voir ici à Miami, les vieux Juifs font la loi, même les parrains cubains que t'as vus l'autre soir au Versailles s'écrasent devant eux. Et encore, t'as pas vu à New York ou à Washington. Partout, la communauté juive est forte et respectée. Pas comme en France.

Ils étaient intarissables. Ils s'épanchaient, se défoulaient, se libéraient. Comme si l'Atlantique entre eux et la France leur permettait de clamer ce qu'ils avaient contenu depuis trop longtemps. Simon tenta de répliquer :

— Ils sont pas tous mauvais, les Arabes. J'ai un copain, Yazid, dans mon immeuble. C'est comme mon grand frère. Il passe shabbat à la maison. Il porte les paquets à ma mère quand elle revient du supermarché. Quand je gagnerai de la thune, c'est le premier que je ferai croquer.

Mais il n'était pas de taille. Il reconnut que « Yazid était une exception ». Philippe tenta de s'interposer.

— Il y a des gars bien et il y a de la racaille. La racaille, il faut qu'elle rentre chez elle dans son pays. Mais avec les autres, on peut vivre. Il faut rester optimiste.

À ce mot, un de leurs nouveaux amis ricana :

— Dans les années trente aussi il y avait des optimistes et des pessimistes. Les pessimistes ont fini à Hollywood et les optimistes ont fini à Dachau.

Simon songea alors à certains propos de son grand-père qui lui disait d'une voix lasse avec des trémolos dans la voix :

— Ah, la France, c'était quelque chose de grand, mon fils. Le plus grand pays du monde. Nous, les Juifs en Algérie, on l'admirait et on l'aimait. On a donné notre sang pour elle. Et plus même, on a donné notre âme. On disait heureux comme Dieu en France. Aux émissaires sionistes qui venaient nous démarcher, on répondait : Jérusalem, c'est Paris. Pratiquement aucun Juif d'Algérie n'a émigré en Israël. Tous se sont rapatriés en France. On n'est pas des Marocains, nous ! Tous les shabbat, à la synagogue, on priait pour elle, la France, la République. Mais la France, elle est morte en 14 ! Des Français comme en 14-18, y en a plus. Sont tous morts dans les tranchées. Des héros, mon fils, des héros !

Aujourd'hui, la France avec tous ces Arabes, c'est devenu la Françalgérie.

Mais son grand-père était mort. Simon l'avait appris au cours de ses pérégrinations, entre Eilat et Metz ; ou Ibiza et Tunis, il ne savait plus. Il n'avait pu revenir à Paris à temps pour l'enterrement. Il n'avait plus personne à qui se confier. Son frère était un étranger mutique. Il ne supportait pas « le type à sa mère ». Bien sûr, Monique restait sa tendre maman d'antan. Cependant, ses premiers succès, ses premiers gains, avaient altéré leurs rapports. Elle réclamait un nouveau poste de télévision, un écran plat, une cuisine équipée de marque italienne. Philippe lui expliqua qu'elle renouait ainsi les fils qu'elle avait tissés jadis avec son mari ; elle souhaitait inconsciemment devenir la fille de son fils ! Simon ne comprit pas tout, mais lui avoua que cette situation lui pesait. Il avait la sourde impression de supporter les responsabilités d'un père de famille alors qu'il n'avait ni femme ni enfants. Il ne gardait rien de ce qu'il gagnait. Philippe proposa de lui ouvrir un compte en banque personnel, pour y sauvegarder discrètement une partie de ses gains. Ce soir-là, Simon pleura dans les bras de Philippe qui le consola.

Simon était désormais inquiet chaque fois qu'il revenait à la Grange-aux-Belles. Il avait pris l'habitude d'introduire aux Bains-Douches ou au Queen un ou deux garçons de son immeuble qui ne parvenaient jamais à y pénétrer. « C'est injuste, tu comprends, avec leur tête d'Arabe. J'ai connu moi aussi avant. » La dernière fois, ils avaient exigé d'y entrer à cinq. Rien que des garçons, sans une seule fille ! Et ils s'étonnaient d'avoir été refoulés. De rage et de honte, l'un d'entre eux avait frappé Simon. C'est encore Yazid qui l'avait arraché des mains du forcené. Sa réussite rendait ses voisins acrimonieux. « Encore les Juifs ! Même dans le hip-hop. Vous êtes partout. Vous vous serrez les coudes ! » Simon faisait mine de ne pas entendre. Mais il ne refusait jamais d'acquérir une caméra ou un téléphone portable qu'il savait pourtant volés. Quand Philippe le sermonnait, il disait : « C'est pour protéger ma mère. » Simon promit qu'il émigrerait au plus tôt en Amérique. Philippe remplit les documents nécessaires à l'obtention de la carte verte. Il l'obtint avec une facilité déconcertante. Philippe révéla à Simon que les patrons de la Warner avaient appuyé sa requête. Ils lui offraient un contrat pour deux disques. Déjà, Philippe lui avait trouvé un nom de guerre : « TrukC. Ton nom Sitruk en verlan, quoi. Ça le fait, hein ? Je suis sûr que ça le fait ! » Simon exultait. Il imaginait en lettres d'or TrukC sur les pochettes de ses albums, inscrit au-dessus d'une silhouette frêle, marchant dans une pénombre protectrice, un chapeau sur la tête. Son rêve américain se concrétisait. L'Amérique. L'Amérique. Devenir un produit *made in USA*. Il l'avait toujours su. Ici, à Miami, il reviendrait vite. En conquérant. Conquistador qu'ils disaient à Miami. Il y installerait sa mère. Bientôt. Demain.

— C'est la tragédie cachée du peuple juif. Chaque fois que les Juifs s'arrachent à leur ghetto et touchent à l'universel, ça se retourne tragiquement contre eux. Ce sont des Juifs qui ont porté et répandu le christianisme dans l'Empire romain, et le christianisme n'a eu de cesse que de convertir et tuer les Juifs. Karl Marx était un Juif converti au protestantisme ; autour de Lénine, il y avait beaucoup de Juifs, et le communisme a enfanté Staline qui a persécuté les Juifs. Surtout, la peur du bolchevisme massacreur d'ennemi de classe a poussé la bourgeoisie européenne effrayée à se réfugier derrière l'épée d'Hitler qui avait juré d'éradiquer les Juifs de la planète. Avec l'antiracisme, c'est la même histoire qui recommence.

Clotilde me jeta un regard anxieux, craignant de savoir jusqu'où me conduiraient mes fiévreuses remises en cause. Elle finissait par détester ce jeu du « je me souviens des années quatre-vingt », qu'elle m'avait imposé.

— Dans les années quatre-vingt, les Juifs furent à la pointe de ce combat antiraciste. Les Juifs gauchistes et les pas gauchistes, les Juifs séfarades parce qu'ils idéalisaient leur vie passée avec les Arabes, les Ashkénazes parce qu'ils projetaient leur passé d'immigrants sur leurs successeurs. Bien sûr, nous avons reçu l'aide de tous les chrétiens qui se sentaient coupables de n'avoir rien fait pour sauver les Juifs en 1942. Et tous ceux qui se croyaient sincèrement citoyens du monde, pour qui la planète appartient à tout le monde. Ça finit par faire du monde. À nous tous, on a empêché l'État d'arrêter les flux d'immigration, de renvoyer les centaines de milliers d'immigrés chômeurs, comme on l'avait fait après la crise de 1929, au contraire, ils ont amené leurs enfants, et puis leurs frères, leurs cousins, les épouses des cousins, et plus tard leurs enfants sont allés chercher leurs femmes au pays, rendant impossible toute assimilation sérieuse.

— Tu sais très bien qu'ils seraient venus quand même. C'est toi qui le disais l'autre jour à la télé. Quand son enfant a faim, on est prêt à traverser la planète pour le nourrir. Ces millions de miséreux ne mangent pas à leur faim chez eux, on est l'Eldorado pour eux.

— Je suis imbattable pour le sentimentalisme médiatique.

— Tu es surtout imbattable pour battre ta coulpe. Tu n'es pas chrétien, pourtant. Arrête, ce jeu ne m'amuse plus !

— Notre humanisme s'est retourné contre nous. Les femmes et enfants n'ont pas supporté de voir leurs « pères » chômeurs ainsi avilis par la France. D'où leur haine contre cette mauvaise mère. Qu'on a encouragée en stigmatisant la France, coupable de toutes les ignominies. On a détruit tout sentiment d'appartenance collective à la nation. On a exalté le multiculturalisme, le retour aux racines. On a donné les Juifs en exemple d'intégration à tous les immigrés, au moment même où les Juifs sortaient de l'assimilation pour flirter avec la double allégeance. Avec le recul, je me dis que la cristallisation s'est faite en 1967. Les Juifs enivrés par la victoire militaire d'Israël après avoir tremblé pour sa survie, troublés de manière métaphysique par la rencontre avec Jérusalem, le mur, les lieux saints, ont vacillé, tressailli dans leurs fidélités séculaires, d'autant plus que la France n'était plus la mère des armes et des arts, mais le pays vaincu de juin 1940. Les Juifs, peuple élu par excellence, ont besoin d'admirer la nation à laquelle ils lient leur destin. D'où leur passion contemporaine pour l'Amérique, l'URSS dans les années cinquante, la France et la Grande-Bretagne au XIX\ :sup:`e` siècle. Je ne t'ai pas raconté les premières manifestations de SOS Racisme avec les drapeaux israéliens. J'ai oublié cette histoire dans notre jeu du je me souviens. C'est intéressant pourtant. Des drapeaux bleu et blanc, dans des cortèges protestant contre les ratonnades ou Jean-Marie Le Pen. C'était fort incongru aux yeux de la plupart des manifestants catholiques ou musulmans, et même juifs. Mais c'était l'ambiguïté originelle de SOS Racisme que d'intégrer l'Union des étudiants juifs de France. Si je me souviens bien, le frère de Julien Dray les dirigeait. Et puis il a passé la main, a émigré en Israël, devenant un membre fervent de la droite israélienne. Mais les drapeaux israéliens sont restés. La cohabitation fut d'abord difficile. Les Arabes de la Marche des Beurs pour l'égalité se sentirent floués. Le curé des Minguettes, leur protecteur en quelque sorte, un grand blond sympathique et débonnaire, se demanda publiquement qui gouverne à SOS Racisme ? Sous-entendu : les Juifs dirigent tout. Bernard-Henri Lévy lui vola dans les plumes, réveillant le spectre de l'antisémitisme chrétien. Le géant blond tétanisé par la culpabilité s'inclina sans combattre. Il ne faisait pas le poids médiatique. Les Arabes – à l'époque, ils étaient surtout berbères d'ailleurs – quittèrent silencieusement le mouvement antiraciste qui devint exclusivement destiné au monde virtuel des médias.

Je me souviens de BHL, à l'époque, installé au fond du pub de la rue des Saints-Pères, le Twickenham, devenu depuis une boutique de fringues, plusieurs lignes de téléphone devant lui, réglant concomitamment ses liens avec son éditeur, les chaînes de télé françaises et étrangères, les acteurs, Coluche, les chefs de SOS Racisme, l'Élysée, écrivant même parfois son prochain livre, ou plus sûrement un article forcément à grand retentissement, avec une délectation jubilatoire. Il se prenait pour Jean-Paul Sartre – qui s'était pris pour Zola qui s'était pris pour Voltaire ; nous nous prenions pour BHL. Ne pas parler de décadence dans ces conditions exige une foi dans le Progrès inexpugnable. Les drapeaux bleu et blanc flottèrent longtemps dans les cortèges. Ils ne choquaient plus personne. Ou plutôt, ceux qu'ils choquaient se taisaient. On disait alors : on peut aimer son père et sa mère. La France et Israël. Le général de Gaulle avait été le dernier à oser nous demander de choisir. Après la célèbre conférence de presse de 1967 sur le peuple d'élite, sûr de lui et dominateur, il avait reçu le grand rabbin de France qui lui avait demandé audience et lui avait lancé, superbe : « Si vous voulez me parler des Juifs français, vous êtes le bienvenu ; si vous voulez me parler d'Israël, j'ai un ministre des Affaires étrangères pour ça ! »

Ce discours-là, plus aucun politique français, ni ministre ni chef d'État, n'osa le reprendre à son compte. Au contraire. Les fameux dîners du CRIF se transformèrent en tribunaux pour ministres coupables d'une trop grande tiédeur à l'égard d'Israël. Jamais un ministre de la République française digne de ce nom n'aurait dû accepter pareil comportement comminatoire. Mais ils craignaient trop qu'on les traitât de pétainistes. Jamais un Israélite français ne se serait jadis permis semblable insolence. Mais nous rejetions avec plaisir le corset de l'assimilation ; nous découvrions, comme un jeune homme les premières vapeurs de l'alcool, les délices et poisons du « lobby à l'américaine ». Nous nous mentions à nous-mêmes.

Nous n'aimions ni notre père ni notre mère. Nous devînmes sans vraiment nous en rendre compte des révolutionnaires de salon, des sionistes sans sionisme, des Français de papier, des antiracistes racistes. Peu à peu, nous nous détachions du reste de la population, réinventant une espèce d'aristocratie cosmopolite de l'intelligence et de l'argent, donnant l'impression au tiers état français que tous les Juifs, leurs compatriotes, vivaient, pensaient comme leurs incarnations les plus médiatiques. Nous exaltions le nomadisme, après avoir eu tant de mal à effacer l'image du Juif errant. Qu'est ce que c'est que ce « citoyen du monde », sinon la revanche venue du tréfonds des âges des nomades sur les sédentaires, qui les ont soumis il y a plusieurs milliers d'années ? Nous n'en avions pas bien conscience alors. Nous ne devinions pas que ce nomadisme idéologique, ce cosmopolitisme de pacotille servait les intérêts des forces capitalistes de la dérégulation, qu'on n'appelait pas encore mondialisation. Certains d'entre nous allaient en tirer un profit colossal.

Les socialistes, laminés par ce souffle libéral venu de l'Ouest, se raccrochèrent aux branches de l'antiracisme, nouvelle mouture du vieil antifascisme, pour ne pas sombrer et conserver le pouvoir encore quelques années, au nez d'une droite médusée. Mais la désindustrialisation des pays occidentaux changeait la donne ; elle rendait impossible l'intégration des fils d'immigrés arabo-africains qui n'auraient pas la chance de leurs aînés italiens ou espagnols. Plus d'usines, plus de cellules du PC ni d'églises, le vide, partout. La nature a horreur du vide. L'islam le remplit. Il devint la nouvelle religion des pauvres. À la place du communisme qui avait lui-même remplacé le christianisme. Et l'islam se retourna contre Israël, les Juifs. Nous lui avions nous-mêmes ouvert la voie.

— Tu deviens trop subtil pour moi.

— Comprends bien ce que je dis. À la fin du XIXe siècle, les Juifs avaient inventé Israël parce qu'ils voulaient être une nation enfin comme les autres ; un siècle plus tard, l'Europe, et surtout la France, est entrée dans l'ère du post-national ; les Français détestent cette nation bottée et souveraine qu'est devenu Israël, car c'est l'image d'eux-mêmes qu'ils voient dans le miroir, de leur pays, de leur histoire, de Louis XIV et de Napoléon, histoire vis-à-vis de laquelle ils éprouvent un sentiment ambivalent fait de nostalgie et de honte. Les Juifs religieux te diront que cet éternel décalage historique des Juifs est la preuve de leur élection divine, et que les enfants d'Israël sont punis chaque fois qu'ils veulent abandonner la loi de Moïse et se fondre dans les nations. Les antisémites te diront que les Juifs veulent toujours diriger le monde et que, christianisme, capitalisme, communisme, sionisme, antiracisme, tout est bon pour dominer le monde.

Mais nous étions conduits par une force qui était plus forte que notre raison. La plupart d'entre nous n'avaient pas été élevés dans le judaïsme de stricte observance ; nous jetions nos passions religieuses millénaires dans le sionisme, comme nos pères les avaient mises dans le communisme et nos ancêtres dans le patriotisme français ou allemand. Le sionisme était devenu notre religion de substitution.

Or, en France, tous les politiques, tous les journalistes, tous les intellectuels donnaient les Juifs en exemple d'intégration aux populations étrangères arrivées récemment ; comme si les Juifs étaient des immigrés eux aussi, alors qu'ils sont en France depuis le Ve siècle ; comme si tous voulaient inconsciemment que les immigrés nous haïssent. Pourtant, ils nous prirent au mot ; ils nous imitèrent avec une fureur mimétique. Les drapeaux israéliens devinrent algériens dans la foule qui célébra la victoire de l'équipe de France de football à la coupe du monde, et marocains place de la République, pour fêter la réélection de Chirac en 2002. Avec le devoir de mémoire, avec le discours de Chirac au Vel'd'Hiv' reconnaissant la culpabilité de la France dans la solution finale, avec la mode de la repentance, on a ouvert le chaudron bouillonnant de la concurrence victimaire. Dieudonné est le fils monstrueux qu'auraient eu Serge Klarsfeld et Julien Dray.

La double allégeance autrefois vilipendée devint la double culture glorifiée. En vérité, tous, étrangers et français, Juifs et Arabes, communièrent dans un no man's land identitaire et culturel, ni arabe ni français, ni israélien ni juif, ni même américain, pourtant ce qu'ils rêvaient tous de devenir, mais un rien, un vide, paré des atours de la modernité. L'assimilation d'hier nourrissait les névroses et enrichissait les psychanalystes ; la désintégration d'aujourd'hui, évidemment qualifiée d'intégration comme dans le roman d'Orwell, *1984*, où la paix signifie guerre et la liberté esclavage, donne du boulot aux flics et aux juges.

— Tu vas trop loin. C'est toujours comme ça avec vous les Juifs, votre orgueil vous pousse à vous croire responsables de tout. Et donc coupables. Tu veux que je dise, moi ? Il faut que les Juifs cessent de se mêler de politique. Ils sont nuls.

— Tu veux que je te dise, moi ? René Girard explique très bien dans son livre sur le désir mimétique qu'on hait toujours celui qu'on admire. On tue celui qu'on rêve de devenir. Le petit Simon Sitruk est le premier d'une longue liste. Et moi, comme tous mes autres complices de l'époque, j'ai son sang sur les mains.

Kevin Boucher voulait « faire ramadan ». Il l'avait annoncé à ses parents sur le ton impérieux d'un enfant-roi de dix ans. Kevin Boucher avait la peau rose de son père et les yeux bleus de sa mère. Kevin Boucher en avait assez d'être traité de « cochon de Français ». De *halouf*. Kevin Boucher en avait assez d'être « traité ». Il souhaitait, dans les toilettes, boire au robinet des « musulmans » et ne plus être relégué à celui honni des « Français ». Il désirait être comme les autres enfants de sa classe, avoir la peau mate, les yeux noirs, les cheveux frisés, dire des « gros mots » en arabe, vomir « *Karbah* » sur le passage de la maîtresse, quand elle portait une jupe au-dessus du genou, oser un « je vais te baiser et après je t'enculerai », claquer un « *Rataï* », comme un coup de fouet, quand un de ses copains employait un mot peu usité, refuser avec véhémence d'étudier la leçon d'histoire consacrée aux croisades, sur-veiller ses sœurs, même quand elles étaient plus grandes que soi, les rabrouer, leur dire des horreurs, « lopesa, taspé », dès qu'elles parlaient à un garçon, les dénoncer aux parents, se précipiter dans les bras d'une maman voilée de la tête aux pieds, symbole de la « pureté », et ne pas prendre des claques comme les rares enfants qui osaient manger du porc à la cantine.

« Faire ramadan. » Contrairement à ce que croyait ingénument sa mère, il n'ignorait point que ce fût difficile. Il est interdit de manger et de boire, et même d'avaler sa salive, du lever du soleil au coucher. Toute relation sexuelle est rigoureusement proscrite. Kevin Boucher n'avait jamais eu de relation sexuelle, mais il connaissait les règles. Il savait aussi que le ramadan durait un mois entier. Un mois, c'est long. Épuisant. Très vite, il renoncerait au cours de gymnastique. Maman trouverait un médecin conciliant qui lui délivrerait un certificat de complaisance. Avec les autres, il surveillerait les élèves musulmans qui oseraient rompre le jeûne. Les représailles seraient sanglantes. À l'heure du déjeuner, il dormirait dans une salle de permanence. Oublierait parfois de retrouver la classe. La maîtresse comprendrait. Pardonnerait. Compatirait. Le soir, il se précipiterait sur des dizaines de plats aux couleurs chatoyantes et aux saveurs épicées. Le chorba, le hariba, d'avance il s'en léchait les babines ; quand on a jeûné une longue journée, on a envie de tout, on trouve tout succulent ! Maman ne connaissait que le couscous. Maman n'avait jamais jeûné. Papa non plus. Dans la religion catholique, cela n'existait pas ou c'était il y a longtemps. On avait oublié. C'est dommage, se disait Kevin. Toute la nuit, il se goinfrerait et boirait du Coca-cola. Au petit matin, il se traînerait à l'école. Il ne serait pas très attentif en classe, mais la maîtresse comprendrait, pardonnerait, compatirait. Sinon, avec l'aide des copains, on la traiterait de *karbah*, on se plaindrait qu'elle « insulte l'islam ». On la menacerait. On ferait du grabuge. On cracherait par terre pour ne pas avaler sa salive. Ce serait bien.

Après le ramadan, ce ne serait pas fini. Kevin Boucher avait remarqué que, chaque vendredi, les « grands » troquaient désormais leurs pantalons de jogging amples et leurs baggys bouffants pour une somptueuse robe blanche, et, posée sur la tête, une petite calotte tricotée du meilleur effet. Même Yazid Chadli, longtemps réfractaire, suivait désormais la mode de l'immeuble. Il priait à la mosquée de la rue de Tanger. L'autre vendredi, il s'y était rendu avec les frères Mokhtari. Ils avaient tous trois le livre sacré du Coran dans la poche de leur robe immaculée. Leurs visages irradiaient d'une joie simple, celle d'une foi sincère. Kevin les enviait. Pourtant, Yazid buvait souvent de la bière, fumait quelques joints, même pendant ramadan ; et Kevin l'avait aperçu, main dans la main, avec une petite brunette aux gros nichons qu'il pelotait sans vergogne. Kevin était plein de mansuétude pour Yazid. C'est difficile, quand on a été un mécréant, de revenir sur la voie droite de l'islam. Mais Kevin avait confiance : Yazid deviendrait un bon musulman. Allah l'aiderait. Allah était bon, Kevin en était convaincu ; et il se touchait le cœur du bout des doigts et les portait à ses lèvres pour les baiser. Il disait à sa mère : « Allah est grand, et il n'y a de dieu que Dieu. » Kevin avait commencé en secret son apprentissage. Il lisait le Coran en français tous les jours, et apprenait des mots d'arabe. Il ne l'avait pas encore révélé à ses parents ; ils ne comprendraient pas. Il projetait de se faire circoncire à treize ans. Ou même avant. Il jugeait ridicule et encombrant ce petit bout de chair superflu. Parfois, il avait peur de faire de la peine à sa maman. Mais Kevin Boucher souffrait trop d'être différent. Il voulait être comme les autres. Il voulait en être. En être.

Les volutes de fumée quittaient péniblement le fond du flacon argenté pour s'engouffrer dans un étroit corridor de verre, avant de se répandre dans le tuyau de plastique noir. Parfois Simon toussotait, mais il se remettait goulûment à téter son tube en plastique multicolore couvrant le narguilé que le patron, Abderrahmane Benkouche, lui remettait dès qu'il entrait dans son petit salon de thé de la rue des Couronnes. « C'est bien mon capuchon, hein ? » disait Simon, faussement méfiant. « Sur la vie de ta mère ! » répondait Abderrahmane Benkouche, d'un clin d'œil complice. Ce n'étaient qu'embrassades, mains qui s'entrechoquent et claques dans le dos, et « *Labess* Simon ? » et « *Labess*, Abderrahmane » fortement sonores. Juste avant de poser une demi-fesse dans un étroit fauteuil de skaï bleu nimbé d'étoiles dorées qui lui rappelaient le plafond de sa chambre, Simon saluait aussi chacun des autres clients – même ceux qu'il n'avait jamais vus – avec le rituel d'embrassades et de claques dans le dos, et de *Labess* fortement sonores. Ce soir-là, il y avait encore peu de monde dans la salle au sol couvert de petits damiers orientaux, seulement une jolie blonde au visage anguleux et à la poitrine charnue qui tenait timidement la main d'un grand Noir au regard doux, aux mains et aux jambes énormes, et, à l'autre bout de la pièce, un vieil Arabe, la tête chauve couverte d'une calotte blanche tricotée, qui marmottait en triturant son chapelet.

« Aux hommes bleus » était une des innombrables chichas qui avaient éclos ces derniers mois, comme une génération spontanée, dans ce quartier de Ménilmontant comme ailleurs, à Paris et en banlieue. Des salons de thé à l'orientale où le narguilé et le thé avaient remplacé la cigarette et l'absinthe de jadis. Simon y avait ses habitudes. Aux murs, deux écrans déversaient leur flot ininterrompu d'images de mer et de sable fin, de désert et de foules extatiques, puis de filles dénudées et de grosses voitures, le tout se mêlant dans une proximité incongrue. Les rythmes américains mécanisés de Madonna succédaient à ceux plus alanguis des chanteurs arabes. Simon choisit son alcôve habituelle et fit signe à Yazid de s'asseoir en face de lui. Son corps massif avait fondu. Ses traits s'étaient creusés. Son teint blême paraissait cadavéreux. Ses yeux sortaient de leur orbite. Ses mains larges tremblaient. « T'as forcé sur la coke », lui dit Simon d'une douce voix de reproche. « Tiens, fume un peu, ça te détendra. »

Yazid ne se fit pas prier. Il demeura un long moment les yeux rivés sur le fond du flacon argenté. Il avait envie de se confier, mais n'osait pas. Il craignait de se diminuer aux yeux du petit Simon. De déchoir de son titre de « grand frère ». Il ne savait comment dire. Les sensations, les impressions, les idées mêmes se bousculaient dans son cerveau assiégé, mais il n'avait pas les mots pour les exprimer. Ceux-ci ne venaient jamais quand il avait besoin d'eux, selon une habitude qu'il avait prise depuis l'école. À l'époque, il avait méprisé les mots qu'avaient voulu lui enseigner des institutrices douces et compatissantes. Il se souvenait plus particulièrement du mot « succulent ». « Oh, madame, mais c'est un mot de fille, ça ! » Sur le moment, Yazid n'était pas peu fier de sa réplique. Toute la classe avait bien ri. Aujourd'hui, Yazid ne savait plus ce que signifiait « succulent ». Il s'en était longtemps moqué. De tous les autres mots aussi, qu'il avait tenus à distance respectueuse. Comme s'ils avaient une charge maléfique. Les mots désormais se vengeaient, ils désertaient son cerveau aride ; ils ne « le calculaient pas », disait-il. Même quand il les appelait humblement, ils ne venaient pas. Les fils de Satan, murmura-t-il. Oui, les fils de Satan, ces mots français, des *karbah*, des putes comme les femmes de ce pays. Il comprenait subitement tout. Il avait repoussé ces mots avec véhémence : instinct de survie morale ; il avait toujours haï cette maudite langue française qui avait rendu son père mutique, sa mère ridicule et sa sœur arrogante. Pour la première fois, Yazid regretta de ne pas savoir l'arabe. La pure et belle langue sacrée de Mahomet. Du désert et des caravanes de chameaux, et des nobles cavaliers. « Aux hommes bleus », lisait-il au-dessus de lui. Il songea que « la France lui avait volé son identité ». Dans la confusion de son esprit, entre les reliquats de cocaïne de la veille et les effluves parfumés du narguilé, il ne savait plus où il avait entendu cette phrase qui lui semblait si juste. Évidente.

Par bribes de phrases construites selon une syntaxe hasardeuse, il parvint cependant à conter le récit de ses malheurs à Simon. Le frère aîné des Mokhtari avait été arrêté par la police. Abdel était persuadé que Yazid l'avait livré. Celui-ci jurait son innocence à Simon qui n'en doutait pas : « Sur la vie de ma mère ! Sur le Coran ! Je vais pas mentir sur le Coran, quand même ! » Il sautillait dans son fauteuil de skaï bleu, il lançait de petits cris d'effroi, il transpirait. La blonde jetait des regards effarés en leur direction, catapultant à chaque mouvement ses énormes seins dans le nez de son compagnon. Simon devait se rendre à l'évidence : Yazid, le « chameau », comme l'avait surnommé Maman Fouad, avait peur. De sa prison, Abdel Mokhtari, « le grand », comme il se faisait appeler depuis quelque temps, ou « l'Émir », l'avait menacé de mort. En attendant, Yazid était interdit de trafic. La bande de Stalingrad, celle de Jaurès aussi respectaient scrupuleusement la sentence de l'Émir. Pas le moindre joint ni la plus petite pièce de voiture volée ne passait plus par les mains pourtant expertes du « chameau ». Cela sonnait comme une mesure de bannissement. Une mort lente.

Yazid dépérissait. Sa mère ne comprenait pas pourquoi elle ne pouvait plus remplir son caddie au supermarché de la porte de Bagnolet. Son père avait dû réduire les pensions qu'il envoyait au Maroc à son autre famille. Il avait même dû raréfier ses paris au PMU, ce qui le mettait de très mauvaise humeur. Depuis qu'il ne travaillait plus à la pizzeria transformée en restaurant chinois, et que sa fille « était morte », l'homme courtois et discret de jadis était devenu irritable, voire colérique. Il parlait encore moins qu'avant, ce qui relevait de l'exploit. Yazid avait, en désespoir, essayé de retrouver la place de coursier que Simon lui avait naguère dénichée et qu'il avait abandonnée pour des commerces plus lucratifs. Il avait résisté deux jours. Il n'arrivait plus à travailler pour « un pourboire ». Si Yazid n'avait jamais eu de goût pour les mots, comme par atavisme, il avait toujours su compter.

Mais il se faisait tard. Simon avait un rendez-vous à minuit au Queen, la discothèque des Champs-Élysées. « Tu vas travailler pour les rataï, maintenant », se moqua Yazid. Il lui proposa cependant de l'accompagner. Simon accepta volontiers. « Tu porteras mes disques. Comme au bon vieux temps », ajouta-t-il en rigolant. Le visage de Yazid resta impassible, se rembrunit encore. Il sortit le premier sans dire un mot. Simon salua de la main les nouveaux arrivants dans la salle qu'il n'avait pas encore vus. Les narguilés au sol se touchaient presque désormais ; les volutes se mêlaient étroitement les unes aux autres, comme les langues françaises et arabes parlées alternativement, souvent par les mêmes personnes, dans une même conversation ; et on ne savait plus qui fumait quoi, et on ne savait plus qui parlait quoi, un sabir franco-arabe, à la syntaxe improvisée, au vocabulaire métissé et à la graphie créolisée, finissait par naître des joutes improvisées de ces académiciens désinvoltes, tandis que les onomatopées américaines scandées par Madonna couvraient toutes les conversations. Au moment où Simon poussait à son tour la porte de sortie, Abderrahmane Benkouche prit Simon par la manche. Après s'être assuré que Yazid était déjà loin, il lui dit d'une voix rogue :

— Qu'est-ce que tu fous avec celui-là, c'est un voyou, un drogué !

— C'est clair. Mais c'est un ami. Il est dans la merde grave.

Abderrahmane Benkouche, planté devant sa belle enseigne dorée « Aux hommes bleus », vit Simon lui échapper sans se retourner, rejoindre son ami d'un pas empressé et glisser un billet de cent francs dans la poche de Yazid. Dégoûté, il referma la porte derrière lui en levant une épaule désabusée et maugréant des malédictions en arabe.

J'avais la voix enrouée et je me sentais ridicule. Je me consolais en songeant que je n'étais pas seul. Pas loin de moi, je reconnaissais Bernard-Henri Lévy et le chanteur du groupe Téléphone, dont j'avais oublié le nom, mais qui ressemblait toujours autant à Mick Jagger. Pierre Gaspard était à mes côtés. Nous échangions des clins d'œil complices et des apartés grivois. Nous étions comme un vieux couple adultère qui n'a plus besoin de se cacher. La police nous évaluait à dix mille personnes, adossées au Panthéon. C'était la première fois de ma longue vie militante que je voyais les manifestants et les journalistes reprendre d'enthousiasme le comptage de la police. Depuis une heure, nous arpentions le pavé parisien, enrobés dans des drapeaux tricolores, écorchant maladroitement les paroles de *La Marseillaise*. La plupart d'entre nous chantaient faux. Personne ne connaissait le texte au-delà de la première strophe. Alors, nous reprenions en boucle des bribes d'hymne : « Allons enfants de la Patrie… » comme des footballeurs de l'équipe de France. Je n'avais pas choisi au hasard cette manifestation du dimanche 28 avril 2002, pour clore mon récit des années quatre-vingt. Clotilde avait vite compris. Commencée au Panthéon, une rose à la main, un jour pluvieux de mai 1981, cette histoire subjective et partielle de notre génération s'achevait au même endroit, à l'occasion d'une autre élection présidentielle. Une fin de cycle. Un jugement aussi, en guise de condamnation.

Clotilde se souvenait vaguement de cette « manif du Panthéon », mais elle n'y assista point. Elle n'était pas « un people », me dit-elle, goguenarde. Quelques jours plus tôt, elle avait préféré quérir sa petite sœur à la sortie du lycée – les profs avaient fermé l'établissement – pour rejoindre les innombrables jeunes gens qui connurent alors ce sentiment ô combien délectable, un petit picotement de crainte mêlé à une immense fierté dans le regard de leurs parents, d'avoir à eux seuls arrêté Hitler. Nous écoutions, l'air grave, des discours sentencieux et grandiloquents. Pierre Gaspard et moi esquissions un sourire lorsque Bertrand Delanoë proclama la main sur le cœur : « Ma main ne tremblera pas en déposant dans l'urne le dimanche 5 mai un bulletin de vote sur lequel il y aura marqué Jacques Chirac. Et rien dans nos convictions ne sera renié. » Son prédécesseur à la mairie de Paris, Jean Tibéri, le bénissait du regard ; Pierre Gaspard me glissa dans l'oreille : « C'est la revanche de facho-Chirac ! » À la tribune, le rabbin Bernheim, le curé Desbois et le grand maître du Grand Orient de France, Bauer, se coudoyaient. Le journal *Le Monde* exalterait cette « atmosphère d'œcuménisme » ; je ne pus m'empêcher de penser que si ces ennemis irréductibles désormais s'accordaient, c'est qu'ils étaient tous morts, mais l'ignoraient encore. Des queues de comète.

Le mufti de Marseille Bencheikh fut le plus acclamé. Il est vrai qu'il prononça les mots précis que voulait entendre cette foule réunie par la LICRA et l'Union des étudiants juifs de France : « Le Juif de France est pour un musulman un baromètre. Il connaît mieux que nous en Occident ce qu'est la cruauté du fascisme. » Désormais, je ne pouvais plus entendre l'expression « Juif de France » sans songer au vieux Mimoun et à sa sainte colère contre les revanchards du décret Crémieux. Le Pen au second tour ! Notre lucidité politique acquise sur les bancs de l'école trotskiste nous soufflait que Le Pen n'avait aucune chance de l'emporter ; notre moralisme si télégénique nous poussait à faire comme s'il était aux portes de l'Élysée. Je mimais fièrement le combat de mon père, en Espagne, dans les Brigades internationales. *No pasaran*. Je songeais à la phrase célèbre de Karl Marx : « Les grands faits et les grands personnages se répètent deux fois. La première fois comme tragédie, et la seconde fois comme farce. »

Depuis vingt-cinq ans, entre Le Pen et moi, c'était une affaire personnelle. Je haïssais Jean-Marie Le Pen. Nous haïssions Jean-Marie Le Pen. Je vomissais du Le Pen chaque matin. C'était une haine obsessionnelle. Viscérale, instinctive. Nous le lynchions de surnoms divers, le « borgne », le « Breton », le « facho ». Tout nous rebutait en lui. Il n'avait pas besoin de parler. Son physique suffisait. Son menton de bouledogue fait pour la lanière du casque, son bandeau de pirate, sa voix claquant comme un fouet. Même les qualités de Le Pen nous étaient insupportables, comme ce maniement impeccable de la langue française, ce goût désuet pour l'imparfait du subjonctif, cette langue raffinée de l'esclave paré en courtisan, alors que nous privilégiions la rude et sommaire syntaxe du guérillero. Nous le surveillions, le harcelions, le déchiquetions. Le moindre de ses propos, de ses calembours, de ses borborygmes, jusqu'à ses silences, était décortiqué, dépecé, retourné. Manipulé. Sans tomber dans la psychanalyse de bazar, je compris vite qu'il était pour nous une figure du père haï. Nous fûmes la première génération élevée par des pères dont on avait sapé idéologiquement les fondements du pouvoir. Cette figure tutélaire nous manquait. Nous l'avons réinventée avec Le Pen. Pour mieux la stigmatiser et l'achever.

Il était entouré d'un ramassis des vaincus de toutes les guerres du XXᵉ siècle qui l'exhortaient à « prendre sa revanche sur les Juifs ». Nous vivions au milieu de fils de déportés, ou de ceux qui souffraient de ne pas l'être et qui reprochaient à leurs pères, sans oser le dire, de « s'être laissé conduire à l'abattoir comme des moutons ». Lui et ses acolytes voulaient réhabiliter Vichy ; nous souhaitions réduire l'histoire de la Seconde Guerre mondiale au génocide juif ; nous étions faits pour nous entendre. L'important était d'effacer la France libre de De Gaulle, cette imposture, et l'affrontement des nations européennes, cette guerre civile. Nous avions en commun avec lui d'avoir arrêté notre horloge historique en 1942. Déjà, nos grands frères en 1968 avaient vainement combattu le même adversaire fantôme ; hantés par la guerre, par Auschwitz, ils traquaient les nazis morts depuis vingt ans. Ils s'en prirent donc à de Gaulle qui les avait combattus. CRS-SS. Nous eûmes davantage de chance. Nous aussi cherchions désespérément à la fois notre Pétain et notre Hitler. Celui qui incarnerait à la fois le fascisme nazi et le nationalisme français que nous confondions dans un même opprobre. Enfin Le Pen vint. Il prétendait incarner la France, et c'est comme cela que nous voulions imaginer la France : chauvine, xénophobe, raciste. La France de tous les Dupont Lajoie. Nous nous étions donné une mission : achever la liquidation de la France. Nous haïssions la France sans nous rendre compte à quel point cette haine de soi était une maladie française.

Aujourd'hui, ma haine est apaisée. Elle s'est transformée en une distance, une indifférence apaisée. Ses paysages et ses monuments me laissent froids ; seule sa littérature me fait encore vibrer. Je partage ces sentiments indifférents avec mes amis patrons que je retrouve dans les restaurants français de Londres ou de New York. Sans doute, l'aristocratie d'Ancien Régime ne pensait pas autrement que nous, avant que ces barbares de sans-culottes ne leur coupassent la tête. J'étais fier d'avoir rejoint et mis en pratique les idéaux mon père, l'ancien militant communiste, d'être devenu comme lui un vrai internationaliste. Un intellectuel cosmopolite, à l'instar de Stefan Zweig et Romain Rolland, que j'admirais de plus en plus. Nous nous voulions des révolutionnaires internationalistes sans peur et sans reproche. Des héritiers farouches de Trotski, Lénine, Rosa Luxemburg, Babeuf, Saint-Just. Moscou n'était plus notre Mecque, mais le combat continuait. Bien sûr, nous avions pris mille détours. Quand j'étais jeune, je croyais encore à l'action violente. Je chérissais les Brigades rouges, admirais la bande à Baader. Je n'avais pas accepté le renoncement à la violence de la Gauche prolétarienne.

Un jour, des années plus tard, au fond d'un café sombre de Jérusalem, Benny Lévy, qui ne s'appelait plus Pierre Victor, m'expliqua que le meurtre des athlètes israéliens à Munich avait été un tournant décisif. Je lui avouais mon propre trouble d'adolescent au soir d'une manifestation des années Giscard, au cours de laquelle j'avais hurlé « Croissant avec nous, Baader a raison » jusqu'à m'érailler la voix, et puis, rentré dans ma chambre de jeune homme, entre les posters de Che Guevara et de Mao Tsé-toung, je compris le fol engrenage qui risquait de m'emporter. Le coup de grâce me fut assené par mon ami Beria et son projet loufoque et criminel d'assassiner Michel Debré, parce que son nom commençait par D. J'avais depuis théorisé, rentabilisé aussi, mon « tournant antitotalitaire ». Mais, au fond de moi, m'étais-je jamais pardonné ce que je ressentais comme une forme de lâcheté ?

Le combat avait ensuite pris d'autres formes. Nous nous étions agrippés à Le Pen comme la petite vérole sur le bas clergé, comme une preuve que nous pouvions mener notre combat antifasciste malgré notre renoncement à la violence, à l'action révolutionnaire. Au prix de mille manœuvres, menaces, nous réussîmes à établir un cordon sanitaire autour des fascistes. Qui a dit que les intellectuels ne servent à rien ? Nous avions refait la guerre de 1940 et, cette fois-ci, nous l'avions gagnée. Il faut dire que, sans l'armée allemande, cette tâche était plus aisée. Un jour, Pierre Gaspard me dit en riant que j'avais affronté un adversaire qui ne voulait surtout pas du pouvoir. Qui en était même terrifié. Cet effroi expliquait seul ses provocations. Il savait qu'il ne pourrait jamais dépasser un certain étiage électoral ; il avait un accord secret avec le président Mitterrand. Parfois, quand j'observais l'évolution de la situation française et la montée du « fascislamisme », que je dénonçais désormais sans me lasser, il m'arrivait de m'interroger. Avions-nous déclaré la bonne guerre ? Avions-nous livré les bonnes batailles ?

Dans mes chroniques, j'expliquais doctement que la France était le ventre toujours fécond de la bête immonde, la France du chagrin et de la pitié pour toujours, cette France des terroirs, qui nourrissait ce nouveau monstre. Le vrai combat des civilisations opposait l'islam modéré, ce que j'appelais l'islam des Lumières, à l'islamisme, fasciste et raciste. Je ne pouvais plus écrire autre chose. Pendant des années, j'avais fantasmé et salivé sans me soucier de rigueur historique, sur la Cordoue du Moyen Âge, où les trois religions monothéistes se mariaient avec faste et esprit, sous la férule si intelligente et tolérante de l'islam. Je gardais désormais mes états d'âme pour moi. Pour des raisons tactiques, il eût été dangereux de démontrer – ce serait pourtant tâche aisée – qu'il n'y avait entre l'islam et l'islamisme que des différences de degré, pas de nature – nous devions diviser les musulmans, ne pas les coaliser tous derrière les islamistes, trouver des alliés en leur sein. C'était aussi la seule façon de continuer à me regarder en face. Nous avions efficacement empêché la droite de renvoyer chez eux les immigrés venus du Maghreb et d'Afrique – mais celle-ci le désirait-elle vraiment ? Désormais, nous combattions l'islamisme importé en France et dans toute l'Europe par ces mêmes populations.

Parfois je cherchais la cohérence de notre action. Celle du ressentiment historique peut-être. Nous n'avions pas pardonné aux ouvriers français d'avoir préféré en Mai 68 des augmentations salariales à la Révolution, leurs médiocres congés payés dans leurs minables Renault 4 plutôt que le Grand Soir. Nous avions pris au pied de la lettre les conseils ironiques de Bertolt Brecht qui avait proclamé : « Le peuple refuse le communisme ? Il faut dissoudre le peuple. » Nous avions dissous le peuple français. Il avait été submergé par la vague innombrable et inépuisable des nouveaux damnés de la terre. Parce que nous avions échoué à changer l'homme, nous avions changé les hommes. Le Pen nous avait bien aidés. Les ouvriers, encore oints de l'huile sainte de la gauche par le « parti des fusillés », devenaient, en votant désormais pour lui, des « fascistes ». Des « salauds de pauvres ». Les enfants de la bourgeoisie, harnachés d'un mépris de classe de fer, avaient déclaré la guerre au peuple français. L'antiracisme fut notre arme absolue, notre bombe atomique. Le peuple, la nation, l'État, les frontières, tout serait emporté dans la tourmente. Sali, avili. « Bien creusé, la taupe ! » De la belle ouvrage dont nous avions besoin pour accéder enfin à la modernité internationaliste, pour en finir avec ce fichu « roman national » qui aliénait les prolétaires, les enfermant dans leurs romantiques allégeances nationales. Grâce à Le Pen, nous avions rendu la nation infâme. Nous avons fait le grand saut vers l'Europe. Nous sommes désormais tous des citoyens du monde. Un monde *made in USA*. Toute époque a l'empire qu'elle mérite. Mes amis et moi, avions toujours été fascinés par l'Empire. Il fut soviétique dans notre prime jeunesse ; américain désormais. L'Amérique est sans doute le meilleur empire de l'Histoire, le plus bienveillant. Au nom des droits de l'homme, il rétablit la démocratie. Je me demande parfois si ma transformation en citoyen du monde ne fut pas aussi le moyen commode trouvé par mon inconscient pour me ramener vers le judaïsme de mes ancêtres. Comme si la « francité » avait été le seul barrage à la dictature des origines. Comme si le cosmopolitisme faraud dont nous nous prévalions n'opposait en revanche qu'une barrière de papier à la tyrannie des ethnies.

Cent fois nous crûmes avoir tué Le Pen, cent fois il ressuscita. Heureusement. Que serait-on devenu sans ennemi, sans diable, sans cause ? Sans indignations, incantations, imprécations, si télégéniques.

Le Pen, l'homme qui fit notre fortune.

Les lanières de cuir noir lui laissaient des traces rouges sur le bras gauche. Ses doigts étaient emmaillotés, recourbés, engourdis. Simon se demandait pour quelle raison il devait serrer à ce point les phylactères, jusqu'à lui faire mal. Quand son cousin Yohann l'avait incité à « mettre chaque matin les tefillins », Simon n'avait pas osé refuser. Son frère Serge l'y avait encouragé avec une rare vivacité. Pour une fois qu'il s'enthousiasmait pour autre chose que le Paris-Saint-Germain ou Zinedine Zidane ; pour une fois que son frère lui adressait la parole, qu'il tentait de le convaincre, qu'il s'intéressait à lui, il se sentit soudain désarmé.

La conversation roula un soir de novembre à la fin de l'année 2000. Simon fêtait ses vingt ans. Yohann avait décidé d'inviter les deux frères au restaurant. Ils s'étaient rendus dans le 9e arrondissement, étaient descendus à la station de métro Bonne-Nouvelle, s'étaient enfoncés dans la rue du Faubourg Montmartre. Ils entrèrent dans une pizzeria du quartier, où Yohann entra d'un pas assuré. À l'intérieur régnait une ambiance joyeuse ; les clients passaient volontiers d'une table à l'autre, goûtaient dans les plats de leurs voisins ; Simon avait l'impression que tous se connaissaient, comme lors d'un repas de famille. Une affiche placardée au mur indiquait que le Consistoire avait donné à ce restaurant sa bénédiction. Simon comprit qu'il était invité dans un restaurant « cacher ». Cela ne lui déplaisait ni ne le ravissait. Il n'avait pas d'opinion *a priori*. Il savait que son cousin avait pris cette habitude rigoriste depuis quelques mois. Serge, comme d'habitude, lui avait emboîté le pas. Ils fréquentaient tous deux depuis quelques semaines, une école talmudique du 10e arrondissement. Ils étudiaient la Torah et les règles du Talmud. Simon n'avait pas très bien suivi le cheminement intellectuel qui avait conduit son cousin à faire *techouva*. Yohann présentait sa « repentance » comme un salvateur retour aux sources. Un passage de l'ombre à la lumière.

Pourtant, Simon n'avait pas l'impression d'être un « mauvais Juif ». Au McDonald, il se contentait d'un filet de poisson, évitant le hamburger. Dans les restaurants plus traditionnels, de même, il ne choisissait jamais de viande, parce qu'elle n'avait pas été tuée selon le rite de Moïse. Mais il ne parvenait pas à renoncer aux crevettes et aux huîtres. Pendant la semaine de Pâques, où qu'il se trouvât, même à Miami, et quoi qu'il fît, il emportait toujours du pain azyme dans ses bagages. Cela amusait beaucoup Philippe qui, depuis qu'il le connaissait, avait renoncé au pain pendant cette semaine-là, pour célébrer avec son nouvel ami « la sortie d'Égypte ». Il se souvenait qu'au catéchisme aussi, chez ses parents adoptifs en Angoulême, on lui avait enseigné le périple des Hébreux avant leur arrivée en terre promise.

Mais jamais Simon n'aurait eu l'idée d'aller plus loin. Ses parents avaient toujours dîné dans des restaurants *taref*, comme les appelaient désormais avec mépris, presque horreur, Serge et Yohann. Celui-ci expliquait doctement que la vaisselle dans laquelle ils mangeaient avait reçu des mets interdits, qu'elle n'avait pas été « cachérisée », qu'on ne pouvait donc y toucher.

— Et si un cuisinier mange un sandwich au jambon pendant qu'il te prépare ton plat, et qu'un morceau de son jambon tombe dans ton plat, qu'est-ce que tu en sais ?

Face à cette rhétorique affûtée, Simon resta sans voix. Ingénument, il demanda :

— Et si on veut manger avec un goy, on est obligé de l'emmener ici ? Et s'il aime pas la nourriture cacher, on ne le voit plus ?

Il n'avait pas obtenu de réponse. Mais Simon n'avait ni la force ni l'habitude d'argumenter. Il était impressionné par la puissance nouvelle, irrésistible, qu'il sentait chez son cousin. Tant que Yohann ne lui interdisait pas de « mixer », il était prêt à toutes les concessions que lui commanderait l'affection. Justement, le sujet vint à table en même temps que les pizzas. Yohann lui reprocha sa vie dissolue, ses nuits blanches au milieu des « camés », des « pédés » et des « goyas ». Simon comprit qu'il appelait ainsi désormais les femmes non juives. Simon ne lui fit pas remarquer qu'il y a encore quelques mois, il en pinçait pour une blonde « goya » du nom de Nadine Michaud. Il comptait l'épouser. Yohann craignait pour lui, pour le salut de son âme, les tentations. Il vivait toutes les nuits à Sodome et Gomorrhe, affirmait-il, sur un ton apocalyptique. Se laisserait-il entraîner sur les chemins pernicieux ou aurait-il la force de Lot, qui, seul, résista ? Yohann craignait fort qu'il n'eût pas la force de Lot. Serge acquiesça.

Simon commençait à trembler de honte et de fureur à la fois, lorsque deux hommes vêtus d'un long caftan noir et d'un chapeau mou entrèrent dans le restaurant. Des papillotes encadraient leurs visages juvéniles et des petits fils de lin sortaient de leurs pantalons trop courts. Simon reconnut aussitôt les fameux hassidim, qu'il avait vus aussi bien à Paris qu'à Tel-Aviv ou Miami. Il savait que leur curieux accoutrement était l'exacte copie du vêtement que portaient les Juifs dans le ghetto de Varsovie au XVIIIᵉ siècle. Un jour qu'ils avaient rencontré deux cousins germains de Simon à Central Park, Philippe lui avait demandé pourquoi deux garçons nés en France à la fin du XXᵉ siècle, dont les parents avaient vécu en Algérie, ressentaient le besoin impérieux de « revenir à leurs racines » en s'accoutrant comme des Juifs polonais au temps de Voltaire. Simon s'avéra bien incapable de répondre. Devant la gêne manifestée par Simon, Philippe n'avait pas insisté. Ils n'évoquèrent plus jamais ce sujet. Ce soir-là, dans la pizzeria de la rue du Faubourg Montmartre, les deux hommes en noir, comme mus par un instinct hors du commun, se dirigèrent sans hésiter vers eux. Ils leur demandèrent s'ils avaient mis leurs tefillin. Serge et Yohann opinèrent d'un air complice. Simon se retrouva isolé. Lorsque l'un des deux hommes en noir lui sortit son attirail de phylactères, trois paires d'yeux le fixèrent. Il n'osa pas les décevoir. Il se laissa approcher par l'un des hassidim qui, en un tourne-main, lui enserra le bras gauche dans des lanières de cuir noir, qu'il ficela comme un gigot d'agneau, posa délicatement sur sa tête une petite boîte noire, le somma de répéter quelques menues prières que Simon n'avait pas prononcées depuis sa bar-mitsva, le tout sans lui laisser le temps de réfléchir ni même de respirer.

Après qu'ils eurent achevé leur opération, et qu'ils eurent quitté le restaurant, Simon observa un sourire radieux chez ses deux convives. Yohann lui expliqua :

— Dieu est grand et miséricordieux. Il pardonne toujours les fautes qu'un Juif fait vis-à-vis de Lui alors qu'il est beaucoup plus sévère pour les fautes que tu fais contre les hommes. C'est pour cette raison qu'à Kippour, le jour du grand pardon, Il nous intime l'ordre de demander pardon à ceux qu'on a offensés, et de pardonner à ceux qui nous ont offensés. Après seulement, Il nous pardonne des fautes qu'on a commises vis-à-vis de Lui. Dans sa grande mansuétude, Il nous a indiqué la solution. Tu peux continuer ton travail, car c'est ton moyen de vivre, et c'est même ta raison de vivre. Tu n'offenses personne en faisant ce travail, et Dieu te pardonnera des fautes que tu commets vis-à-vis de Lui si chaque matin, où que tu sois, et quoi que tu aies fait ou vu pendant la nuit, tu mets tes tefillin, pour montrer que tu penses à Lui chaque jour, et que tu n'oublies pas qu'Il te protège dans l'endroit de perdition où tu es.

Simon avait juré et, depuis, il tenait son serment. Même après une nuit passée à « mixer » au Queen, au milieu des « folles » en goguette. Il ne l'avoua pas à Philippe, mais il avait l'impression de se purifier. Il ne retourna cependant jamais au restaurant de la rue du Faubourg Montmartre. Il avait trouvé la pizza médiocre, voire insipide, mais n'avait rien osé dire.

Yazid crut d'abord entrer dans un garage, dont les deux portes marron sale largement ouvertes étaient surmontées de béton et de verre dépoli. En levant la tête, il vit flotter au vent un drapeau tricolore qui ornait une bâtisse en pierre contiguë, sur le fronton duquel était inscrit en lettres d'imprimerie : École de filles. En face, une église minuscule surmontée d'une immense croix de bois côtoyait une tour HLM décrépite. Yazid posa docilement son petit tapis sur le bitume, à côté des autres. Il ôta ses chaussures. Il imita scrupuleusement les comportements de ses voisins. S'agenouilla, tête contre sol. Marmotta quelques mots, qu'il reprit à la volée, sans les comprendre ; il se jura désormais d'apprendre l'arabe et d'investir le plus tôt possible la librairie musulmane qui jouxtait la mosquée. Il reçut silencieux, l'air concentré, le plus inspiré qu'il put, la rauque et lancinante psalmodie du muezzin. Il sortit. Roula sous le bras son tapis. Traversa la rue. Contourna une voiture de police, seule automobile garée. La gueule du garage déversait sur le trottoir un flot ininterrompu et multicolore de gandouras, surmontées de petites calottes blanches tricotées, de blue-jeans, baskets et blousons de skaï. Des survêtements aux couleurs vives et aux griffes prestigieuses émergeaient parfois. Quelques rares femmes, entièrement dissimulées sous un voile et une longue robe noirs, déambulaient tels des îlots sombres et silencieux dans un océan chatoyant et bruyant. Les poignées de main étaient longues et décidées, les paumes claquaient, cognaient les épaules et les omoplates, on s'embrassait chaleureusement, sans façon, on échangeait des rituels *Labess ?*, on prenait des nouvelles de la famille, d'un cousin au bled, on se réjouissait de la naissance d'un garçon, on s'attristait d'un vieux mort, dont le corps avait été rapatrié au pays. Les voitures ralentissaient sagement pour se frayer un chemin entre les grappes d'hommes qui se déplaçaient à peine pour échapper au frôlement du museau respectueux de l'auto. Des mendiants quêtaient humblement en arabe.

Au milieu de cette foule, Yazid perdit puis retrouva son ami Mohamed Tlass, qui habitait dans l'immeuble de la rue de la Grange-aux-Belles, mais de l'autre côté du jardin. C'est lui qui l'avait convié à la mosquée de la rue de Tanger. « Ça te fera du bien, par Allah ! » lui avait-il seulement dit. Yazid s'était laissé conduire jusqu'à la petite place du Maroc, modeste et ombragée. Ahmed avait revêtu pour l'occasion une éclatante djellaba blanche. Yazid eut soudain honte de son survêtement Nike rouge vif dont il était naguère si fier. Mais il n'avait pas les moyens de renouveler sa garde-robe. L'ostracisme des frères Mokhtari à son endroit commençait à ressembler à l'embargo sur l'Irak décrété par les Américains, avait commenté un Mohamed moqueur. Mais Yazid n'avait pas ri. Il était fasciné par la foule compacte et innombrable, calme et bon enfant, qui sortait de la mosquée. Yazid avait l'impression d'une mer humaine, un océan, qui déversait ses marées incessantes et éternelles sur la jetée, comme si une machine extraordinaire, tapie au fond de la mosquée, fabriquait sans se lasser des êtres humains. Yazid s'effraya d'abord du nombre très important d'hommes noirs qui se répandaient sur la chaussée ; il n'avait jamais imaginé que l'islam, « la religion des Arabes », eût autant d'adeptes noirs. Puis cette masse africaine lui donna un sentiment de puissance, de force primaire et irrésistible, puisque les Noirs, « esclaves, fils d'esclaves », comme les appelait toujours sa mère, obéissaient de toute éternité à « leurs maîtres arabes ». Ce sentiment de puissance collective l'apaisa.

Yazid prit goût à la mosquée de la rue de Tanger. Il vint chaque vendredi avec Mohamed Tlass. Son père, ravi de sa conversion spectaculaire, lui acheta une gandoura blanche. Les conflits violents et incessants entre les deux hommes connurent une courte accalmie. Yazid arrivait désormais une heure avant le début de la prière du vendredi pour ne pas être confiné avec les retardataires sur le béton du garage. Il put s'installer dans la mosquée aux sobres plafonds blancs et nus, soutenus par de nombreux et massifs poteaux en forme d'ogives cernés de tapis couverts d'arabesques. Il s'y rendit même les autres jours, sans Mohamed. Il y passait des heures à converser avec un jeune imam, Mohamed Al-Mansour, toujours vêtu d'une gandoura jaune, d'un foulard palestinien autour du cou et de charentaises aux pieds. Sa voix était douce, même lorsqu'il exhortait Yazid à « rentrer dans le droit chemin ». Le « chameau » lui confia ses ennuis, et l'imam promit de s'interposer. Il connaissait les frères Mokhtari, qui fréquentaient eux aussi la mosquée de la rue de Tanger. « Entre musulmans, on doit s'unir », dit-il d'une voix qui ne souffrait pas la contestation.

Ce jeune et rassurant imam était le dernier espoir de Yazid. Seul Simon lui tendait encore une main secourable et parfois un billet de cent francs salvateur. Mais le « petit Juif », comme il l'appelait désormais avec un reste d'affection, était souvent absent, toujours en voyage entre Miami et Eilat. « Cochon de Juif, toujours la chance pour les mêmes ! » ponctuait parfois Al-Mansour. Les Juifs, il les avait beaucoup fréquentés, il y a longtemps, au cours d'une autre vie. Quand il habitait dans la banlieue de Lyon, où ses parents s'étaient installés au milieu des années soixante-dix. Il y avait rencontré un prêtre sympathique, on l'appelait le « curé des Minguettes », c'était un géant blond, « un chameau comme toi, je l'aurais bien vu avec Godefroy de Bouillon venir combattre jusqu'à Jérusalem, au temps des croisades, mais lui il continuait la guerre d'Algérie, c'était comme les prêtres porteurs de valises, tu vois ? Il y avait des Kabyles aussi, qui eux aussi refaisaient la guerre d'Algérie, et des filles chaudes comme de la braise, Dieu nous pardonne, on était jeunes, on avait le sang bouillant, et des Français aussi qui se disaient progressistes ». À l'époque, expliqua-t-il à Yazid qui n'en croyait pas ses oreilles, il y avait encore des roumis dans les banlieues. Al-Mansour avait été un des organisateurs de la « marche de l'égalité ». Des milliers de jeunes montèrent à Paris en 1983, aux cris de « la France c'est comme une mobylette, ça marche au mélange ». Ils furent reçus à l'Élysée, par le président Mitterrand. « Il nous a bénis, le vieux. » L'œil d'Al-Mansour brillait de fierté vingt ans après. « Mais les Juifs de SOS Racisme nous ont volé la vedette. Les télés n'ont parlé que d'eux et plus des Arabes. Maudits soient ces chiens fils de chiens ! »

Un éclair de fureur inquiétant embrasa soudain Al-Mansour, mais il retrouva rapidement sa douce sérénité.

— Allah est grand. Il n'y a de force et de puissance que dans Dieu très haut et très grand. C'est lui qui m'envoyait cette épreuve pour me ramener à la vraie foi. Pour me montrer qu'on ne peut pas vivre en paix avec les roumis, même ceux qui ont des paroles douces comme le miel. Que tous les roumis sont corrompus, que leur société décadente est en train de mourir sous nos yeux, mais que nous ne le voyons pas.

Qu'Allah, qui a tout prévu dans son immense bonté, a envoyé les musulmans en Europe pour sauver ces sociétés décadentes, pour leur apporter les valeurs qu'elles ont perdues, la morale qu'elles ont abandonnée, le respect de Dieu et des bonnes mœurs qu'elles ont rejeté. Allah est grand, il nous a envoyés, nous les musulmans, comme Abraham à Sodome et Gomorrhe, pour les racheter avant le châtiment divin. On comprend aujourd'hui pourquoi Allah nous a frappés de cette malédiction de la colonisation pendant un siècle. Tous ces roumis sur les terres sacrées de l'islam ! Mais qu'est-ce que c'est cent ans pour Dieu ? Un dixième de seconde pour nous. Chacun son tour, tu comprends, mon fils, ils nous ont colonisés, on les colonise. Ce temps béni est venu. Écoute, Yazid, je vais te raconter l'Histoire telle qu'on ne te l'a pas apprise à l'école française. La véritable Histoire du monde. Quand le prophète Mohamed est venu sur terre, qu'Allah le bénisse, les Arabes ont conquis le monde. Ils ont pris l'Espagne, ils sont arrivés jusqu'à quelques kilomètres de Paris. Ils sont allés jusqu'en Chine, jusqu'en Inde. C'était un empire immense qui a dominé le monde pendant plus de mille ans. Aujourd'hui, les Américains nous ont remplacés et ils font tout pour nous empêcher de revenir à notre place naturelle. C'est ça la guerre d'aujourd'hui, Yazid. Les Américains et leurs alliés juifs tuent les Arabes. Tu as vu à la télévision, sur Al-Jazira, la seule chaîne qui ne répète pas les mensonges des Juifs et de leurs laquais chrétiens, partout on tue des Arabes, en Palestine comme ailleurs. C'est une guerre mondiale et nous avons les moyens de la gagner. Nous avons l'argent, le pétrole, les hommes, nous avons un message de justice que l'humanité attend. Pourquoi nous n'avons pas gagné encore ? Parce que nous sommes trahis par les dirigeants des pays arabes qui sont vendus aux Américains et aux Juifs. Tous les Moubarak, les Abdallah de Jordanie, les Ibn Séoud d'Arabie, que

Dieu les maudisse. Quand nous aurons renversé ces traîtres, alors les Américains et les Juifs seront balayés. Ça peut arriver du jour au lendemain Dieu a dit : « Ne vous reposez qu'après la victoire. Je suis toujours avec vous. »

Yazid ne comprenait pas grand-chose du récit d'Al-Mansour. Mais il revenait sans cesse le voir ; sa douce voix l'apaisait ; sa porte lui était toujours ouverte ; c'était le dernier endroit où Yazid était accueilli avec chaleur et compassion. Il avait été arrêté quelques mois plus tôt, pour « trafic de stupéfiants ». C'était avant l'injonction des Mokhtari. La justice avait pris son temps ; mais elle l'avait elle aussi interdit de territoire. Cette sanction anodine ne concernait toutefois que le 10e arrondissement. Dès que les policiers survenaient dans la rue Louis-Blanc, pour un rituel contrôle d'identité, Yazid traversait la rue, marchait sur le trottoir d'en face, en se dirigeant vers la place du Colonel-Fabien. C'était la frontière du 19e arrondissement qu'il avait ainsi allégrement franchie. D'habitude, il aimait narguer les forces de police ridiculisées. Il n'avait plus désormais le cœur à ces facéties. L'argent manquait cruellement au cinquième étage de l'immeuble, chez les Chadli. La mère vociférait de nouveau des malédictions apocalyptiques contre la première épouse de son mari, « une putain, suceuse de sang » ; toutes les maladies et les catastrophes naturelles de la création étaient appelées à la rescousse pour détruire cette impie. Mohamed Chadli ne supportait plus sans mot dire les crises de sa femme. Il cassait la rare vaisselle et finissait par la saisir au collet. Puis il s'en prenait à son fils, un « bon à rien, incapable de nourrir son père et sa mère, un chien, fils de chien ». Un soir d'hiver, après une altercation d'une rare violence, où il avait assommé son père d'une méchante ruade de cheval fou, Yazid, pris de honte et de remords, hurla le nom de « Mohamed Al-Mansour » et se jeta par la fenêtre.

« ... Les Juifs ont fait montre d'hostilité de tout temps envers l'islam et plus particulièrement à la suite de l'établissement de l'État islamique à Médine. Ils ont commencé à comploter contre la Oumma dès le jour où celle-ci est apparue comme une véritable communauté.

« ... Une guerre qui ne s'est jamais arrêtée, pas un seul instant, depuis près de quatorze siècles et qui se poursuit, aujourd'hui même, poussant ses feux aux quatre coins du monde...

« ...Tu reconnaîtras que ceux qui nourrissent la haine la plus violente contre les fidèles sont les Juifs et les idolâtres, et que ceux qui sont le plus disposés à les aimer sont les hommes qui se disent chrétiens ; c'est parce qu'ils ont des prêtres et de moines, hommes exempts de tout orgueil... »

Abasourdi d'invectives et d'imprécations, de prêches et de commandements religieux, de maximes divines tirées du Coran et de hadith, lus et commentés avec Al-Mansour, saoulé d'images sanglantes d'enfants palestiniens broyés par des chars israéliens et d'appels à la vengeance, au meurtre des Juifs et des croisés – dévorés en vrac à la télévision sur ces chaînes que lui avait recommandées l'iman –, Yazid, garrotté sur son lit de fer, abruti d'analgésiques et de psychotropes divers, gigotait en marmottant des bribes de phrases ; les yeux mi-clos, dans un état de demi-inconscience, il suait, suppliait et priait.

Sa main était maculée de sang. Elle tenait molle-
ment un poulet éventré, trouvé sur son paillasson.
Monique, le cheveu ébouriffé à la blondeur délavée,
la savate droite trouée, la robe de chambre en tissu
synthétique entrouverte, contemplait le cadavre de
l'animal avec un regard d'incrédulité mêlé d'effroi. Le
poulet qui perdait ses dernières gouttes de sang entre
ses mains la ramenait soudain au temps de son
enfance oubliée, des années en arrière, des siècles.
D'instinct, de sa main libre, elle se caressa l'œil,
embrassa ses doigts, marmotta une bénédiction en
arabe, comme elle avait vu faire sa grand-mère
Hannah. Là-bas. Du premier coup d'œil, elle avait
reconnu la signature maléfique. Le mauvais sort jeté
sur la maison. La mort appelée, souhaitée, convo-
quée. La mort qui ne peut pas se défiler. Le sang, le
malheur. Monique poussa un long cri plaintif. Elle
invoqua à son tour la protection divine, demanda le
secours des anges, sollicita l'aide de ses grands
défunts familiaux, de son père Jacques Mimoun, que
sa mémoire soit sanctifiée, de son mari André Sitruk,
que sa mémoire soit sanctifiée, de sa grand-mère
Hannah Zerbib, que sa mémoire soit sanctifiée, de
son grand-père Ézéchiel Mimoun, que sa mémoire
soit sanctifiée. Ézéchiel Mimoun, c'était son arme
secrète ; un ancien officiant à la synagogue d'Oran,

un saint homme qui respectait scrupuleusement les six cent treize commandements de Dieu ne pouvait qu'être doux aux oreilles de l'Éternel. Monique esquissa un sourire amer ; petite fille déjà, elle avait remarqué que les maléfices atteignaient toujours leurs cibles avant que les remparts bienfaisants édifiés à la hâte n'aient eu le temps de les en protéger. La magie noire prenait sans doute des raccourcis que les braves anges un rien benêts ignoraient. Monique blêmit. Elle était condamnée. Elle ou l'un de ses fils. Elle ne songea pas à « son ami ». La mort était sur sa maison.

C'est à ce moment-là que Serge apparut, sortant de l'ascenseur d'un rude coup d'épaule dans la porte, habitude du défenseur rugueux qu'il était sur les terrains de football. Monique avait longtemps espéré que cette formidable vigueur lui offrirait le destin enviable de joueur professionnel. Mais Serge n'avait pas « percé ». Elle se jeta dans ses bras. Elle tremblait. Elle serra le cou de son fils, ferma les yeux, ne vit point, à trois pas derrière lui, une frêle silhouette blonde, vêtue d'un survêtement rouge vif et de tennis immaculées, qui la contemplait d'un air interdit. Après avoir repris son souffle, Serge s'arracha des tentacules maternels. Il passa une main coquette dans ses noirs cheveux bouclés qui lui avaient donné ce surnom de « Rocheteau » dont il était si fier quand il était enfant. Serge se retourna l'air gêné.

— Maman, je te présente Cécile, ma copine.

Sous le regard de Monique, la jeune femme blonde se sentit déshabillée de la racine des cheveux à la plante des pieds, pas un pouce de chair n'échappa à l'inspection, en dépit de la barrière d'acrylique rutilant qui avait justement pour rôle de dissimuler ses formes, d'effacer toute trace de féminité. Croisant le regard haineux de sa mère, Serge égrena un rire grêlé.

— T'inquiète pas, maman, Cécile est blonde mais c'est une de chez nous.

Monique se contraint à ouvrir les bras : « *Shabbat shalom* », murmura, comme une leçon bien apprise mais qu'on n'ose réciter par peur de l'institutrice, la frêle silhouette blonde. Le bloc d'hostilité maternelle se fendilla ; elle avait oublié qu'on était vendredi soir, qu'elle attendait ses enfants pour shabbat ; elle se sentit coupable ; elle craignit une remontrance, une punition ; elle se souvint alors du poulet qu'elle tenait toujours dans sa main ; elle s'effondra en larmes sur la large poitrine de son fils. Le trop-plein d'émotions détraquait son fragile équilibre mental.

Simon arriva à son tour. Il embrassa spontanément la frêle silhouette blonde ; il goûta la douceur de sa peau de vermeil et son sourire engageant. Chacun prit place, dans la salle à manger, debout à côté de sa chaise. Serge se mit en bout de table, versa du vin dans le gobelet en grès. Il entonna d'une voix éraillée les psaumes du shabbat. Après la mort de son père, il n'avait pas osé. Il était resté sagement dans son rôle de fils. Mais l'arrivée de « l'ami » de sa mère l'avait forcé à se déclarer. Il ne supportait pas l'idée du « gros », comme il l'appelait avec son frère, posant ses fesses sur le siège sacré de son père. Il trempa ses lèvres dans le gobelet et l'offrit à sa mère, qui le confia à Simon. On s'embrassa tour à tour, se souhaitant *shabbat shalom*. Jamais Monique n'avait prononcé ces mots rituels avec autant d'intensité dans la voix. Elle avait l'impression d'entamer son combat contre les forces du mal. Dans un brouhaha de chaises rayant le sol, chacun s'assit. Serge bénit le pain, le plongea dans le sel, en découpa de petits morceaux, qu'il distribua à chacun des convives en psalmodiant les saints noms des patriarches : Abraham, Isaac, Jacob, Moïse, Aaron, David et Salomon. Monique servit le couscous rituel du vendredi soir. Elle avait coutume de remplir elle-même les assiettes qu'on lui tendait successivement, versant la semoule, puis le bouillon plein de légumes odorants. Cécile n'osa avouer que sa portion était excessive.

Aussitôt les formalités liturgiques expédiées, on s'empressa d'interroger Monique. Elle conta sur un ton saccadé, dans un baragouin mêlé d'imprécations en arabe, sa découverte sur le paillasson rougi, le poulet éventré, ses cris d'effroi. Maîtrisant mal son émotion rétrospective, elle expliqua à ses enfants – quand elle parlait, elle ne regardait qu'eux, ignorant et son « ami » et la frêle silhouette blonde dont elle avait déjà oublié le prénom – que ce maléfice du poulet mort était pratique courante au pays de son enfance. Personne ne soupçonna ni Maman Fouad ni ses filles, « si bonnes élèves ». Les Chadli furent donc naturellement mis sur la sellette. Simon se récria : « Yazid est mon copain ! » Serge murmura : « Décidément, tu es toujours un grand naïf, toi. » Monique l'approuva. Dans un silence électrique, elle dévoila un passé récent jusque-là celé, des mois d'angoisse, d'inquiétude mal contenues, des mezzouzah arrachées de leur linteau sur le palier et rapatriées à l'intérieur de la maison, contrairement à toutes les prescriptions religieuses, les boîtes aux lettres brisées, régulièrement remplacées par « ce gentil M. Boucher », les croix gammées peintes sur les murs de l'escalier et jusque dans les caves, aussitôt effacées par lui, et le rabbin, oui, tu sais, le rabbin Messas, qui s'est installé au huitième étage, un saint homme, la vérité, pas un mot plus haut que l'autre, oui, oui, il a été attaqué à la sortie de l'immeuble, ils lui ont cassé le pare-brise de sa voiture, et le nez aussi, sur ma vie, le nez, ils étaient quatre, des Arabes, bien sûr, oui, qui tu veux que ça soit d'autre, y a qu'eux, il y avait un Noir aussi, il nous manquait plus que ça, et ton copain Yazid, bien sûr, les flics l'ont même arrêté, ah tu crois toi que les flics ils s'amuseraient à l'arrêter comme ça sans raison, où tu te crois, tu es en république, mon fils, tu rêves, toi, mon fils, tu crois que c'est toujours ton copain qui te portait tes disques, mais c'est devenu un grand voyou, sur ta vie, il est de la bande des Mokhtari, du troisième étage, si je te le dis, tu sais ton Yazid depuis le départ de sa sœur... mais non, c'est la parabole, la parabole, je te dis, qu'est-ce que tu sais, toi tu es plus jamais là, même ta mère elle te voit plus, la parabole, je te dis, ça les rend tous fous, leur télé des Arabes, là, je sais pas d'où elles viennent les images, mais ça les rend tous fous, je sais pas ce qu'ils leur montrent, mais ils nous haïssent, nous les Juifs, ils veulent nous tuer, elle me l'a dit la Aïcha, sur ta vie, elle me l'a dit : vous tuez nos frères palestiniens là-bas, on vous tuera ici ! Comme je te le dis, un jour, de rage, tu sais ce qu'elle a fait la Aïcha ? Elle a jeté ses poubelles devant ma porte, sur ta vie, mon fils ! Représailles, qu'il m'a dit son fils, parce que les Israéliens ils avaient bombardé Gaza. Comme je te le dis ! Aïcha, elle est illettrée, elle sait même pas où se trouve Israël sur la carte, et tu sais pas ce qu'il a fait ton copain Yazid, le lendemain des attentats, tu sais là les tours en Amérique, Twin Towers c'est ça, c'est vrai que tu parles l'anglais mon fils, que Dieu te bénisse, eh ben, le lendemain du 11 Septembre, c'est ça, il est sorti avec un tee-shirt avec le visage de ce fumier-là en gros plan, tu sais avec sa grande barbe, Ben Laden, exactement, sur ta vie et la mienne voyons, tu étais même pas là toi, tu étais à Miami, ah non, oui, c'est ça, à Ibiza, est-ce que je sais moi où tu es. Comme je te le dis. Personne ne lui a rien dit. Ce pays, mon fils, les Arabes ils lui chient dessus et les Français ils disent rien, c'est ton grand-père qui avait raison, le Français de 14 y en a plus, les Arabes, ils en ont peur. Je sais, je sais mon fils, il faut quitter ici, je sais, mais tu crois que je suis comme ma sœur, moi tu crois que j'ai les moyens d'habiter Neuilly, moi, elle a un mari riche, elle, moi... Mais qu'est-ce que tu crois ton copain Yazid, tu sais où il a passé l'hiver ton copain Yazid, à l'asile de fous, si je te le dis, Sainte-Anne, non, pas un saint, Maison-Blanche c'est ça, qu'est-ce que tu crois quand il a voulu tuer son père et qu'il s'est jeté par la fenêtre, Maison-Blanche, je te dis, trois mois il est resté, et quand il est rentré, tous les jours la Aïcha elle lui disait mon fils, prends tes cachets, mon fils, elle jurait sur le Coran, rien n'y faisait, pourtant il fréquente la mosquée de la rue de Tanger, maintenant Yazid, tous les vendredis, si je te dis, il met la gandoura blanche et tout, que Dieu les maudisse, tous ces ratons, mais ça, jamais, les cachets il voulait jamais les prendre, et un jour, je sais pas pourquoi il était énervé... Ah tu crois il se drogue aussi ? Et ça c'est ton copain, un moins que rien oui, il s'est énervé, il a égorgé sa mère, il a failli la tuer, c'est son père Mohamed qui lui a enlevé des mains. Sur ta vie comme je te le dis... Il est reparti à Maison-Blanche. Il y est en ce moment...

Alors, après qu'il eut saisi le poulet mort, Serge sortit brusquement, claqua la porte, grimpa les marches quatre à quatre jusqu'au cinquième étage, sonna à la porte de la famille Chadli et jeta le poulet au visage interdit d'Aïcha, seulement vêtue d'une robe de chambre usée d'un jaune pâle délavé. Il hurla pour que tout l'immeuble l'entende : « Gardez vos machins de sorcière, on est en France ici, on n'est pas dans votre pays de barbares ! »

« ... Les Juifs ont commencé et les croisés ont continué. Pendant longtemps, les Juifs ont installé leur poison dans le patrimoine islamique de façon insidieuse qui n'a pu être dévoilée qu'après de longs siècles d'efforts. Ils ont tenté ainsi de remplacer le vrai par le faux dans tous les textes musulmans, à l'exception du Coran dont la préservation est garantie par Dieu et à sa grandeur suprême. Puis ils ont essayé de déformer le sens du hadith du prophète avant que Dieu ait envoyé ceux qui parmi ses hommes ont déployé le plus grand zèle pour codifier les récits de la révélation orale et en extirper le faux afin de réduire au minimum ce qui humainement ne peut être authentifié sans l'ombre d'un doute. Enfin, ils se sont attaqués à l'exégèse du Coran dont ils ont voulu falsifier la teneur. Ce fut l'un de leurs complots les plus dangereux... »

Il la caressait du bout des doigts. Simon effleurait ses courbes soyeuses comme un amant intimidé aux pieds d'une maîtresse adulée. Il tremblait. Il admirait l'élégance chatoyante de ses lignes, la douceur de ses rotondités, la sensualité retenue de ses foucades. Il en avait rêvé depuis si longtemps. Avec elle, il avait l'impression d'être sorti de l'enfance et de la médiocrité, d'être soudain devenu grand. Un homme, un vrai, enfin. De loin, elle ressemblait à un félin prêt à bondir. Quand on s'en rapprochait, c'était plutôt un gros chat dodu, le poil gris électrique, faisant le dos rond pour attirer les caresses. De loin, on aurait dit une Porsche ; de près, ce n'était qu'une Audi TT spider cabriolet. Simon avait signé le chèque sans sourciller. 300 000 francs. C'était une somme pourtant. Tout l'argent de son contrat avec la Warner. Il n'avait pas réussi à retenir le montant en euros. Serge et Yohann se moquèrent grassement de son comportement d'amoureux transi. Pour une bagnole ! Yohann lui faisait la leçon. Toujours la même immaturité. Serge opinait en silence selon son habitude. Monique les rabroua, en jetant des pièces de monnaie sur les fauteuils.

— Laisse-les parler, mon fils, laisse-les parler. Que ça te porte bonheur ! Enfin, quand même tout cet argent pour une voiture, la vérité, alors que ma cuisine, elle date de ton père. Enfin, si ça te fait plaisir. Tu travailles, la vérité, tu l'as gagné cet argent, tu le mérites !

Elle versait les dernières pièces qu'elle avait extirpées de son vieux porte-monnaie de cuir rose sur le petit tapis qui gisait sous les pédales, lorsque soudain l'image sanguinolente du poulet lui apparut ; elle crut entendre un ricanement terrifiant : « Que ça te porte… » Elle n'acheva point sa phrase, mais personne ne s'en aperçut. Les trois garçons et Cécile s'engouffrèrent dans la voiture, se courbant et cognant partout leurs bras et jambes soudain trop grands. Le plafond bas, les fauteuils étroits en cuir noir, le court levier de vitesse, tout donnait à l'auto un air de jouet. C'était un habile compromis entre les engins de jadis, pétant de testostérone sous le capot, agressifs et virevoltants, pétaradant sur la chaussée, et les mamans sur quatre roues d'aujourd'hui, de grosses boules rondes hissées sur échasses pour protéger, sous leur aile hautaine et méfiante, leurs passagers infantilisés de la violence des ras le bitume, de la violence des hommes. C'était la voiture de sport pour ceux qui n'avaient pas les moyens de s'offrir une voiture de sport. Une voiture pour ceux qui ne savaient pas, les naïfs, que le temps de la voiture était révolu. Mais Simon arborait son Audi TT Spider cabriolet comme s'il avait conduit une Porsche Carrera…

— Des lignes si pures. Regardez… On touche avec les yeux… L'Audi TT est une icône du design. Un double pot d'échappement. Plus long de 13,7 centimètres, plus large de 7,8 centimètres, le TT coupé a grandi par rapport à la première version. Le pavillon coiffe l'habitacle à la manière d'une coupole. Extensions d'ailes, phares transparents, bandeaux chromés, rétroviseurs extérieurs avec clignotants latéraux à diodes intégrées. Le moteur quatre cylindres 2.0 avec turbo et technologie FSI développe une puis-

224

sance de deux cents chevaux entre mille huit cents et cinq mille tours par minute. Il passe de 0 à 100 km/h en 6,4 secondes avec une vitesse de pointe sur circuit de deux cent quarante kilomètres heure. Le spoiler arrière se déploie automatiquement à partir de 120 km/h. À 80 km/h, il regagne son logement et se fond harmonieusement. Tu veux le voir quand même ? Il suffit d'appuyer sur ce bouton pour qu'il resurgisse. C'est pas top tout ça ?

Simon exultait, ne se rendait même pas compte des sarcasmes dont on l'abreuvait.

— Il a appris par cœur le dépliant, ma parole ! Il est ouf, mon cousin !

— Je ne savais pas que tu avais une aussi bonne mémoire ! La vérité, mon fils, tu n'as jamais su une seule leçon comme ça à l'école !

L'arrivée lente et majestueuse de l'Audi TT, dont les reflets gris métallisé miroitaient au soleil, résonna rue de la Grange-aux-Belles comme un coup de tonnerre dans un ciel tourmenté. Tous les gamins, des plus petits aux plus grands, cavalcadèrent dans les escaliers sans attendre les ascenseurs qu'on laissait aux « darons ». On se serait cru revenu au temps de « la Ferrari à Jamel ». Mais, dans les rangs serrés qui se pressaient autour de l'engin, l'admiration respectueuse céda vite à l'envie fielleuse. Les petits crachaient par terre sur son passage ; les grands reluquaient avec une insistance mauvaise les cuisses nues de la passagère, dont la blancheur de la peau était rehaussée par le noir des cheveux et le khôl qui donnait à ses cils la courbe langoureuse d'une danseuse orientale. Djibril Middour, un grand Noir du Mali installé depuis peu au premier étage, qui arborait un pantalon baggy, des Converse rouges aux lacets dénoués et un polo jaune faisant saillir ses impressionnants pectoraux, esquissa un geste menaçant du poing. « Encore une reubeu, ce bâtard de Juif, on l'avait prévenu pourtant ! »

Cette fois, dans la bande désœuvrée, personne ne prit sa défense ; Yazid résidait encore pour quelques jours à Maison-Blanche. Ce n'était pas la voiture qui les choquait ; ils pouvaient se la payer, et même mieux, avec quelques bonnes ventes de cocaïne ; ce n'était pas la fille qui allongeait ses jolies cuisses à l'intérieur ; même s'ils ne supportaient pas qu'un Juif ou un Français séduisît une de « leur race », ils ne manquaient pas eux non plus de « taspés » pour distraire leurs longues attentes entre deux « affaires ». Non, ce qui les scandalisait, c'était qu'un petit gars venu du même endroit qu'eux pût se payer tout cela, comme eux, alors même qu'il ne vendait pas de barrettes de haschich ni de cocaïne, ni des « tombés du camion », qu'il n'appartenait pas à la bande des Mokhtari ni même à celle de Jaurès, ou même – ils auraient été prêts à l'accepter – la bande honnie de Stalingrad. Si ces Juifs ne respectaient aucune règle établie, c'est qu'ils avaient leurs propres règles, leurs propres réseaux, leurs propres combines. Ce ne pouvait être autrement. Le cabriolet était à lui tout seul un symbole, celui d'un monde, d'un art de vivre, d'une réussite, qu'ils n'atteindraient jamais malgré tout l'argent gagné dans leurs divers trafics. Ce « petit Juif » côtoyait un univers de strass et paillettes, de chanteuses de la Star Ac qui les faisait rêver malgré tout, malgré eux, même si certains d'entre eux les alimentaient parfois en cocaïne pour leurs « soirées » – où ce « Juif » était invité alors qu'eux n'étaient que tolérés. Une injustice. Une preuve de plus que les « saloperies de cefrans » préféraient les Juifs aux Arabes, et qu'une fois encore, les Juifs, qui se disaient à la télé les amis des Arabes, les trahissaient. Des chiens fils de chiens.

Simon ne voyait ni n'entendait rien. Il avait aménagé avec soin le « box », au deuxième sous-sol du parking souterrain, resté vide depuis la mort de son père. Les murs furent entièrement capitonnés d'une moquette grise qui protégeait son cher engin comme un écrin enserre un diamant. Simon glissait sa voiture davantage qu'il ne la garait. Il caressait sa porte davantage qu'il ne la fermait. Le bruit sec de la fermeture automatique sonnait à ses oreilles ébaubies comme une douce mélodie mozartienne.

Seul Philippe manifesta quelque inquiétude. Il avait supplié son ami de ne pas acquérir cette voiture. Il l'avait menacé de l'abandonner ; mais devant l'incompréhension effarée de son ami, il avait renoncé à son chantage. En rentrant avec lui rue Louis-Blanc pour dîner chez Monique, il remarqua les regards lourds, les sourires fielleux, les visages hostiles. C'était la première fois qu'il regrettait d'avoir ouvert un compte bancaire personnel à son jeune prodige. « Tu as fait ce que tu as voulu, lui lâcha-t-il, mais je t'aurai prévenu : tu as signé ton arrêt de mort. » Simon rit.

« ... Les Juifs utilisent les hypocrites, ceux qui se proclament musulmans au point du jour et apostasient à la tombée de la nuit. Cette armée importante d'agents portant l'habit de professeurs, de philosophes, de docteurs, de chercheurs, parfois aussi des écrivains, des poètes, des savants et des journalistes, portant des noms musulmans seulement parce qu'ils sont d'origine musulmane. Les Juifs ont installé des hommes et des régimes à leur solde dans les pays musulmans. Des centaines, voire des milliers de personnes participent à ce vaste complot contre le monde islamique, en se faisant passer pour des orientalistes ou des étudiants orientalistes... »

Charles Boucher était inquiet. Il l'avait encore répété hier soir aux policiers de l'arrondissement qui se pressaient dans sa loge. Ils venaient enquêter sur « une rixe entre bandes rivales, qui s'était achevée d'un coup de barre de fer sur le crâne d'un dénommé Djibril Middour, jeune homme de quinze ans, né à Bamako... ». Charles Boucher écoutait la litanie administrative sans décolérer. L'exaspération, la fureur, le mépris, l'effroi se lisaient tour à tour sur son visage poupin. Au commencement de l'« échauffourée », devant son immeuble, il avait entraperçu trois policiers qui arrivaient au bout de la rue, changer de trottoir et se carapater discrètement. Ils étaient revenus une heure après. Une escouade de dix flics. Il comprenait leur lâcheté, leur crainte d'être pris pour cible par des jeunes gens plus nombreux et plus violents qu'eux ; mais il n'admettait pas la condescendance revenue de tout avec laquelle leur chef lui rétorqua : « Il ne faut pas dramatiser. Ce ne sont que des mots entre jeunes. » Il va se passer quelque chose. Boucher en était sûr. Il ne savait pas quoi. Un drame, un mort, Middour était passé près.

Les policiers étaient partis. Jusqu'à la prochaine fois. À l'abri derrière sa paroi de verre, comme un poisson dans un aquarium, Charles Boucher observait le va-et-vient des locataires de l'immeuble qui se croisaient sans se voir, se côtoyaient sans se parler dans les ascenseurs, vivaient côte à côte sans se connaître. Le chaleureux débraillé méditerranéen de l'immeuble, qui l'avait tant séduit à ses débuts, au fil du temps s'était figé en une indifférence glacée, seulement brisée par les provocations juvéniles. La bonne Maman Fouad ne répandait plus l'odeur de ses gâteaux dans la cage d'escalier, ses filles avaient grandi, elles fréquentaient l'université, elles iraient bientôt en Amérique, au Texas, « rejoindre ma sœur », clamait leur mère faraude. Aïcha Chadli ne sortait plus de chez elle, et attendait pleine de ressentiment le retour de son fils de « l'asile de fous » ; son mari ne lui adressait plus la parole et ne rentrait plus que tard le soir, après qu'elle fut couchée. Monique la surveillait du coin de l'œil et ne se rendait plus chez le boulanger, à l'angle de la rue, sans trembler. Les petits employés de banque du premier étage, les Morales, s'étaient enfuis pour Saint-Germain-en-Laye ; les « derniers cefrans », avait proclamé comme un bulletin de victoire Ahmed Mokhtari, qui semblait faire un décompte strict des forces en présence. La famille Middour les avait remplacés, avec papa, maman, mais aussi deux « tantes », le grand Djibril et ses sept petits frères, « les sept nains », avait aussitôt plaisanté Charles Boucher, « qui cherchent leur Blanche-Neige ». Très vite, Djibril Middour avait rallié la bande des Mokhtari, où ses bras musculeux et son torse puissant faisaient merveille pour distribuer les « tombés du camion », vêtements, écrans plats ou téléphones portables qui alimentaient l'immeuble et l'ensemble du quartier « à flux tendu ».

Charles Boucher avait fini par se dire que les jeunes gens affiliés à la bande des Mokhtari, qui demeuraient des heures, debout, sans se lasser, à « fumer des oinjs », converser, cracher, insulter, menacer, avaient une fonction essentielle, celle d'occuper l'immeuble et les alentours. Occuper, ce mot sonna curieusement à ses oreilles. Une force d'occupation, c'est ça, qui comme toute armée étrangère surveille, rançonne, pille, viole la population vaincue. Le matin, ils dorment, c'est couvre-feu. L'après-midi, vers trois heures, ils se réveillent. Ils prennent lentement position. Toute la nuit, ils patrouillent. Calfeutrés à l'intérieur en hiver, dans la rue dès les premiers beaux jours. Jusqu'à cinq heures du matin en été. Charles Boucher aimait l'Histoire. Il était abonné à la revue *Historia*. Il n'osa faire part de ses réflexions à sa femme qui pénétra dans sa loge au moment même où Ahmed Mokhtari sortit de l'immeuble d'un pas saccadé.

Ahmed était inhabituellement nerveux ; l'absence de son grand frère lui pesait ; il n'avait pas l'habitude du commandement. Il était l'homme de main, des règlements de comptes, des punitions, des combats de barres de fer avec les bandes rivales, des menaces à un locataire indiscret. Ahmed ne voulait pas « se prendre la tête ». C'était un jouisseur, il aimait le poker, la musique et les femmes. Il dansait mal et enviait les « grands Noirs » qui séduisaient les filles d'un mouvement chaloupé de hanche. Simon lui avait souvent permis d'entrer en « teboi » dont les grands videurs noirs – « encore ces sales renois », maugréait-il – lui avaient toujours interdit l'accès. Il lui en était reconnaissant. Même s'il n'osait l'avouer aux autres, il comprenait le goût du petit Juif pour les « rebeus », comme un échange de bons procédés, lui était fou des « petites feujs ». « Elles sont plus que bonnes, des salopes, je te dis pas », salivait-il, même s'il regrettait que ses conquêtes devinssent plus rares et plus rétives. C'est lui qui fournissait le « petit Juif » en « tombés du camion » que Simon avait la courtoisie de ne jamais refuser. « Il est correct, le Juif, y a pas à dire, il a pas la grosse tête », disait Ahmed Mokhtari à son frère, lorsqu'il lui rendait visite dans sa prison et tentait d'apaiser sa fureur, après que les gardiens eurent exécuté sur sa personne sacrée de chef des bandes de Stalingrad et de Colonel-Fabien réunies un joyeux toucher rectal en guise de fouille de bienvenue.

« Un rataï, un chebeb, ils m'ont traité comme un chebeb, moi un Mokhtari, moi l'Émir, qu'ils soient maudits, ces chiens de cefrans ! » C'est Ahmed qui avait, sur les ordres de son frère, condamné Yazid à l'inactivité forcée ; et lui apprit également une année plus tard – il se rendit jusqu'à Maison-Blanche pour l'en avertir – que son frère, dans son immense bonté, avait commué sa peine en une amende de cinq mille euros, dès sa sortie de prison. « Pour remettre les compteurs à zéro. » Yazid avait hurlé :

— Mais comment tu veux que je le trouve ce blé puisque je suis chez les fous et que ton frère m'a interdit de travailler ?

La logique implacable de l'argumentation de Yazid troubla un moment le cerveau en jachère d'Ahmed.

— Mais quand tu vas sortir de chez les fous ? balbutia-t-il.

— Dans deux semaines, répondit l'autre, qui le surplombait d'une bonne tête.

— Eh ben, ça tombe bien, mon frère, il sort de zonzon dans un mois, si Allah le veut, ça te laisse deux semaines pour trouver le blé. C'est bon, non ?

— Qu'est-ce que tu veux que je fasse ? Que je fasse un seca de queban ?

— Et pourquoi pas ? Au moins tu montreras à mon frère que tu es un homme, pas un rataï de balance.

Ahmed l'avait planté là, pas mécontent de s'être si judicieusement « pris la tetê ». Puis, juste avant de sortir de Maison-Blanche, il avait rebroussé chemin de quelques mètres, s'était rapproché de Yazid qui n'avait pas déplacé son grand corps massif, comme tétanisé, et, se lovant presque sous sa tête, lui avait murmuré d'un méchant rictus :

232

— Si tu les as pas, il a dit l'Émir, sur la vie de ma mère, ça ira mal pour oit.

Ahmed avait glissé sa main sous son cou avec un couteau imaginaire en guise de promesse sanglante qu'ils comprenaient parfaitement tous deux.

Charles Boucher n'ignorait rien de ces arrangements ; il ne les cacha pas longtemps aux agents des Renseignements Généraux qui, depuis quelques mois, surveillaient le quartier, et avec qui Boucher partageait un mépris souverain de ces « îlotiers » patrouillant fièrement trois par trois quand la rue était vide. Ahmed Mokhtari n'avait pas la légendaire discrétion de son frère. Quand on lui en faisait le reproche, il s'esclaffait : « C'est pour ça que c'est lui le chef ! Allah fait bien les choses », avec une spontanéité qui le rendait malgré tout sympathique, songea Boucher. Le gardien avait fait ses comptes : Yazid était rentré de Maison-Blanche il y a trois jours ; il lui restait douze jours pour trouver dix mille euros, alors même que depuis des mois il avait perdu ses meilleurs clients, appâtés par d'autres fournisseurs mieux pourvus, et que ses réseaux les plus solides s'étaient évaporés. Sa première visite avait été pour l'imam de la rue de Tanger. Il avait revêtu à la hâte sa gandoura blanche et ses tennis rouges Nike. Toujours couvert de sa gandoura jaune, de son foulard à carreaux palestinien et chaussé de ses charentaises, Mohamed Al-Mansour lui avait ouvert les bras avec chaleur. Ils avaient partagé son maigre repas, fait de dattes et de fruits.

— Dans le désert, mon fils, nos ancêtres se nourrissaient frugalement, il faut vivre comme nos ancêtres pour préparer le retour des temps glorieux d'Allah.

Yazid avait rougi ; il avait pris entre ses doigts un bourrelet de graisse qui s'étalait sur son ventre naguère plat.

— Tu veux me faire comprendre que j'ai grossi ? C'est ça, hein ? Ouais, j'ai grossi, j'ai grossi… Mais qu'est-ce tu veux, là-bas, c'est pire que la prison, le heps – il était fier de glisser des mots en arabe pour montrer ses progrès à son précepteur –, on bouffe et on fait pas de sport !

Pour compenser l'impression honteuse donnée par sa bedaine, Yazid décrivit avec complaisance ces quelques semaines passées à Maison-Blanche, les douches froides, les « flégons » des gardiens, la solitude, « l'isolement qu'ils disent », les cachets qu'on l'obligeait à avaler, ses bras attachés au lit chaque nuit, récitant le nom des médicaments prescrits par ces « bolosses de docteurs » comme des formules magiques, des sorts maléfiques qu'on lui aurait jetés : Haldol, Rivotril, Tercen, Théralène et même, ajouta-t-il, en montrant ses fesses avec pudeur, « des piqûres de Lopaxac ou Loxapac, je sais plus ». Al-Mansour dodelina de sa tête fine, caressa sa barbe ciselée d'une main féminine, et murmura :

— Mon fils, c'est toujours la même histoire, les croisés et les Juifs veulent affaiblir le soldat d'Allah car sa force leur fait peur. Tiens, je te parie que ton médecin, c'était un Juif.

Le visage de Yazid s'éclaira.

— Il s'appelait Bensaïd. Norbert Bensaïd.

Al-Mansour caressa sa barbe de plus belle.

— Tu vois, qu'est-ce que je t'avais dit. Les croisés et les Juifs. Main dans la main contre le prophète depuis mille ans.

Yazid lui confia ses ennuis, les menaces du clan Mokhtari. L'imam leva les yeux au ciel de désapprobation.

— Les musulmans doivent s'unir, pas se faire la guerre, mon fils. T'inquiète pas, je vais parler à Abdel Mokhtari dès qu'il sortira de prison. Je vais lui demander qu'il te donne un peu de temps. Je vais faire mon possible. Tu peux compter sur moi.

Avant de le quitter, l'imam glissa un billet de cent euros dans la poche de la gandoura de Yazid, qui lui baisa la main en signe de remerciement et de respect.

— Va, Allah saura t'indiquer la voie. Sois à l'écoute, mon fils. Il saura te guider vers la lumière.

Charles Boucher était chaque jour plus inquiet. « Il va se passer quelque chose de grave », disait-il à sa femme, le soir avant de se coucher. Et il comptait les jours jusqu'à la sortie de prison de l'Émir. « Il va se passer quelque chose », marmottait-il avant de s'endormir. Il va. Mais il ne savait pas quoi.

« ... Les Juifs haïssent les autres et par conséquent subissent le châtiment dû à ceux qui vivent de haine et de rancœur. Cela les conduit à faire souffrir davantage encore leurs voisins, en suscitant conflits et guerres parmi eux, de manière à sortir toujours comme les seuls bénéficiaires. À travers ces guerres et ces désordres, les Juifs et leur esprit destructeur entretiennent la haine des autres, qui, à leur tour, les détestent...

« ... Lorsque, du temps du Prophète, les enfants d'Israël étaient revenus à leurs mauvais penchants, Dieu donna aux musulmans la force de les vaincre, puis de les expulser complètement d'Arabie. Plus tard, et jusqu'à l'époque moderne, Allah arma d'autres peuples contre eux. Puis il leur envoya Hitler pour les dominer. Une fois de plus, de nos jours, ils sont retombés dans l'erreur en créant Israël, plongeant les Arabes propriétaires de la terre dans la détresse et la misère. Que Dieu leur fasse subir les pires châtiments qu'ils méritent. Ce jour n'est pas loin. Il arrive... »

L'Arc de Triomphe s'était invité à notre table. J'avais tenu ma promesse. J'avais convié Clotilde à la terrasse de l'hôtel Raphaël. Mais nous n'étions pas seuls. Pierre Gaspard nous accompagnait. Il avait insisté pour « rompre notre tête-à-tête amoureux ». Il m'avait promis une « surprise ». Elle avait des boucles brunes, un nez busqué, une bouche immense, un sourire carnassier qui contrastait avec un regard tendre de petite fille, une silhouette élancée à se damner, des mains qui voletaient quand elle parlait avec volubilité. Elle s'appelait Rachida. Il l'avait croisée lors d'une virée de Ni putes ni soumises devant sa mairie. Ce n'était pas tant le nombre de manifestants qui l'inquiétait que les télévisions qu'avaient, il ne savait comment, attirées ces « viragos ». Rachida s'avéra la plus virulente ; Pierre remarqua que les petites lumières blanches des caméras tournaient magnétiquement autour d'elle. « C'est sans doute ce qui m'a donné envie d'elle », dit-il dans un grand éclat de rire. Après des années passées auprès de son maître Chirac, le maniement de l'auto-dérision était devenu chez lui une seconde nature. Elle esquissa un sourire de reproche et d'approbation à la fois, d'une maman impérieuse mais qui ne peut s'empêcher d'admirer l'esprit subtil de son petit.

Depuis qu'il était devenu maire d'une commune de banlieue, une dizaine d'années plus tôt, il passait de nombreuses soirées dans ses « quartiers difficiles ». Il y accompagnait les policiers dans leurs rondes, rassurait les vieilles effrayées. Il avait également pris l'habitude plus surprenante de jouer au poker avec des gamins remuants au pied d'une des tours, qui, un jour, par jeu et provocation, l'y avaient défié. À leur stupéfaction, il s'était assis à une table et avait distribué les cartes. La surprise était devenue rituelle. Pierre gagnait souvent ; il n'avait pas son pareil pour « bluffer ». Il accumulait les reconnaissances de dettes de ses juvéniles adversaires qu'il conservait soigneusement chez lui, dans des boîtes à chaussures. Il ne réclamait jamais rien. Mais ces papiers griffonnés souvent d'une écriture malhabile se révélèrent fort utiles le jour où un juge sourcilleux lui demanda comment il avait acquis ses automobiles de collection avec ses seuls émoluments d'élu de la République. Les vieilles voitures de course, c'était son péché mignon. Pour avoir une Ferrari ou une ancienne Panhard, il était prêt à tout, même à racheter des voitures volées ; même à mettre en danger l'œuvre politique d'une vie entière.

Pierre avait aussi pris goût aux « beurettes », comme il disait avec délectation, en se passant la langue sur les lèvres. Il aimait leur peau ambrée, leur sensualité ; d'abord subjugué par ses expériences inédites, il en avait tiré une vision de l'histoire des religions très personnelle, qu'il exposait d'un ton docte :

— Je crois que j'ai compris pourquoi les Arabes verrouillent leurs femmes à la maison. Comme tous les hommes, ils ont peur des femmes, de leur féminité castratrice, et de leurs infidélités qui pourraient ramener sous le toit paternel des « bâtards ». Mais les Arabes sont plus que les autres effrayés par l'appétit de leurs femmes. Ils sentent bien qu'ils ne seront pas à la hauteur, qu'ils ne pourront les satisfaire. Cette peur les oblige à être féroces !

Il partageait avec elles un même souci de discrétion ; elles se cachaient de leurs frères et du qu'en-dira-t-on de la cité, lui de sa femme et de ses électeurs. Il subventionnait les associations où elles militaient ; il rénovait les quartiers où habitaient leurs parents ; sa « politique de la ville » suivait les contours de sa carte du tendre. Personne n'était dupe. C'était « gagnant-gagnant », comme le ressassait Gaspard dans chacun de ses discours.

Avec Rachida, je ne décelai d'abord rien d'autre. Je ne m'en offusquai guère. Je me dis que son arrivisme avoué, ses manières agaçantes de parvenue étaient un bon signe : les Arabes ne seront réellement assimilés à la nation française que lorsque fleuriront en leur sein des Rastignac par milliers. Elle plut aussitôt à Clotilde. Dès que l'entrée fut servie – elles avaient choisi toutes deux des gambas à la thaï – Clotilde l'exhortait à ne boire que du café Max Havelaar : « Un produit commerce équitable, c'est le moins qu'on puisse faire pour les aider, là-bas » ; à ne se parer que des produits de beauté sans paraben : « Comment, tu ne connais pas ? Un conservateur qui ne fait pas semblant d'être cancérigène ! Dans les boutiques Weleda, tu trouveras ça, ou chez Doux me » ; et l'invitait à se rendre avec elle aux soldes de presse de Zadig et Voltaire : « Tu trouveras des petites robes qui t'iront à ravir, toi qui es si élancée, pas comme moi qui crains toujours de sortir trop boudinée. » Quand le serveur desservit, Clotilde sortait un *ELLE* de son sac pour lui montrer de quoi elle parlait.

À la fin du repas, les filles nous avaient oubliés. Elles dégustaient leur crème brulée en se confiant des secrets d'enfance. Leurs propos étaient décousus, et ce n'était pas seulement à cause du chambertin râpeux et puissant que Pierre, toujours fidèle au vin de l'Empereur, nous avait choisi. Clotilde avait beau convier Rachida à l'accompagner au marché bio des Batignolles, où elle se rendait chaque samedi matin, à vélo, il subsistait entre elles un indéfinissable trouble. Leur affection naissante les poussait à se livrer, mais quelque chose de mystérieux les en retenait. Je compris qu'elles avaient toutes deux honte de leur milieu d'origine, mais la plus honteuse n'était pas celle qu'on aurait pu croire. Rachida n'était pas fière de la « téci », des trafics, de ces garçons « analphabètes bilingues, en français comme en arabe, qui portent les murs », des filles voilées, des mères battues et craintives, des pères usés par le travail et plus encore par le chômage ; mais elle s'en était arrachée, mais elle avait déployé une énergie, une vitalité qui fascinaient Clotilde ; mais surtout, elle « était la France de demain », convenaient-elles toutes deux. Et tout – passé millénaire, histoire épique, ancêtres glorieux et présent tumultueux, crainte de se perdre, de s'abandonner, de se dissoudre dans un magma étranger – devait s'incliner devant cet avenir radieux de la « France métissée » en train de naître sous nos yeux ébaubis. Rachida était cet avenir éclatant, elle le savait, ne le laissait point ignorer, non sans une certaine arrogance qui dissimulait sa peur panique de n'être pas acceptée, de n'être pas à la hauteur, tandis que Clotilde, à ses propres yeux, incarnait le passé – ce passé tant honni, tant méprisé, ses parents bourgeois, banals à en pleurer, divorcés comme tout le monde, après avoir été catholiques comme tout le monde, Saint-Germain-en-Laye, son grand-père militaire, ses tantes serre-tête de velours, leurs enfants vêtus en Cyrillus ou Bonpoint, la sortie de messe le dimanche, loden vert et jupes plissées, et puis ce péché originel, enfoui au plus profond, cette grand-tante que Clotilde n'avait pas connue, rasée à la Libération par les FFI... Rachida s'esclaffa de bon cœur lorsque Clotilde lui avoua que son plus cher désir serait de se rendre à un dimanche de famille, à Saint-Germain-en-Laye, avec un « Rachid au bras ».

— Je vais te présenter à mon frère Marwan et à ses copains. Tu es tout à fait leur genre.

— Tu veux dire qu'ils aiment les grosses !

— Mais tu n'es pas grosse, voyons !

Je me vis contraint d'intervenir. Je n'aimais pas que Clotilde s'humiliât ainsi. Je ne supportais pas qu'on prétendît que je couchais avec une grosse.

Pierre Gaspard rattrapa la conversation qui prenait un tour fangeux. Je lui jetai un sourire de reconnaissance. Mais lui aussi retomba très vite dans les affaires banlieusardes. Il parlait avec l'air assuré d'un expert, mais lançait parfois un œil vers Rachida. Il ne voulait pas seulement briller, pas seulement lui plaire ; il quêtait sa bénédiction.

— Le monde a changé, c'est comme ça ! Nos enfants aussi ont changé. Quand j'entends les imams qui viennent me voir dans ma mairie, je me marre. Je croirais entendre les curés : « Les jeunes sont irrespectueux, ils ne viennent pas assez à la mosquée. » Même les filles qui portent le tchador mettent le string en dessous.

Leur manège m'agaça. Je ne sais pourquoi, par vieux réflexe, amitié peut-être, je me surpris à lui donner la réplique, lui fournir la contradiction qu'il réclamait pour se mettre en valeur auprès de Rachida.

— Tu ne peux pas nier qu'ils ont la haine. Ils le disent eux-mêmes. La haine de quoi, de leur vie, de la France, de l'Occident ?

— Les jeunes ont peut-être la haine, mais ils n'ont pas faim. En 1789, il y avait eu trois hivers de suite de famine.

Clotilde osa à son tour entrer dans l'arène. D'une voix timide, elle posa à la « journaliste de terrain » qui relaye les revendications des « assoces ».

— Il y a quand même une misère noire, c'est clair. Les jeunes sont tous au chômage même quand ils ont bac + 5. Ils sont victimes du racisme des patrons et des flics. Les discriminations, ça existe quand même. Tout ça va mal finir.

— On a la BAC, et les CRS ont très bien tenu lors des grandes grèves de 1947. La CGT des stals, c'était quand même autre chose ! On fantasme sur les armes dans les banlieues. Aucun flic n'a encore été tué.

— Il y a quand même des zones de non-droit, où les flics n'entrent pas, c'est inquiétant pour la République, répliqua Clotilde.

Je glissai, l'air le plus dégagé possible :

— Mais qu'est-ce qu'on en a à foutre si on leur laisse Gagny !

Les yeux de Clotilde devinrent deux fusils braqués sur moi. Pierre Gaspard ébaucha un geste du bras, un grand sourire cynique en bandoulière. À provocateur, provocateur et demi, semblait-il dire en connaisseur. Je profitai d'un instant de silence pour l'observer. En vingt ans de combats politiques, son visage s'était durci, les traits creusés, son regard d'oiseau de proie avait pris l'habitude de tuer. Il portait désormais les cheveux mi-longs, soignait une allure de vieux séducteur, dénouait légèrement une cravate rouge dès qu'il n'y avait plus d'électeur de sa circonscription à l'horizon. Sûr de lui, de ses effets oratoires, il nous expliqua comment l'islam était la seule arme pour pacifier les « cités ».

— Leur avantage, c'est qu'ils ont peu de prescriptions à suivre impérativement. D'abord, il faut répéter : Allah est Dieu et Mohamed est son prophète, ça c'est un précepte facile à suivre. Après, il y a le ramadan, qu'ils suivent de plus en plus, alors que, franchement, il faut reconnaître que c'est le truc le plus con et le plus antiéconomique qui soit, quand on doit travailler tous les jours dans un pays au climat tempéré.

Il guetta un sourire de Rachida qui lui octroya une simple moue amusée.

Il n'en poursuivit pas moins sa savante énumération.

— Les cinq prières par jour, ils se débrouillent. Un petit tapis, ce n'est pas très encombrant. Et puis il y a enfin le pèlerinage à La Mecque, ils le font quand ils vieillissent. Ils se disent que l'heure approche, qu'il faut prendre une assurance. On ne sait jamais.

J'avais ce soir-là l'âme rebelle.

— Tu ne peux pas nier que l'islam vit une crise d'identité dans la modernité. Qu'elle a connu la Renaissance avant le Moyen Âge.

— Tu parles comme Régis Debray, maintenant. Je te croyais d'obédience BHL. Décidément tout bouge.

Rachida apprécia l'ironie mordante du propos. Je ne me laissai pas démonter.

— Il y a une guerre terrible, une *fitna* comme ils disent, entre l'islam des Lumières, celui de Cordoue, et l'islam des ténèbres, et le fascislamisme, celui d'Al-Quaïda et des Bédouins intégristes. La France est au centre de tout ça, parce qu'elle est depuis trente ans la porte d'entrée en Europe du monde arabo-islamique, et que la dynamique démographique est de ce côté-là. Puisque tu es devenu un spécialiste de l'islam, tu n'ignores pas que les musulmans ne se considèrent pas comme des nations divisées en religions, mais comme une religion divisée en nations. Seule la lutte contre les Infidèles que nous sommes les rassemble. Et encore, pas toujours. C'est pour cela que je persiste à penser que les affrontements terribles en Irak ne sont pas une résistance à l'occupant américain, que si les Irakiens avaient voulu construire une démocratie, les Américains les auraient laissés faire, et qu'ils croyaient même naïvement que les Irakiens se saisiraient de cette chance unique, mais les Irakiens ne voulaient pas, car ce n'est pas un peuple, ce n'est pas un pays, qu'ils ne pensent qu'à se faire la guerre entre eux, les chiites contre les sunnites, les Arabes contre les Kurdes, etc.

Je vis s'allumer une lumière dans l'œil de Rachida, mélange d'intérêt et de colère.

Elle lâcha d'une voix sèche :

— Je constate que l'ambassade d'Israël a ici son représentant. Je croyais qu'on parlait entre Français de la France.

Sa réplique me prit à froid. Je ne l'attendais pas si tôt, si rude. « D'où parles-tu ? » demandions-nous, avec une fièvre inquisitoriale, à nos contradicteurs, dans nos jeunes années marxistes. Mais ce « où » était idéologique, social. Pas ethnique ou religieux. Désormais, à force de dépolitiser, d'annoncer tous les quatre matins « la fin des idéologies », il ne nous restait plus que l'os : le « où » des origines raciales, ethniques, religieuses, tribales. Pierre esquissa un sourire. Comme si la pugnacité de sa protégée confirmait le bien-fondé de son intuition. Au début du repas, il nous avait annoncé qu'il présenterait Rachida sur sa liste lors des prochaines municipales. Avec son joyeux cynisme habituel, il nous avait dit :

— Elle a toutes les qualités, c'est une femme et une Arabe ! Et en plus elle est télégénique ! On en fera une ministre, je te dis ! Aujourd'hui, je préviens tous les jeunes gars blancs et chrétiens de trente ans qui veulent se lancer dans la politique : laissez tomber !

L'agressivité soudaine de Rachida m'avait irrité ; je tombai le masque.

— En vérité, la distinction entre islamisme et islam est fallacieuse. Elle nous arrange tous, et à la télé je la reprends pieusement, mais comme le disait un jésuite égyptien, grand islamologue, « l'islamisme est contenu dans l'islam comme le poussin dans l'œuf ou comme le fruit dans la fleur ». C'est la même religion, c'est le même coran, c'est le même prophète qui tue les Juifs de Médine après qu'ils ont été ses premiers alliés.

— Et il a bien fait, enchaîna Rachida. L'islam des origines ressemblait trop au judaïsme. Il en a pris le dogmatisme le plus sectaire, le Dieu vengeur, alors que le christianisme avait inventé le Dieu d'amour. Il faut que l'islam abandonne définitivement sa part juive pour entrer dans la modernité.

Son regard lançait des flammes qui me léchaient déjà les pieds. Je m'apprêtai à répliquer sur le même ton, lorsque Pierre intervint. Il prit la hauteur du visionnaire.

— Je crois que cette discussion a besoin de la voix pacifique de la France. Vous savez que ce fut long-temps la spécificité des rois de France : la paix. Quand les autres rois avaient comme étendard des lions, des aigles, le roi de France choisit les fleurs de lys. En signe de paix. La France comme fille aînée de l'Église et de la paix. Et la France, on sait ce que c'est. Les premiers habitants furent les Celtes. Tu en vois encore dans la rue, des Celtes ? Et puis il y a eu les Romains, les Grecs. La France n'a jamais été une race, toujours un mélange indistinct de peuplades, tou-jours un pays d'immigration. D'abord les Auvergnats, les Bretons, les Provençaux, tous des immigrés qui baragouinaient leur patois quand ils venaient à Paris. La France, c'est une lente construction, une savante francisation de populations étrangères et hétérogè-nes. Ce travail n'est pas toujours facile. Et je ne te parle pas des Italiens, des Espagnols, des Russes. Tu crois qu'on les aimait les Ritals, quand ils sont arri-vés ? D'ailleurs, dans ce pays, personne n'aime per-sonne. C'est une constante de notre Histoire. Chateaubriand disait : « Les guerres civiles sont les seules guerres légitimes parce qu'on sait pourquoi on hait celui qu'on tue. » Entre protestants et catholi-ques, on s'aimait tellement qu'on s'est massacrés joyeusement. Et les Juifs, on les aimait beaucoup les Juifs ? On les aimait tellement qu'on a aidé à en faire brûler quelques-uns ! La France est un vieux pays qui a sans cesse besoin de sang neuf. Désormais, ils vien-nent du monde entier pour donner leur sang neuf, c'est la jeunesse du monde qui va régénérer ce vieux peuple français fatigué.

Son ode lyrique reprenait mot pour mot les propos que je lui avais tenus vingt ans plus tôt. Cette « victoire idéologique » aurait dû me ravir ; elle me laissait pourtant un goût amer. Que s'était-il passé pour que mes propres discours, dans la bouche d'un autre, ne me satisfassent plus autant ? J'avais découvert au fil des ans la « complexité » des choses, des situations, la face noire et criminelle des cultures millénaires, que j'avais tant exaltées, et de ces besoins d'ordre, que j'avais tant niés, méprisés, ridiculisés sous le terme infamant de « sentiment d'insécurité ». Je n'avais pas deviné l'habileté diabolique du capitalisme qui se servit des immigrés pour briser les revendications salariales des prolétaires français. Tout à mon combat antitotalitaire, j'avais négligé les leçons du grand Marx. Je m'étais comporté comme un idiot utile du capitalisme. Mais je ne pouvais pas expier : ma jobardise idéologique avait fait ma richesse. Je ne voulais pas renoncer à mon mode de vie, ma Jaguar avec tableau de bord en loupe d'orme, mon chauffeur marocain, mon appartement boulevard Saint-Germain, mes tableaux d'art moderne, mes bibelots japonais, mes antiquités, mon riad à Marrakech. J'étais attaché au « système » par des chaînes de diamant. Je m'étais comporté comme un irresponsable et je n'avais pas le droit de le reconnaître. C'était ma punition la plus grande. « Dieu rit de ceux qui déplorent les effets dont ils chérissent les causes. »

Bossuet ne connaissait pas l'antiracisme pourtant. Il était bien temps de jouer au cuistre. Je me dégoûtais. J'avais renoncé à la « pensée magique » chère à ma jeunesse révolutionnaire, et voilà que l'adversaire héréditaire, la droite – pire, les gaullistes –, la reprenait à son compte. Pour le plus grand intérêt de la nouvelle bourgeoisie mondialisée. Dont j'étais devenu un des intellectuels organiques. Les mots de ma jeunesse marxiste me revenaient naturellement. Ils me brûlaient la langue et l'âme. J'avais réussi à celer sous ce vocable nébuleux, « complexité », tous mes reniements, mes renoncements, mes peurs, ma mauvaise conscience aussi, ce sentiment de culpabilité qui grandissait en moi dès que mon habile rhétorique ne la cadenassait plus. Je ne supportais pas que Pierre Gaspard m'arrachât mon masque de désespoir. Mon vieil ami avait accompli le chemin inverse. Paris l'avait adouci, amolli. Avait moucheté son fleuret. Il ne voulait plus conquérir mais conserver, plus trancher mais apaiser. Au fil des années, Paris l'avait retourné comme un agent trop tendre. Il détestait cette droite impérieuse, « haineuse et revancharde », disait-il avec dégoût, qui l'avait porté naguère au Palais-Bourbon. Il la méprisait ; il en avait honte. Il ne jurait jadis que par de Gaulle ; l'allure hirsute de Michel Debré et Malraux, sur le pavé de Paris, le 30 mai 1968, le transportait d'admiration émue ; désormais, il jugeait Debré « psychorigide », brocardait « Malraux, le cocaïnomane, voleur de statuettes » ; et depuis son mandat à Strasbourg comme député européen, il avait pris l'habitude d'assister à des matchs de football en compagnie de Cohn-Bendit, qu'il appelait « mon ami Dany ». Il remerciait le ciel de n'avoir pas été député en 1981 : il aurait été capable de ne pas voter l'abolition de la peine de mort. Il ne se le serait pas pardonné. Je me souvins de cette éblouissante page de *L'Histoire de la Révolution* dans laquelle Michelet conte l'arrivée des nouveaux députés girondins venus de leurs provinces à Paris. Ils débarquèrent purs et probes, révolutionnaires implacables. Mais, en quelques semaines, ils connurent les jardins du Palais-Royal, ses tripots et ses putes ; ils jouèrent, ils baisèrent, ils corrompirent leur belle âme. Le couperet de la guillotine acheva prématurément leur destin. Pierre Gaspard avait la chance de vivre en des temps plus amènes. Jusqu'à quand ?

Clotilde, en revanche, ne cacha pas son approbation enthousiaste pour le plaidoyer de Pierre.

— C'est ma responsabilité de journaliste que de leur faire comprendre tout cela. Moi, au *Parisien*, je garde toujours ça en tête. Après tout, qu'est-ce que c'est que notre public ? Des concierges et des chauffeurs de taxi. Spontanément, ils sont franchouillards et racistes. Nous devons, nous journalistes, les amener à plus d'humanité, plus de compassion, plus de compréhension du monde qui les entoure, pour favoriser le vivre ensemble. Et franchement, il n'y a pas mieux qu'une femme pour jouer ce rôle-là.

— Tu parles comme les curés de ton enfance.

— Vous ne pouvez pas comprendre, vous. Euh, je veux dire toi.

Ma provocation sarcastique s'était retournée contre moi. Rachida arbora sur ses belles lèvres ourlées un sourire triomphant. Elle apprenait vite les règles de la politique : diviser, isoler, éliminer. Rayonnante, elle caressa ostensiblement la main de Pierre.

— Pierre vous a dit que nous allions vivre ensemble ? Oui, oui, vous avez bien entendu. Nous allons d'abord nous installer chez moi en attendant qu'on fasse construire une maison.

D'une voix sourde, dont l'émotion m'étonna moi-même, je marmottai :

— Et Sylvie, comment elle prend ça ?

Pierre répondit sans croiser mon regard :

— Mal. Je lui ai expliqué pourtant que je ne pouvais pas faire autrement. Il en va de ma carrière, tu comprends. Jusqu'aux années soixante-dix, les politiques ne divorçaient pas parce que les électeurs, et surtout les électrices, ne leur auraient jamais pardonné. Regarde Chirac, Giscard, Mitterrand, ils avaient tous une double, une triple vie, mais ils n'ont jamais divorcé. Cette époque est révolue. Désormais, les politiques n'ont plus seulement le droit, mais ils ont l'obligation de divorcer. Pour représenter et conduire les peuples, tu comprends, il faut vivre comme eux. Mes électeurs se sont convertis au divorce de masse et à son corollaire, la « transparence » des sentiments. Ils veulent « refaire leur vie » plusieurs fois par vie. Je suis leur chef, donc je les suis. C'est implacable comme raisonnement, tu me l'accordes. Mais tu connais les femmes, toujours à faire du sentiment.

Il constata que son explication technique scandalisait le romantisme des deux filles. Il s'empressa d'ajouter :

— Et puis, tu sais ce que disait Napoléon, quand on lui reprochait de rester auprès de sa jeune épouse Marie-Louise au lieu d'aller guerroyer en Espagne. « Et je n'aurais pas le droit à un peu de bonheur, moi aussi ? »

Au moment de quitter la table, Pierre me prit à l'écart et me glissa :

— Je te félicite pour tes Abitbol ! Un sans-faute. Pas un papier, pas une reprise télé. Silence complet. Non vraiment, chapeau. Tu es aussi bon pour étouffer un scandale que pour monter une mayonnaise médiatique ! Je savais que je pouvais compter sur toi.

— Justement. Je croyais avoir tout réglé, mais il paraît qu'un journaliste israélien rôde autour de cette affaire. Il a fait un papier dans un canard de Tel-Aviv, et il est venu en France. Il a vu la famille, et il a proposé un sujet à *Paris-Match*.

— Ah, les salauds d'Israéliens ! J'étais sûr qu'ils mettraient de l'huile sur le feu. C'est vraiment un bel enculé ton Sharon !

— D'abord, ce n'est pas mon Sharon. Et il fait son boulot de sioniste, c'est-à-dire convaincre les Juifs du monde entier qu'ils doivent rejoindre la terre promise. N'oublie pas qu'ils ont un énorme problème démographique qu'ils n'ont pas réglé malgré les faux Juifs russes. Tant que les Palestiniens feront dix enfants par femme !

— Ils sont foutus. Ils ont le choix entre l'apartheid et la libanisation.

— Tu parles d'un choix, la peste et le choléra !

— Israël est une anomalie historique, je l'ai toujours pensé. Je vais te dire ce que je n'oserais jamais dire en public. J'admire les premiers sionistes, les Ben Gourion et autres, qui ont forgé un État là où il n'y avait rien, ont réinventé une langue morte et fait pousser des oranges dans le désert. Mais ils n'ont rien à foutre dans ce souk. Le sionisme est un mouvement des nationalités de l'Europe du XIXe siècle qui tombe au XXe siècle en pleine décolonisation. Ce décalage les condamne tôt ou tard à disparaître. Comme disait le général de Gaulle : « Les Arabes ont pour eux le nombre, le temps et l'espace. »

— Décidément, tout le monde est sur la même ligne ce soir. C'est moi l'étranger. Je suis de trop, j'ai bien compris.

— Pas de paranoïa, je t'en prie.

— Tu connais le mot de Woody Allen. On lui demande un mot qui commence par la lettre *p* et qui voit des ennemis partout. Et il répond : perspicace !

— Comme disait Kissinger : même les paranoïaques ont des ennemis !

— Mais, ne t'inquiète pas, j'ai eu un de mes potes à *Paris-Match*. Ils ont renvoyé l'Israélien dans ses buts : ils lui ont dit qu'ils n'avaient pas envie de voir leurs locaux sauter !

— Excellent. Tu me surveilles ce fouille-merde d'Israélien. S'il continue à fouiner, tu me le signales, et on le fout dans le premier avion pour Tel-Aviv.

— Au fait, ils s'appellent Sitruk, pas Abitbol. La mère a encore changé d'avocat. Le précédent leur a avoué qu'il ne pouvait rien faire, que des instructions très strictes avaient été données au parquet pour apaiser les choses. Je t'avoue que je ne sais pas comment ils trouvent tout ce fric pour engraisser des avocats inutiles. Ils me font de la peine, ces pauvres gens.

On leur tue leur fils et on ne leur laisse même pas le loisir de faire savoir leur souffrance. Or, ce qui ne passe pas à la télé n'existe pas. Nous avons depuis longtemps appliqué ces règles de la société moderne, toi comme moi. Eh bien, eux aussi, ils veulent que la mort de leur fils soit reconnue, qu'elle existe, qu'il ne soit pas mort pour rien. On peut trouver cela stupide, obscène même, mais c'est ainsi que l'on vit tous.

— Ouais, ce n'est pas simple tout ça. Il est difficile de faire comprendre aux œufs qu'on ne fait pas d'omelettes sans casser d'œufs. Parce que cette France métissée, elle sera formidable, ouais, formidable, mais dans plusieurs siècles. Tu vois, nous sommes à la fin de l'Empire romain, quand les barbares ont envahi la Gaule...

— Tu sais que les historiens d'aujourd'hui ne veulent plus qu'on appelle cette période les grandes invasions, mais les grandes migrations. Ils prétendent que les barbares étaient en fait des immigrés présents depuis des années dans l'Empire romain, et que la fin de l'Empire n'a pas en vérité changé radicalement les choses.

— Et les massacres, les destructions, les ruines ?

— À l'époque, tu comprends, tout le monde était violent. Non, ils insistent. Rien n'a changé fondamentalement dans la vie des Romains. Les barbares ne demandaient qu'à devenir des Romains comme les autres. Attila était un philanthrope, et Alaric un immigré parfaitement intégré.

— Ils ne se rendent même pas compte qu'en disant ça ils associent encore plus immigration et invasion.

— L'antiracisme fait vraiment tout comme le communisme de jadis. Ils font avec les sciences humaines ce que Lyssenko faisait avec la biologie.

— Ils finiront par avoir raison. Parce que si tu regardes, mille ans après la chute de l'Empire romain, il y a eu la Renaissance.

— Et entre les deux, le Moyen Âge ? J'ai calculé que dans le calendrier musulman, nous sommes au XIIIᵉ siècle. En pleine croisade.

— Ce qui est sûr, c'est qu'on a cinquante ans très durs à passer. Il va falloir tenir. Cent ans même, si ça se trouve.

« ... Des dizaines de héros ont ainsi été imposés à la société musulmane. Des héros inventés par les sionistes pour aider les ennemis de l'islam. N'est-ce pas le Juif Marx qui est le père de la doctrine du matérialisme athée ? Un deuxième, Sigmund Freud, qui est derrière la doctrine de la bestialité sexuelle ? Et un troisième, Émile Durkheim, qui est le théoricien de la destruction de la famille et de la sacralité des relations sociales ? Trois Juifs, trois philosophies qui ont en commun de vouloir l'affaiblissement du lien religieux sinon la mort de Dieu... »

Le moteur de l'Audi TT cabriolet vrombissait. Simon conduisait d'une main experte son engin qu'il glissait entre les voitures entassées autour de la place de la République, en maudissant le nouveau maire de Paris, ses larges couloirs de bus, et les encombrements qu'ils provoquaient partout et à toute heure. Une pluie fine et timide tombant d'un ciel triste de novembre rendait les automobilistes parisiens pusillanimes et exaspérés. Il sourit en songeant à la blague que lui avait contée Philippe la veille, en l'accueillant à l'aéroport de Roissy-Charles-de-Gaulle, à son retour de Tel-Aviv : « Delanoë, l'homme connu dans le monde entier pour avoir inventé les embouteillages la nuit ! » Mais Simon redevint vite taciturne. Il n'avait pas le cœur à rire, et ne savait pas pourquoi. Il était en retard, ce qui lui était tout à fait inhabituel. Comme chaque mercredi de cet automne 2003, il se rendait au Queen, sur les Champs-Élysées, où l'attendaient les danseurs qui chérissaient sa manière unique de faire renaître le si sensuel R'n'B. Son set débutait à minuit. Simon consulta d'un geste nerveux sa montre : 23 h 45. Il détestait être en retard. S'il avait pu prévoir... L'intrusion soudaine d'une escouade de flics, les fouilles minutieuses, les menaces de fermeture. Tous ces cris, ces plaintes, ces émois. Il s'était rendu Aux hommes bleus de la rue de Ménilmontant pour se détendre un peu avant sa prestation au Queen ! Abderrahmane tremblait comme une feuille de menthe dans son thé. Les policiers l'accusaient de « blanchir » l'argent de la drogue ; les bras et les mains moulinant dans l'air, il plaidait son innocence avec une rare véhémence.

— C'est faux, c'est faux, sur la vie de ma mère, sur ce que j'ai de plus sacré, monsieur l'inspecteur, c'est faux, par Allah. C'est des dénonciations, ça, des menteurs, des jaloux, c'est tout, les Arabes, c'est ça, monsieur l'inspecteur, c'est la graine de jaloux, d'envieux, de mesquins, par Allah comme je vous le dis, quand y en a un qui réussit, les autres ils peuvent pas le supporter, ils lui tombent dessus pour lui mettre la tête sous l'eau, qu'ils crèvent avec eux plutôt qu'il s'en sorte, lui, comme je te dis, monsieur l'inspecteur, sur ta vie et la mienne, jamais j'ai touché à la drogue, jamais, les autres chichas, je dis pas, les autres chichas, ça je sais que ça y va, mais moi jamais, qu'Allah me tue tout de suite si je mens !

Simon n'avait pas achevé ce soir-là son narguilé. Quand les policiers le laissèrent enfin s'engouffrer dans son cabriolet, il était déjà 23 h 30. « Abderrahmane, je reviens après et je te payerai », glissa-t-il juste au patron éperdu. Philippe l'appela sur son portable ; il l'attendait devant le Queen. Il découvrit alors que sa messagerie était encore inondée de messages de Yazid, qui lui donnait rendez-vous, ce soir, devant leur immeuble de la Grange-aux-Belles. Son heure serait la sienne. Simon pesta contre l'insistance de son « copain ». Il avait compris que Yazid avait besoin d'argent. Comme d'habitude. Mais cette fois, il lui réclamait cinq mille euros. Yazid était devenu fou ! Au fil de ses messages innombrables, il lui avait relaté une histoire confuse de dette qu'il n'avait pas contractée mais qu'il devait malgré tout rembourser, d'un émir en prison mais plus pour longtemps, de sourire kabyle et de méchants Arabes, de géants noirs ensanglantés et vengeurs. Un écheveau abscons que Simon ne parvenait pas à démêler. Il avait téléphoné à Ahmed Mokhtari. Ses explications ne furent guère plus claires. Ahmed aimait bien Simon, il lui promit d'apaiser les craintes de Yazid, de le calmer, puis, un rien gêné, lui suggéra d'appeler son frère l'Émir.

— Oui, il est sorti de zonzon. Des comptes à régler graves, avec Yazid. C'est clair.

Simon n'avait pas tardé à joindre l'Émir. Au contraire d'Ahmed, Simon avait eu peu de contacts avec l'aîné des Mokhtari. Abdel se montra courtois et peu disert. Simon devina que son contentieux avec Yazid pesait lourd. Toutefois, l'Émir lui assura que c'était une affaire personnelle qui ne le concernait pas. Simon se sentit rasséréné. Il verrait Yazid, mais ne lui donnerait pas d'argent. Il tâta dans sa poche deux billets de cent euros, et songea soudain à son père qui aimait tant caresser ses pascals, dont l'élégance mélancolique le fascinait : « Qu'est-ce qu'ils sont moches à côté, ces euros ! » Philippe lui avait appris la veille que Sony leur proposait un contrat pour un nouveau disque. Comme le temps avait passé depuis ses premières *mixed tapes* pour les mariages ! Il avait désormais envie de composer des musiques, bien qu'il ne sût écrire la moindre note. Les rappeurs à la mode mettraient leurs paroles sur ses rythmes sensuels. Il touchait du doigt tous les rêves de sa vie. Il eut une pensée émue pour sa mère. Elle pourrait enfin quitter ce maudit quartier de la Grange-aux-Belles, trouver un appartement près de sa sœur, à Neuilly, oui, Neuilly, comme les riches, non, mieux, elle s'installerait à Miami, il était résident américain désormais, il avait sa carte verte, l'Amérique, maman, l'Amérique... Il avait encore reculé – mais pour la dernière fois – ce moment qu'elle attendait tant ; « il était encore un peu juste au niveau argent » ; elle n'avait pas insisté ; et puis, il venait d'installer dans sa chambre un nouveau matériel « qui lui avait coûté bonbon ».

— Par Allah, dis-moi, c'est un vrai studio ici comme en Amérique, petit frère, tu as trop de chance !

Son esprit était revenu à Yazid. À sa stupeur élogieuse, quand il découvrit la transmutation de son ancienne chambre d'enfant où trônait son poussif pick-up d'autrefois. C'était ce matin même. Yazid était nerveux, irascible. Il criait, vitupérait, menaçait. Il avait poussé la porte du deuxième étage, bousculé Simon, alpagué par sa veste de survêtement la frêle Cécile, qui était venue écouter des disques dans sa chambre. Elle ne le quittait plus, Cécile, depuis les dernières vacances d'été, se dit Simon, en appuyant encore sur la pédale de l'accélérateur de son cabriolet qui bondit comme un cheval éperonné. Il se demandait parfois ce qu'elle cherchait vraiment Cécile... Non, pas Cécile, se dit-il, rougissant, « la femme à son frère, quand même, ils parlaient de se marier, t'as pas honte, Simon... ». Yazid réclama à Cécile une gourmette qu'il lui avait confiée, affirmait-il, quelques mois plus tôt, avant qu'il ne parte de nouveau pour Maison-Blanche... Cécile travaillait chez un bijoutier depuis la rentrée. Un cousin qui n'avait pas voulu la laisser désœuvrée, après qu'elle eut quitté son poste de vendeuse chez H et M. La gourmette valait cinq mille euros, hurlait-il. Déjà, cinq mille euros, se dit Simon, en évitant un piéton qui traversait au feu vert. Cécile rétorquait qu'elle lui avait rendu la gourmette dès le surlendemain. Yazid la prit au collet, Simon s'interposa, Yazid le gifla. Mais il n'avait pas vu dans son dos un Noir costaud qui l'aplatit sur le lit.

— C'est Stan, un de mes copains rappeurs, avait dit Simon dans un gentil sourire, comme s'il s'excusait. On doit faire des chansons ensemble... C'est comme qui dirait mon garde du corps...

Simon rit, Yazid aussi. Il prit la joue de Simon entre ses doigts et les baisa en signe de tendresse.

— Je m'excuse, petit frère, par Allah, je m'excuse, je sais pas ce que j'ai, en ce moment, je suis nerveux, je suis fatigué, la vérité, c'est ramadan, ça fait quinze jours, je suis crevé la vérité, ah, ouais, je le fais, maintenant, comme je te dis, depuis que j'ai rencontré l'imam Al-Mansour, sur ta vie, petit frère, ma vie elle a changé, c'est fini les conneries, fini, bien fini, je rentre dans le droit chemin, le chemin de Dieu. Sur ta vie. Un musulman, c'est ça, petit frère, c'est quelqu'un de droit.

Il psalmodia deux incantations en arabe et ajouta :

— Elle a raison, ta sœur, la gourmette, j'ai oublié, elle me l'a rendue. Tu sais, avec tous les cachets qu'ils m'ont fourgués ces salauds à Maison-Blanche, j'ai des trous dans ma tête gros comme les obus de l'armée américaine en Irak, que Dieu les maudisse... Laisse, laisse, je connais la sortie.

Et, juste avant de quitter l'appartement, il se pencha vers Stan et lui glissa :

— Sur ta vie, ne reste pas avec les Juifs, ne mange surtout pas chez eux, ils vont te jeter un sort ! Regarde où j'en suis, moi, par Allah, écoute-moi.

« … Frère lionceau musulman ! T'es-tu un jour demandé pourquoi Dieu a maudit les Juifs dans son Livre – "ceux qui ont été impies, parmi les fils d'Israël ont été maudits par la langue de David et de Jésus, fils de Marie, et cela après qu'il les eut préférés au reste du monde. Fils d'Israël, souvenez-vous des bienfaits dont je vous ai comblés ! Je vous ai préférés au reste du monde". Mais par cette préférence, Dieu a éprouvé les fils d'Israël pour qu'apparaisse s'ils seraient impies. Et quel fut le résultat ? Ils ont fatigué Dieu par leurs mensonges. Les Juifs ont dit alors : "La main de Dieu est fermée" ; que leur propre main soit fermée et qu'ils soient maudits à cause de ces paroles. Qu'un homme mente et soit dans l'erreur, passe, mais qu'un peuple édifie sa société sur le mensonge, voilà à quoi se sont consacrés les seuls fils d'Israël ! Tels sont les Juifs, mon frère lionceau musulman, tes ennemis et les ennemis de Dieu, et telle est la vérité qu'a exprimée à leur propos Dieu… »

J'aurais dû me méfier. L'amour respecte plus qu'on ne dit les lois de la politique ; et la politique, plus qu'on ne croit, celles de l'amour. La guerre est une montée aux extrêmes, et le divorce une guerre comme une autre. Anne avait renoncé à ses accusations de pédophilie. Son avocat l'en avait convaincue. Je prenais ce geste comme un discret signe d'amitié à mon égard. J'avais tort. C'était un recul tactique, un leurre. Un piège. Le pire était à venir. Je reçus un matin une missive courtoise d'un inspecteur des impôts. Il me réclamait des papiers que j'avais égarés, me posait des questions dont je n'avais pas les réponses. Notre entrevue n'en fut pas moins aimable. Mon inspecteur appréciait mes interventions télévisées. Il se présentait comme un « vieux militant des drrrroits de l'homme. Un antirrrracissssste de toujourrrs ». Comme vous, ajouta-t-il avec une gouaille complice, chantée par cet accent du Sud-Ouest qu'ont seuls conservé les rugbymen pour la télévision après les matchs du tournoi des Cinq Nations ou les grands cuisiniers pour leurs publicités au Japon. Il portait une veste en tweed à la mode dans les années soixante-dix, un pantalon brun de velours côtelé, des chaussures Docksides aux semelles épaisses. Il avait revêtu l'uniforme des militants altermondialistes, qui fut jadis celui des communistes. Rondouillard, sympathique, il n'en restait pas moins un inspecteur des impôts. C'est ma société de production télévisuelle qui le taraudait. Il fit mine de plaisanter.

— La gestion et vous, c'est deux choses qui ne vont pas forrrrcément ensemble. Je comprrrends, allez, vous, vous êtes un arrrrtiste !

Je contenais mon agacement naissant. Je m'apprêtais à lui expliquer que « les questions d'argent » ne me rebutaient pas, que mon père m'avait initié, que je pourrais lui en remontrer, que j'avais rédigé la biographie d'un grand banquier. Je me tus et ne le regrettai point. Comme s'il était encombré d'un fardeau trop lourd, il le jeta brusquement à mes pieds. Il avait reçu une lettre. Je badinai.

— Anonyme, bien sûr.

— Avez-vous rrrreçu ma lettrrre anonyme, Majesté ?

Il rit de bon cœur. Il était faraud de m'avoir renvoyé la balle, en imitant De Funès dans *La Folie des grandeurs*. Il avait l'impression flatteuse de me donner la réplique sur un plateau de télévision. Mon sourire complice se figea rapidement. La lettre « anonyme » qu'il exhibait était signée d'Anne de La Sablière. Il avait compris que c'était ma femme ; deviné que nous étions en « instansse de divorrrce ». « L'habitude », me glissa-t-il avec le sourire contrit de celui qui connaît la médiocrité des passions humaines. La lettre était devenue dossier. Anne n'hésitait pas à y dénoncer de multiples malversations, déclarations fiscales tronquées, faux bilans, évasions sur des comptes dans des paradis fiscaux. Surtout, elle contait par le menu les multiples liquidations des sociétés qui avaient produit ses émissions, grevées de dettes – dont le fisc n'était pas l'unique créancier – jamais honorées.

— Ça vous obligeuh à changer de nom de sssociété à chaqueuh fois ! Il faueeuh bien de l'imagination !

Son ironie ne m'amusait plus ; son accent de paysan matois m'exaspérait. Il ajouta :

— J'avoue que je ne me doutais pas qu'un militant des drrrroits de l'hommeuh comme vous, ççça pouvait brasssser autant d'arrrgent !

— Je vous dispense de vos réflexions moralisatrices. On n'est ici ni sur le plateau de Fogiel ni à un forum d'Attac !

— Non, mais devant un trrribunallle, vous expliquerrrrez pourrrrquoi avec toutes vos failliteeeeuhs, vous n'avez jamais été interrrrdit de gérrrrer. Ils étaient bien coulants vos liquidateurrrrs judiciairrrres. C'est vrrrrai que vous ne manquez pas de protecsssions. J'ai trrrrrouvé dans le dossier le nom du ministre Pierrrrrre Gasssparrre. Il avait des parrreuhs dans vos ssssociétés. Il a l'honneurrr d'être nommé par votreuh femme. Mais ne vous inquiétez pas, je crrrrrois que votre femme a aussi transssssmis sa lettre anonyme au parquet. Ah, l'amourrrr !

Je me mordis les lèvres. On n'humilie pas en vain un inspecteur des impôts. Je sortis de son bureau penaud, hébété sous le coup. Je ne comprenais pas la virulence d'Anne. Une telle bouffée de haine me sidérait. Je la jugeais irrationnelle et excessive. J'ai toujours cru à tort que les êtes humains étaient des êtres de raison et non d'abord de passion. Je pensais que le risque évident de se retrouver accusée la détournerait de ses intentions revanchardes. Je ne vis donc rien venir. Elle argua qu'elle avait été manipulée. Elle avait volé par amour. Elle plaida l'escroquerie passionnelle. Elle décrivit avec complaisance en Gaspard et moi un couple de malhonnêtes cyniques. Le politique véreux et l'intellectuel médiatique cupide. Ce délectable tableau d'époque ravit les obscurs fonctionnaires de la police, des impôts et de la justice, qui reçurent avec délectation son larmoyant témoignage. Elle se dépeignait en oie blanche d'aujourd'hui, fâchée non avec le sexe mais avec l'argent. Ses yeux s'étaient enfin dessillés. Elle avoua des remords tardifs. Elle joua sur les deux tableaux avec un rare talent. Femme forte et fragile, femme libre et victime. Femme moderne, comme on dit dans *ELLE*.

« ... Ils n'ont jamais cessé de comploter contre leur principal ennemi, les musulmans. Dans l'un de leurs livres, ils disent : "Nous les Juifs, nous sommes les maîtres du monde, ses corrupteurs, ceux qui fomentent les séditions, ses bourreaux !" Ils ne t'aiment pas, toi lionceau musulman, toi qui révères Dieu, l'islam et le prophète Mahomet...

« ... Lionceau musulman, anéantis l'existence de ceux qui veulent assujettir l'humanité entière pour qu'elle serve leurs desseins sataniques... »

Yazid monta chez lui par l'escalier. Il se précipita vers la cuisine, bouscula sa mère sans ménagement, fouilla dans le tiroir des couverts, se saisit d'une fourchette et d'un couteau. Aïcha, le cheveu en bataille sur un front en sueur, s'affairait à la préparation du repas quotidien de la fin du ramadan. Elle lui attrapa un poignet avec vigueur ; surpris, Yazid lâcha le couteau.

— Par Allah, qu'est-ce tu vas faire encore comme bêtise ?

Yazid bafouilla quelques borborygmes, mais Aïcha ne lâcha pas prise.

— C'est ramadan, mon fils, on se bat pas à ramadan, c'est *h'ram*, y te l'a pas appris ton Al-Mansour ?

À ce nom, pour lui sacré entre tous, Yazid se figea.

— Laisse, maman, l'imam m'a dit qu'Allah guidera mes pas, qu'il me parlera, que j'obéis à ses ordres, comme Ibrahim quand il lui a dit de sacrifier Ismaël... T'inquiète pas, je veux seulement lui donner une bonne *trerah*, à ce Juif, une *trerah*, oui, une raclée, quoi, tu sais plus parler la langue du bled ou quoi ? Je prononce comme je prononce... oui, oui, c'est Al-Mansour qui me donne des cours, il est marocain comme nous, pourquoi ? Si je comptais sur papa pour apprendre la langue sacrée de notre prophète, un esclave des Français, voilà ce qu'il a été ton mari toute sa vie, un esclave des Français, des croisés et des Juifs, moi, faut pas compter sur moi. T'inquiète, t'inquiète, maman, je sais que c'est ramadan. Une *trerah*, rien qu'une petite *trerah*, pour ce Juif... Tu vas pas défendre les Juifs toi aussi, maman, tu vas pas t'y mettre toi aussi quand même !

Après que son fils eut quitté la cuisine, Aïcha affolée s'empara de tous ses gros couteaux de cuisine et les dissimula sous l'évier. Yazid se rendit compte qu'il n'avait plus qu'une fourchette dans la main. Il la rangea dans la poche arrière de son pantalon. Il descendit d'un étage, frappa à la porte. Maman Fouad lui ouvrit, les mains pleines de farine. Elle l'accueillit d'un large sourire.

— Entre, mon fils, entre. Qu'est-ce que tu veux ? Une couteau pour couper la viande ? Ah, c'est pour ta mère ? Elle aussi, il bouge pas de la cuisine, hein ? Ce ramadan, la vérité, c'est épuisant. C'est trop long aussi. Mon mari il dit que c'était bon dans le désert parce que les Bédouins ils travaillaient pas, mais qu'en France, il devrait réduire la durée, faire qu'un jour de jeûne, tu sais, comme les Juifs ils font avec leur Kippour, c'est mieux quand même un jour, et c'est fini, on retourne travailler. Tu trouves pas, Yazid ?

— Les Juifs, c'est des chiens qui ont trahi la promesse que Dieu avait faite à Moïse et qu'ils veulent que les musulmans trahissent aussi Mohamed.

— C'est Mohamed qui dit ça ? Je crois que tu as mal lu le Coran, mon fils ! Depuis quand que tu sais lire l'arabe toi d'abord ? Tu sais même pas lire le français, âne que tu es !

Yazid sortit à la hâte. Le grand couteau affilé de Maman Fouad rejoignit dans sa poche arrière la fourchette d'Aïcha. Il monta au second étage, mais découvrit que Simon était parti dans son magnifique cabriolet, la délicate blonde en survêtement rouge avec lui. « La salope, je suis sûr qu'elle lui fait une pipe, dans sa voiture, se dit-il. Ça les gêne pas qu'elle soit presque mariée avec son frère, par Allah ces Juifs, ils respectent rien ! » Il imagina un instant le mouvement d'oscillation de la fille penchée vers la bite qu'elle avait prise dans sa bouche. Il aimait les blondes, leurs cheveux soyeux, leur peau douce et pâle, leurs manières raffinées. Il y a de moins en moins de blondes, songea-t-il, des vraies blondes, pas des « taspés teintes en blondes, non des vraies, des vraies Françaises, quoi ! ». Oui, il les aimait, les blondes. Mais les blondes, elles, ne l'aimaient pas. « Les salopes de Françaises, elles préfèrent les Juifs, parce qu'ils ont le pognon. Ou les Noirs, parce qu'ils ont des gros zobs ! » Il sentit un début d'érection entre ses jambes. Il rougit. « Un jour de ramadan, c'est péché. *H'ram !* Que soient maudits les Juifs et leurs femmes blondes ! » Il songea alors à Sabrina. Une jeune Tunisienne qu'il avait rencontrée à Maison-Blanche, où elle visitait son père. Elle baladait celui-ci sur sa chaise roulante. Un sacré tempérament, Sabrina. Grâce à elle, il avait réussi à rompre « son isolement » au nez et à la barbe des infirmiers. Elle ne refusait jamais une petite pipe dans les toilettes de l'hôpital, dès que son père s'endormait. Sa bouche était douce « comme du miel ». Mais elle le repoussait avec obstination quand il souhaitait aller plus loin. Elle voulait arriver vierge au mariage. Elle l'avait promis à son père. Yazid ne pouvait pas lui donner tort, c'était écrit dans le Coran. Elle avait accepté d'être prise par-derrière. C'était douloureux, mais permis. Le prophète n'avait-il pas dit : « Vos femmes sont pour vous des champs de labour ; allez à votre champ comme vous le voudrez. » Yazid décida de la ramener chez lui. Il lui téléphona. Il était trop excité. « Une petite pipe seulement, c'est pas *h'ram !* Une toute petite pipe. » Il attendrait la tombée de la nuit...

— À quelle heure la nuit elle tombe en hiver ?

« ... Laissez-moi vous dire qui sont les Juifs. Les Juifs ont menti au créateur et plus fréquemment à Ses créatures. Ils ont assassiné les Prophètes et violé la parole donnée à Dieu : chaque fois qu'ils concluent un pacte, ils le bafouent aussitôt. La plupart d'entre eux sont des incroyants. Tels sont les Juifs : des usuriers et des marchands de prostituées. Leur religion les incite à croire que les êtres humains sont leurs esclaves désignés et qu'ils ont un droit de vie ou de mort sur eux : ils vont même jusqu'à proférer des mensonges contre Allah... Rien ne dissuadera les fils de Sion, que notre Dieu a décrits comme les descendants des singes et des porcs, si ce n'est un véritable Holocauste qui les exterminera tous d'un seul coup, en même temps que les traîtres, les collaborateurs, la racaille de l'Oumma... »

Il buvait toujours trop. Chaque soir, c'était la même rengaine. À la sortie du ramadan, il se précipitait sur la bouteille d'eau et la vidait. Après, il se contentait de picorer. Son père le tançait, l'air furibond :

— *H'ram*, âne que tu es, cent fois je t'ai dit de pas boire comme ça ! Un chameau comme toi, pourtant, ça devrait savoir ça !

Sa mère prenait un air éploré.

— Tout ce que t'aimes je t'ai fait, mon fils, *h'ram*, c'est péché, mon fils, *h'ram* sur ta vie, toute la journée j'ai passé dans la cuisine.

Yazid arborait une mine contrite. Il avait conscience de se punir lui-même, de se priver de ses plats préférés, mais il ne pouvait résister, il buvait, buvait, s'emplissait d'eau comme une outre pleine à craquer. Sabrina lui caressa distraitement la main, qu'il retira comme si un moustique l'avait piqué. Yazid lui jeta un œil noir. « Devant mon père et ma mère, ça ne se fait pas, quand même, semblait-il lui hurler, un peu de respect, quand même, ah ces Tunisiennes, elles respectent rien, c'est des *karbah*, on dirait des Françaises, leurs hommes c'est des femmelettes, sur ma vie, ils les tiennent pas, c'est pas comme chez nous au Maroc, où les filles elles sont respectueuses… » Mais le regard de Yazid tomba sur la bouche de Sabrina, profonde et attirante, sur ses lèvres épaisses, pulpeuses, couleur sang, toujours entrouvertes, et sa colère tomba incontinent, remplacée par une excitation irrépressible et, concomitant, un sentiment renforcé de honte. Il rougit et, pour distraire l'attention, s'empiffra de plusieurs poivrons rouges pimentés et d'un gros quignon de pain pour apaiser le feu qui le brûlait.

Sa sœur Myriam lui jeta un clin d'œil complice ; les deux filles se sourirent discrètement. Depuis son récent retour en grâce, la sœur de Yazid semblait compter au trébuchet chacune de ses paroles, jusqu'à ses sourires. Ce n'était pas seulement prudence ; une mélancolie tenace, un vague à l'âme, une envie de mourir la tenaillaient désormais, l'oppressaient. Elle avait quitté l'école, n'avait plus revu sa prof de français, n'avait pas retrouvé ses Balzac et Stendhal en Folio, et surtout sa *Saison en enfer*, qu'elle avait perdu le soir maudit… Elle ne lisait plus, n'en éprouvait plus l'envie ; c'était la marque d'une époque révolue, d'une folle jeunesse imprudente ; elle était rentrée dans le rang, elle marchait les yeux baissés ; elle accompagnait sa mère pour ses « ménages » dans une tour à la Défense ; elle ne souhaitait plus ni étudier ni travailler ; elle avait fermé son horizon ; elle espérait seulement que son père l'autoriserait un jour à épouser un « gentil garçon » qui l'accepterait malgré ses souillures. Pourquoi pas ce Mourad qui se goinfrait à côté d'elle, parlait fort, s'esclaffait d'un rire gras ? N'avait-elle pas senti sa main poilue fureter sur sa cuisse tout à l'heure, ou avait-elle encore été le jouet de son imagination perverse ? Mourad, c'était un de ses deux demi-frères, mais qu'importe, un cousin ou un demi-frère, quelle différence ? Il était venu en vacances du Maroc, avec l'intention avouée de trouver une femme et des papiers français. Pourquoi pas elle ? Il l'honorerait, songea Myriam.

Yazid aimait à rire avec Mourad. Leur complicité ne s'était pas altérée depuis leur prime enfance. Dès que l'autre avait débarqué à l'aéroport, Yazid lui avait conté ses soucis, ses pressants besoins d'argent, les menaces du clan Mokhtari. Mourad l'avait encouragé à « tondre le petit Juif, il est blindé, c'est clair, tu as vu sa gauve, par Allah, une Audi TT spider ? ». Mourad était à ses côtés lorsque Yazid harcelait Simon au téléphone. « Le Juif il paiera, t'inquiète », lui répétait-il comme une litanie. Avec lui, Yazid se sentait fort, déterminé. Il n'avait pas le choix. La réputation de brutalité des Mokhtari avait dépassé depuis long-temps leur immeuble. Yazid n'avait pas envie de « dérouiller. » Il avait surtout besoin de « travailler. » Il était prêt à repartir à la base, confectionner ses petites barrettes. Comme jadis. Humblement. Il connaissait depuis sa mise à l'écart l'irrépressible nostalgie de la bande, qui tient chaud et décide à sa place, qui prend en charge et à l'intérieur de laquelle on s'oublie. Le dîner tirait à sa fin. Il se leva, baisa la main de son père, embrassa les joues de sa mère et de sa sœur, salua Mourad avec désinvolture, fit signe à Sabrina de le suivre. Son désir pour elle n'avait pas faibli, au contraire. Dès qu'il claqua la porte derrière lui, il la pressa contre son torse puissant, croquant ses lèvres tentatrices. Il lui murmura, de crainte d'être entendu de sa famille :

— Viens, on va aller chez les Middour, c'est un vrai bordel là-bas, tout le monde il baise avec tout le monde.

Et, devant sa surprise non feinte, il ajouta :

— Les Noirs la vérité ils sont pas comme nous, ils connaissent pas le respect. C'est pour ça qu'Allah il les a condamnés à être les esclaves des Arabes ! Sur ta vie, c'est Al-Mansour qui me l'a dit.

« ... Ô croyants, ne prenez pas pour amis les Juifs et les chrétiens. Ils sont amis les uns des autres. Celui qui les prendra comme amis finira par leur ressembler et Dieu ne sera point le guide des pervers...

« ... Combattez-les jusqu'à ce que vous n'ayez point à craindre la tentation et que tout culte soit celui du Dieu unique. S'ils mettent un terme à leurs actions, plus d'hostilité. Les hostilités ne seront dirigées que contre les impies... »

Il était minuit passé. Simon fit crisser les roues de son auto devant le parking de la rue Louis-Blanc. Il était en retard. Philippe l'avait encore appelé ; au Queen, on s'impatientait. « Dans les boîtes désormais, lui avait expliqué un jour Philippe, c'est le DJ qui fait le succès d'un endroit ; sinon, les gens ils ne viennent plus en boîte, on n'est plus au temps des années quatre-vingt quand le patron du Palace faisait la pluie et le beau temps, les gens maintenant ils préfèrent les bars ou se faire une petite soirée entre amis. C'est ta chance, mon petit Simon… » Stan, inquiet de son retard inhabituel, était venu le quérir à son domicile. Il attendait sagement en bas de l'immeuble. Il pencha son grand corps massif vers la voiture qui s'immobilisait, s'accrochant à la vitre électrique que Simon faisait descendre lentement. Tous deux aperçurent Yazid qui s'approchait. Il était seul. Stan le taquina.

— Eh ben alors, t'es pas avec tes tepos les Mokhtari et leur bande.

Yazid esquissa un sourire grimaçant. Simon renchérit.

— Ben oui, c'est vrai, quoi, d'hab, ils sont toujours devant l'immeuble à fumer des oinjs. Y a une rupture de stock ce soir ? Au fait, Yazid, j'ai eu les Mokhtari au téléphone, tu les as pas vus ? Ils m'ont dit qu'ils voulaient te parler. »

Yazid maugréa une vague approbation. Il n'avait pas envie de raconter son entretien avec l'Émir et Ahmed. Que lui aurait-il confié ? Il avait raccompagné Sabrina à Aulnay. Il ne la laissait jamais prendre les transports en commun une fois la nuit tombée. « Trop de caillera », laissait-il tomber d'un ton qui ne souffrait pas la discussion. Sabrina était heureuse de se lover encore contre lui quelques minutes. Tout en tenant son volant d'une main désinvolte, et fumant un joint de l'autre, Yazid la regardait avec reconnaissance.

— Tu m'as vidé les couilles grave. Tu es une vraie reine de la pepi. Allah t'a donné une bouche de suceuse et un cul de lopesa, sur ma vie !

Sabrina esquissa un sourire à la fois humble et fier de celle qui connaît le prix des choses, et le plaisir qu'elle donne. Yazid l'avait déposée au coin de sa rue. Personne ne devait rien deviner de leur liaison. Il rentra rapidement vers Paris. Il avait reçu un appel d'Ahmed Mokhtari qui lui annonçait que son frère « lui ferait l'honneur de lui parler ». L'Émir avait été courtois mais ferme. Il n'avait ni oublié ni pardonné ; en dépit des dénégations renouvelées de Yazid, il persistait à le voir comme « une balance ». Mais il acceptait de « passer l'éponge ». Pour le bien de tous. Il arborait un air de souverain hautain qu'il avait beaucoup travaillé devant son écran plat. Depuis sa sortie de prison, il extirpait à tout moment de sa poche une grande feuille froissée, sur laquelle s'étalait un planisphère, où tel un conquérant impérieux il avait relié d'un large trait bleu le Maroc à la Colombie, sans oublier l'Afghanistan ; l'avait prolongé jusqu'aux territoires de consommation américains et européens ; et avait entouré d'un point rouge les contrées d'où venaient ces menaçants et féroces rivaux, Albanie, Turquie, Nigeria. Il insultait son frère qui ne comprenait rien à ses explications géostratégiques : il ne savait même pas situer la France sur la carte ! Ahmed enveloppait l'Émir d'un regard d'admiration mouillée. Malgré lui, Yazid baissa les yeux, et ne les releva pas lorsqu'Abdel Mokhtari lui réclama de nouveau ses cinq mille euros.

— T'as qu'à demander à ton copain le petit Juif. Il est blindé celui-là. Il paraît qu'il a une gauve grave !

Il était près de 22 heures. Le vent soufflait fort et s'engouffrait dans les capuches de survêtements. Ils s'abritèrent sous l'auvent de la boutique de surgelés Picard, au coin de la rue Louis-Blanc. Tous les membres de la bande vinrent les rejoindre, une façon de marquer symboliquement la réintégration de Yazid. Celui-ci comprit. Il savait le prix à payer. Les décisions avaient été prises, les sentences prononcées, ne restait qu'à les exécuter. Voilà pourquoi Yazid n'avait nulle envie de conter par le menu sa rencontre avec l'Émir. Pas envie de s'humilier devant « son petit frère ». Pas envie d'avouer sa faiblesse devant « le Juif ». Pas envie d'alerter Simon. Pas envie. Pas le temps non plus. Simon était pressé. Il le lui dit, alors qu'il l'invitait à le rejoindre dans sa voiture.

Pierre Gaspard réagit sans se démonter, avec méthode et efficacité. Il me donna le numéro du téléphone portable de son collègue du budget. Je m'étonnai.

— Mais tu le croises chaque mercredi au Conseil des ministres !

— Justement. Pour lui, je suis au mieux un collègue, au pis un rival. Il n'a aucun intérêt à me rendre service, et à risquer de se mettre à dos les syndicats si son type en fait partie. En plus, il se prendra aussitôt un écho dans *Le Canard enchaîné*, les syndicats de fonctionnaires sont des spécialistes. Tu imagines le titre : petits arrangements entre amis. Et la reprise sur France Info, toutes les demi-heures en boucle. Non, à sa place, je ne lèverais pas le petit doigt. En revanche, toi, tu es une vedette de la télé. À la limite, il a intérêt à se montrer avec toi. C'est bon pour son image. Il n'est pas obligé de dévoiler les motifs de votre rencontre. Et je suis sûr que ton inspecteur des impôts zélé ne rêve que de retrouver sa terre natale dans le Sud-Ouest !

— Reste le liquidateur judiciaire, qui cette fois, asticoté par le tribunal, veut faire son boulot. On va se prendre dix ans d'interdiction de gérer, sans compter les amendes. Comblement de passif, qu'ils appellent ça, je me suis renseigné. Il paraît que je devrais même rendre ma rosette ! Et je ne te dis pas les papiers dans la presse télé. Pire que tout. Ah, les assassins ! Vingt ans de boulot qui vont partir en fumée ! Tout ça parce que je n'avais plus envie de baiser madame !

— C'est la vraie inégalité entre les hommes et les femmes dont on ne parle jamais. La femme a le droit d'avoir des migraines à répétition. L'homme, jamais.

— Tu sais que le Talmud était allé jusqu'à codifier le nombre de fois où l'homme avait le droit de refuser à sa femme, et vice versa. Évidemment, la femme avait la possibilité de se détourner un grand nombre de fois, l'homme, très peu.

— Ces mecs quand même, les talmudistes, ils avaient l'ambition de fourrer leur nez partout jusque dans la chambre à coucher. De la graine de régime totalitaire.

— Seulement contenu par l'élitisme farouche, le refus de l'universalisme convertisseur et le goût de la disputation. Je ne veux pas reprendre notre conversation de l'autre soir au Raphaël, mais c'est ça qui manque à l'islam qui sinon, Rachida avait raison sur ce point, est un judaïsme pour les masses.

— Comme le catholicisme !

— Pas exactement. Le catholicisme accomplit une transgression inouïe avec l'idée d'incarnation et de fils de Dieu. Et l'incroyable subversion de la Loi par l'Amour. Une folie d'extrême gauche. L'islam est un retour à l'orthodoxie juive. Un coup de barre à droite. Mais qui n'a pas gardé les contre-pouvoirs au dogmatisme juif. Mais ça nous éloigne de notre liquidateur !

— Pas tant que ça. En t'écoutant, j'ai pensé à Maurras.

— Je ne vois pas le rapport.

— Moi si. Question de culture familiale. Ton liquidateur judiciaire, il appartient forcément à une loge ?

— Sinon il crèverait de faim. Le hasard du tribunal fait toujours bien les choses pour nos frères la grattouille, comme les appelait Mitterrand.

— Eh bien, il suffit de savoir dans quelle loge il grenouille et l'affaire est faite !

— Reste le juge. Pas ceux du tribunal de commerce, bien sûr, le vrai juge. Au pénal.

— C'est le morceau le plus coriace. Mais je la connais, la Marie-Hélène Dulambert, elle se prend pour une justicière. Elle est persuadée que le monde est pourri parce que les hommes le dirigent. Et que le temps des femmes est venu pour que la terre soit purifiée. Elle va adorer l'histoire telle que va la lui raconter ta chère Anne. Mais ne t'inquiète pas, j'ai l'avocat qu'il faut. Maître Leroy, grand spécialiste en pinaillages juridiques et enculages de mouche, en annulations pour vices de forme et en guérilla judiciaire. Tu vois, la Marie-Hélène Dulambert, elle se prend pour Jeanne d'Arc, mais elle a un peu tendance à oublier que la justice ce n'est pas de la morale, mais d'abord du droit. La morale est faite par maman aux petits enfants pervers polymorphes que nous sommes tous à ses yeux, mais le droit, ce sont des procédures, des textes, des délais, et ça, ce n'est pas son truc à la grosse Dulambert !

— Tu es mon sauveur. Quand je pense que je m'apprêtais à t'emmerder avec mes états d'âme à propos des Sitruk ! Tu sais, j'ai honte de moi, mais je trouve qu'on se comporte mal avec ces gens. Après tout, ils ont le droit de savoir. Et ils ont le droit d'exiger que le criminel paye.

— Mais ne t'inquiète pas, il payera un jour. Ce jour n'est pas venu, c'est tout.

— Il aura un non-lieu. Les psychiatres vont le décrire comme irresponsable, « jugement aboli », c'est ça l'expression consacrée, n'est-ce pas ? Et dans deux ans, trois au maximum, il sort de son asile de fous et il revient à la Grange-aux-Belles !

— Toi qui es un mec de gauche, tu devrais être content que les circonstances donnent une seconde chance à un criminel.

— Tu as mis le doigt dessus. Qu'est-ce que la gauche aujourd'hui ? Suis-je encore de gauche ? Mon progressisme n'a-t-il pas été le paravent commode à l'abri duquel j'ai pu faire fortune ?

— Qu'as-tu fait de ta jeunesse, toi que voilà pleurant sans cesse...

— Tu peux rigoler. Je me sens responsable de la mort de ce petit. Et de tant d'autres qui risquent de venir.

— Et cette fois-ci, tu ne seras pas là pour les étouffer médiatiquement !

— Tu sais je n'ai rien fait d'extraordinaire. Tout le système politique, judiciaire et médiatique s'est spontanément mis à mon service. Je n'ai rien eu à demander, encore moins à exiger ou menacer ; je n'ai eu qu'à surveiller que chacun faisait ce que tout le monde désirait. Comme si l'autruche médiatique préférait se mettre la tête sous le sable. Encore une minute, monsieur le bourreau ! Même le journaliste israélien a fini par rentrer au pays. Dégoûté.

— Excellent ! Excellent !

— Je vois venir des orages terribles. Mais si je les annonce, on m'accusera de les provoquer. Je le sais, j'ai fait subir ça aux autres pendant des années.

— Tu te souviens de ce que tu m'avais dit sur le lumpenprolétariat et l'antisémitisme...

— C'était des conneries. J'étais furieux parce que la France avait encore perdu au foot.

— Non...

— Des conneries, je te dis, laisse... Dois-je dire la vérité ? Après tout, c'est comme ça que je concevais mon rôle d'intellectuel, quand écrire un livre avait encore un sens. Mais je crois que j'ai trop menti pour pouvoir avoir encore la prétention de caresser la vérité, même de loin. Je ne le mérite même plus.

— Ne t'y risque surtout pas, malheureux ! Puisque tu aimes tant les citations, tu connais le mot de Chamfort : « En France, on laisse en repos ceux qui mettent le feu, mais on persécute ceux qui sonnent le tocsin. »

— Tu es cruel.

— Tu sais ce que disait mon père : un Juif riche est un riche, un Juif pauvre est un juif. Toi, si ça tourne mal, tu pourras toujours aller à New York, où tu philosopheras sur l'idéologie française.

— Tu te venges de mes insultes de jadis, maurrassien, collabo, tu as raison, allez, profite, je baisse la garde. Venge-toi, ça ne durera pas.

— Tu n'es plus une belle âme, mais il te reste de beaux états d'âme. Non, allez, j'arrête de charrier. Tiens, pour te prouver mon amitié, je dîne avec Nicolas ce soir, tu veux venir avec nous ?

— Je croyais que t'étais chiraquien ? Les rats quittent le navire.

— C'est l'heure de la relève. Chirac aura soixante-quinze ans en 2007. Il sera ravi de te voir, Nicolas. On a toujours besoin de gars intelligents avec nous. On en manque cruellement à droite.

— Tu sais, c'est une vieille histoire. Bismarck déjà en son temps avait proposé à Karl Marx de travailler pour lui.

— Tu raconteras ça à Nicolas. Il sera ravi que tu le compares à Bismarck !

J'arrivais en retard. Abdou s'était perdu en chemin. Il tourna plusieurs fois autour du vaste terre-plein que surmontait l'échangeur du périphérique, sans dénicher la voie qui conduisait au cimetière de Pantin. Il se rendait pourtant les yeux fermés à Montparnasse ou au Père-Lachaise. Nous perdîmes encore du temps dans les allées désertes et toutes identiques. Nous parvînmes cependant à dénicher le carré israélite. Abdou gara ma Jaguar bleue dans une des allées derrière une BMW rouge. Une impressionnante cohorte de gens silencieux, la tête basse, défilait sagement, l'un derrière l'autre. Chacun jetait une petite poignée de terre, que lui avait glissée un bedeau d'un geste machinal, dans le trou encore vide. Le ciel était morne et bas, les nuages gris se serraient les uns contre les autres comme pour se consoler ; le vent hurlait fort son désespoir. Nous tenions d'une main les petites calottes sur nos têtes afin de ne pas les perdre. Les arbres agitaient leurs branchages nus, comme s'ils avaient froid. Leurs feuilles jaunies jonchaient le sol autour des tombes. Je n'avais pas l'habitude de me retrouver en queue de cortège. Je jouai des coudes pour gagner quelques places. Au hasard, je reconnus un producteur de musique que j'avais côtoyé au temps de notre jeunesse militante ; un animateur de télévision qui ne manquait jamais de m'inviter, même quand je n'avais pas de livre « en promo » ; « il faut soigner ton bruit médiatique », me disait-il, goguenard, en me donnant une claque dans le dos ; des dirigeants du CRIF, mines graves de circonstances, qui serraient des mains. Patrick Bruel. La seule face noire, celle de Stan, me parut incongrue ; et je compris alors la gêne qui m'étreignait depuis mon arrivée : la foule nombreuse se composait des clients habituels des manifestations contre « le racisme et l'antisémitisme » ; je ne savais pas comment ils avaient été avertis ; je croyais entendre des slogans houspillant « le fascisme » ; mais nous n'étions pas entre Bastille et Nation ; il n'y avait pas de banderoles ni de mots d'ordre ; il n'y avait que des Juifs dans l'assistance.

Nous nous jetions des regards pleins d'angoisse sans oser nous avouer à quel point cette solitude nous effrayait. Devant nous, au premier rang, la famille, fort éloignée de nos considérations politiques, se soutenait comme elle pouvait. Monique, petite chose que la souffrance avait rendue informe, défigurée par la douleur, s'accrochait aux bras de Serge et Yohann. On ne l'avait pas autorisée à voir son fils une dernière fois, de crainte que l'horreur des sévices qu'avait subis le visage de Simon ne troublât définitivement sa raison. À la voir s'affaisser brusquement dès que l'attention de Serge ou de Yohann faiblissait, et à l'entendre hurler des phrases absconses entrecoupées de silences plus bruyants encore, cette précaution paraissait vaine. Sur le cercueil qu'on venait de plonger dans la tombe, Philippe déposa avec soin la table de mixage. Il demeura ainsi un long moment, agenouillé, silencieux, des larmes glissant sur sa face blafarde. Il ressemblait de plus en plus à l'ami chinois de Tintin dans *Le Lotus bleu*, toujours fidèle et loyal, mais empli d'un désespoir indicible, insurmontable. Plus tard, il me confierait :

— Je vais arrêter la musique. Je ne managerai plus personne. Ce ne sera jamais comme avec Simon. Une rencontre comme ça, c'est unique dans une vie.

Le rabbin réunit ses ouailles, qui se mirent en cercles concentriques autour de lui. Au milieu d'une des allées, il entama un sermon improvisé, dont le vent emportait un mot sur deux. Les plus proches de lui l'écoutaient en silence ; au fur et à mesure qu'on s'éloignait des premiers rangs, des bribes de conversations particulières s'ébauchaient. Je n'étais pas très attentif à l'éloge convenu de la victime. Je captai pourtant une sentence que l'orateur avait tirée du Talmud : « Celui qui fait preuve de miséricorde envers le cruel se conduira bientôt avec cruauté avec le miséricordieux. »

Je tardai à en saisir le sens ; mais finis par me sentir visé. Comme d'habitude, aurait brocardé Clotilde, ton narcissisme nourrit ta paranoïa. Je traduisis ainsi l'ellipse talmudique : vous avez été laxiste au nom d'un humanisme dévoyé ; vous avez fait l'éloge du multiculturalisme, du métissage, du dialogue des civilisations, vous avez paradé sur les plateaux de télévision, puis vous êtes retournés dans vos ghettos dorés et protégés, tandis que ceux qui étaient condamnés à vivre ensemble, ou plutôt côte à côte, enfermés dans leurs identités séculaires, s'étripaient, s'entre-égorgeaient. Des innocents payaient le prix du sang à votre place. Regardez vos mains. Je me prenais désormais pour Lady Macbeth. Clotilde n'avait pas tort : mon cas s'aggravait.

Heureusement, le rabbin acheva son prêche. Il récita la prière des morts. Je répétai avec toute l'assemblée l'émouvante litanie en araméen, une des plus anciennes langues de l'humanité. Vint le moment de présenter nos condoléances. Jamais cette cérémonie ne m'apparut plus superflue. Monique ne serrait aucune main, on s'emparait d'une main molle, dénervée, puis on la lui rendait, sans qu'elle s'en rendît compte. Si on tendait l'oreille, on l'entendait murmurer :

— Qu'est-ce que je t'ai fait, mon Dieu ? Pourquoi moi ? Après mon mari, mon fils. Qu'est-ce que je t'ai fait ?

Elle était en transe. Moi aussi ; mais c'était le vent qui glaçait mes os. Yohann et Serge abrégèrent la cérémonie, et déposèrent Monique sur le siège arrière d'une voiture. Je m'attardai un instant avec les deux garçons. On les sentait fiers de converser avec « quelqu'un de connu à la télé ». Yohann me révéla qu'il partait s'installer à Miami. Il se lançait dans l'immobilier. Il connaissait déjà sa cible privilégiée : les Juifs français qui désiraient « investir » en Amérique. Sur le ton de la confidence, il me confia :

— Mon père m'a dit que la mort de ce pauvre Simon lui rappelait celle de Raymond à Constantine, un musicien aussi. Vous connaissiez, vous, Raymond Leiris ? Il paraît que c'était le roi de la musique judéo-andalouse. Mon père m'a dit qu'il a été le maître d'Enrico Macias. Les Arabes les plus fortunés le prenaient pour animer leurs fêtes. Eh bien, quand le FLN a voulu montrer aux Juifs d'Algérie qu'ils devaient quitter le pays, la valise ou le cercueil, tout ça, ils ont canardé le cheikh Raymond, comme ils l'appelaient. Une rafale de mitraillette en plein jour, dans la grande rue de Constantine !

Selon son habitude, Serge opinait aux propos de son cousin. Pour une fois, il crut bon d'ajouter :

— Moi, je prépare mon Alya en Israël. La France, c'est plus un pays pour nous les Juifs. Les Arabes, ils vont prendre le pouvoir ici. Vous vous rendez compte, même la fille à Chirac elle attend un enfant d'un Arabe ! un judoka à ce qu'il paraît !

Je restai éberlué devant cette rumeur ; je n'en crus pas un mot ; Pierre Gaspard me l'aurait dit ; mais elle révélait un tel désespoir que je préférais ne pas épiloguer. Je répondis, goguenard :

— Les Israéliens, ils ne sont pas très bons en foot.

— Les Français ils ne sont pas bons non plus, mais ils mettent plein de Noirs dans l'équipe. C'est pas vraiment une équipe française.

— Comme les Israéliens au basket, lui glissa, sarcastique, Yohann.

Je pris des nouvelles de la Grange-aux-Belles. Yohann m'expliqua dans un sourire amer que les services administratifs des HLM avaient proposé aux Chadli de déménager pour la rue de Tanger ; mais qu'Aïcha s'était écriée :

— Pas question d'aller là-bas ! Y a trop d'Arabes !

— Et alors, Monique croise les Chadli tous les jours quand elle va acheter sa baguette à la boulangerie du coin ?

— C'est clair.

Je ne parvenais plus à démêler la part de vérité et de rancœur dans les confidences de mes jeunes interlocuteurs. Yohann me conta également que le frère cadet de Yazid « avait repris les affaires » de son aîné. Il n'avait que quatorze ans, mais les Mokhtari lui avaient confié cette part de « business de shit » familial, à la demande de l'émir Al-Mansour. Il me décrivit un quartier tenaillé par la peur, hanté par le retour de Yazid qui, depuis son crime, était devenu une sorte de mythe, mi-homme, mi-monstre, une « légende urbaine », disait Serge.

Avant de me quitter, Yohann me glissa :

— Vous savez ce que m'a dit Maman Fouad ? « Monique il est trop gentil. Chez moi, au Maroc, Yazid, on le tue. Sur ta vie, justice ou pas justice, fou ou pas fou. Tu m'as pris un fils, je te prends un fils ! C'est la loi de la vie ! »

Abdou mit un long moment à trouver la sortie du cimetière de Pantin. Pendant que la Jaguar tournait en rond dans les allées, je téléphonais à Clotilde. Dès qu'elle décrocha, je lui dis, d'un ton sentencieux :

— Celui qui fait preuve de miséricorde envers le cruel se conduira bientôt avec cruauté avec le miséricordieux.

Un long silence, que j'imaginai éberlué, suivit ma tirade. Puis j'entendis Clotilde me lancer au milieu d'un éclat de rire :

— Ton cas s'aggrave.

Je l'aurais parié.

8939

Composition
NORD COMPO

Achevé d'imprimer en Espagne
par ROSES
le 16 mars 2009.

Dépôt légal mars 2009.
EAN 9782290014301

ÉDITIONS J'AI LU
87, quai Panhard-et-Levassor, 75013 Paris

Diffusion France et étranger : Flammarion